lua de
papel

O Meu Nome É Alice

Lisa Genova

Romance
Traduzido do Inglês por
Elsa T. S. Vieira

Título Original
Still Alice

© 2007, 2009, Lisa Genova
Publicado por acordo com o editor Pocket Books, Simon & Schuster, Inc.
Todos os direitos reservados.

1.ª edição / abril de 2009
5.ª edição / abril de 2015
ISBN: 978-989-23-3021-1
Depósito Legal n.º: 391 869/15

lua de papel®

[Uma chancela do grupo LeYa]
Rua Cidade de Córdova, n.º 2
2610-038 Alfragide
Tel. (+351) 21 427 22 00
Fax (+351) 21 427 22 01
luadepapel@leya.pt
www.luadepapel.pt

Nota: Este livro foi anteriormente publicado em Portugal com o título "Ainda Alice".

Em memória de Angie
Para Alena

🦋 *Já então, há mais de um ano, havia neurónios na sua cabeça, não muito longe dos ouvidos, que estavam a ser estrangulados até à morte, demasiado silenciosamente para que ela os conseguisse ouvir. Algumas pessoas diriam que as coisas estavam a correr tão mal, de forma tão traiçoeira, que esses mesmos neurónios terão dado início aos acontecimentos que levariam à sua própria destruição. Quer se tratasse de homicídio molecular ou de suicídio celular, eles não conseguiram avisá-la do que estava a acontecer antes de morrerem.*

Setembro de 2003

Alice estava sentada à secretária, no quarto, distraída pelo som dos passos de John, a correr nas divisões do piso de baixo. Antes de ir para o aeroporto ainda tinha de acabar a revisão do artigo de um colega, para o *Journal of Cognitive Psychology*, e acabara de ler a mesma frase três vezes sem a compreender. Eram sete e meia da manhã, segundo o despertador, que ela achava estar dez minutos adiantado. Sabia, pela hora e pela intensidade crescente da correria, que John estava a tentar sair mas que se esquecera de alguma coisa que não conseguia encontrar. Levou a caneta vermelha aos lábios enquanto olhava para os números no mostrador digital do relógio e aguardava aquilo que sabia que se seguiria.

– Alice?

Atirou a caneta para cima da secretária e suspirou. Desceu e encontrou-o na sala de estar, de gatas, com o braço enfiado debaixo das almofadas do sofá.

– As chaves? – perguntou ela.

— Os óculos. Por favor, poupa-me o sermão, já estou atrasado.

Ela seguiu o olhar frenético de John até à prateleira por cima da lareira, onde o antigo relógio Waltham, famoso pela sua precisão, declarava que eram oito em ponto. John já devia saber que não podia confiar nele. Os relógios nesta casa raramente mostravam a hora correcta. Alice fora enganada demasiadas vezes no passado pelos seus rostos aparentemente honestos e aprendera há muito tempo a confiar apenas no relógio de pulso. Recuou novamente no tempo ao entrar na cozinha, onde o relógio do microondas insistia que eram apenas 06h52m.

Olhou para a superfície lisa e arrumada do balcão de granito e ali estavam eles, ao lado da taça de cogumelos cheia até acima de correspondência por abrir. Não debaixo de qualquer coisa, nem atrás de qualquer coisa, mas completamente à vista. Como é que ele, uma pessoa tão inteligente, um cientista, não conseguia ver o que estava mesmo à sua frente?

Claro que muitas das suas coisas também já tinham desaparecido em sítios estranhos e recônditos. Mas ela não o admitia a John e nunca o envolvia na busca. Ainda há pouco tempo, felizmente sem o conhecimento de John, passara a manhã a correr desesperadamente, primeiro em casa, depois no escritório, à procura do carregador do seu Blackberry. Por fim, desistira, fora à loja e comprara um novo, apenas para o descobrir, nessa mesma noite, ligado na tomada do seu lado da cama, onde se devia ter lembrado de procurar. Provavelmente podia justificá-lo, em relação a ambos, por quererem sempre fazer demasiadas coisas ao mesmo tempo e andarem sempre demasiado ocupados. E por estarem mais velhos.

John parou à porta e olhou para os óculos na mão de Alice, mas não para ela.

— Para a próxima, tenta fingir que és uma mulher enquanto procuras — disse Alice, com um sorriso.

— Visto uma das tuas saias. Alice, por favor, estou mesmo atrasado.

— O microondas diz que ainda tens montes de tempo — disse ela, entregando-lhe os óculos.

— Obrigado.

Ele pegou-lhes, como um corredor de estafetas a aceitar o testemunho numa corrida, e dirigiu-se à porta da frente.

— Estarás em casa quando eu chegar, no sábado? — perguntou ela, enquanto o seguia pelo corredor.

— Não sei, no sábado tenho um grande dia no laboratório.

Pegou na pasta, no telemóvel e nas chaves que estavam na mesa do vestíbulo.

— Faz boa viagem, dá um abraço e um beijo à Lydia por mim. E tenta não discutir com ela — disse John.

Alice apanhou o reflexo de ambos no espelho do corredor — um homem alto e distinto, com cabelo castanho salpicado de branco e óculos, uma mulher pequena e delicada com cabelo encaracolado, de braços cruzados sobre o peito, ambos preparados para se lançarem na mesma discussão interminável. Rangeu os dentes e engoliu em seco, decidida a não o fazer.

— Já não estamos juntos há algum tempo, por favor, tenta estar em casa — pediu ela.

— Eu sei, vou tentar.

Beijou-a e, embora estivesse desesperado por sair, prolongou esse beijo por um momento quase imperceptível. Se ela não o conhecesse tão bem, talvez tivesse romantizado aquele beijo. Talvez tivesse ficado ali, esperançosa, a pensar que ele quisera dizer *Amo-te, vou ter saudades tuas*. Mas, enquanto o via descer a rua sozinho, sentiu-se bastante certa de que ele simplesmente lhe dissera *Amo-te, mas por favor não fiques chateada quando não me encontrares em casa no sábado.*

Costumavam ir juntos a pé para Harvard todas as manhãs. Das muitas coisas de que ela gostava no facto de trabalharem a pouco mais de um quilómetro de casa, e na mesma escola, essa viagem partilhada era a que mais adorava. Paravam sempre no Jerri's – um café simples para ele, um chá de limão para ela, quente ou frio, conforme a estação – e continuavam até Harvard Yard, conversando sobre as suas pesquisas e aulas, sobre questões dos respectivos departamentos, sobre os filhos ou os planos para essa noite. Nos primeiros tempos de casamento, até iam de mãos dadas. Ela adorava a intimidade descontraída dessas caminhadas matinais com John, antes de as exigências diárias dos respectivos empregos e ambições os deixarem a ambos stressados e exaustos.

Mas há já algum tempo que faziam separados a caminhada até Harvard. Alice passara o Verão praticamente todo com as malas feitas, assistindo a conferências de Psicologia em Roma, Nova Orleães e Miami, e atarefada com a sua posição na comissão de exames que avaliara a defesa de uma tese em Princeton. Na Primavera, as culturas de células de John tinham precisado de algum tipo de atenção especial a horas impróprias, todas as manhãs, mas ele não confiava em nenhum dos seus alunos para lá estar a horas. Portanto tratara pessoalmente do assunto. Não se lembrava das razões anteriores à Primavera, mas sabia que tinham parecido sempre razoáveis e apenas temporárias.

Regressou ao trabalho na sua secretária, ainda distraída, agora pela frustração da discussão que não tivera com John sobre a filha mais nova de ambos, Lydia. Seria assim tão terrível esperar que ele estivesse do lado dela, para variar? Leu o resto do artigo com um esforço superficial, sem os seus habituais padrões de excelência, mas teria de ser suficiente, tendo em conta o seu estado de espírito dividido e a falta de tempo. Depois de terminar os comentários e sugestões de revisão, fechou e selou o envelope, consciente, com uma pontada de sentimento de culpa, de que podia ter deixado passar algum erro na concepção ou interpretação do estudo, amaldiçoando John por ter comprometido a integridade do seu trabalho.

Arrumou de novo a mala, que não chegara a esvaziar completamente depois da última viagem. Estava contente por não ter de viajar tanto nos meses que se seguiriam. Tinha apenas meia dúzia de convites para palestras assinalados na agenda para o semestre de Outono, e conseguira marcar a maioria para sextas-feiras, um dia em que não dava aulas. Como amanhã. Amanhã seria a oradora convidada no arranque da série de colóquios de Outono sobre Psicologia Cognitiva, em Stanford. E, depois, veria Lydia. Tentaria não discutir com ela, mas não prometia nada.

Alice encontrou facilmente o caminho para o Edifício Cordura em Stanford, na esquina da Campus Drive West com a Panama Drive. O exterior de betão pintado de branco, o telhado de terracota e os relvados luxuriantes pareciam, aos seus olhos da Costa Leste, mais uma estância de Verão nas Caraíbas do que um edifício académico. Chegou bastante cedo mas decidiu entrar, mesmo assim, pensando em usar o tempo extra para se sentar no auditório silencioso e rever a sua palestra.

Para sua surpresa, entrou numa sala já apinhada. Uma multidão entusiasmada rodeava uma mesa de *buffet*, atacando agressivamente a comida como gaivotas numa praia urbana. Antes que conseguisse entrar sem ser notada, viu Josh, um ex-colega de Harvard e um respeitado egomaníaco, atravessar-se no seu caminho, de pernas ligeiramente afastadas, como se estivesse pronto para a atacar.

— Tudo isto, para mim? — perguntou Alice com um sorriso.
— Não, comemos assim todos os dias. É para um dos nossos psicólogos do desenvolvimento que passou ao quadro ontem. Então, como está Harvard a tratar-te?
— Bem.
— Nem acredito que ainda lá estás, ao fim de tantos anos. Se alguma vez te fartares daquilo, devias pensar em vir para cá.
— Eu aviso-te se isso acontecer. Como vão as coisas contigo?
— Fantásticas. Devias passar pelo meu gabinete depois da palestra para veres os nossos modelos de dados mais recentes. Vais ficar de boca aberta.
— Desculpa, mas não posso, tenho de apanhar o avião para Los Angeles logo a seguir — disse ela, grata por ter uma boa desculpa.
— Oh, que pena. Acho que a última vez que te vi foi no ano passado, na Conferência de Psiconomia. Infelizmente, perdi a tua apresentação.
— Bom, podes ouvir uma boa parte dela hoje.
— Andas a reciclar as palestras, é?
Antes que ela pudesse responder, Gordon Miller, chefe do departamento e agora, para ela, super-herói, aproximou-se e salvou-a, pedindo a Josh que o ajudasse a servir o champanhe. Tal como acontecia em Harvard, um brinde com champanhe era uma tradição do departamento de Psicologia de Stanford para todos os docentes que atingissem o ambicionado marco de carreira que era passar ao quadro. Não havia muitas fanfarras que assinalassem os avanços na carreira de um professor, mas passar ao quadro era uma das maiores e mais sonoras.
Quando todos tinham um copo na mão, Gordon subiu para o estrado e deu uma palmadinha no microfone.
— Posso pedir a vossa atenção por alguns momentos?

O riso excessivamente alto de Josh ecoou pelo auditório antes de Gordon continuar.

– Hoje, estamos aqui para felicitar o Mark por ter passado ao quadro. Estou certo de que ele está feliz por ter alcançado este feito. Brindemos a muitos mais no futuro! Ao Mark!

– Ao Mark!

Alice brindou com as pessoas que estavam mais perto dela e rapidamente todos voltaram ao que estavam a fazer: comer, beber e discutir. Quando toda a comida desaparecera dos tabuleiros e as últimas gotas de champanhe da última garrafa, Gordon subiu de novo ao estrado.

– Se quiserem sentar-se, vamos dar início à palestra de hoje.

Esperou alguns instantes enquanto a assistência de cerca de setenta e cinco pessoas se instalava e silenciava.

– Hoje, tenho a honra de vos apresentar a primeira oradora do ano. A doutora Alice Howland, eminente Professora de Psicologia do William James Hall, na Universidade de Harvard. Ao longo dos últimos vinte e cinco anos da sua notável carreira, desenvolveu muitas das principais referências da Psicolinguística. Ela foi pioneira, e continua na linha da frente, de uma abordagem interdisciplinar e integrada ao estudo dos mecanismos da linguagem. É um privilégio tê-la aqui hoje connosco, para nos falar sobre a Organização Conceptual e Neural da Linguagem.

Alice trocou de lugar com Gordon e encarou as pessoas que olhavam para ela. Enquanto esperava que os aplausos cessassem, pensou na estatística que dizia que as pessoas tinham mais medo de falar em público do que da morte. Ela adorava. Gostava de todos os momentos encadeados de falar perante uma assistência atenta – ensinar, representar, contar uma história, lançar um debate acalorado. Também adorava a onda de adrenalina. Quanto maior o risco, quando mais sofisticada ou hostil era a assistência, mais toda a experiência a entusiasmava. John era um excelente orador, mas, muitas vezes, falar em público era para ele um esforço penoso e aterrador, e o entusiasmo de Alice espantava-o. Provavelmente não teria escolhido a morte, mas, se a opção fosse aranhas e cobras, sem dúvida.

– Obrigada, Gordon. Hoje, vou falar sobre alguns dos processos mentais subjacentes à aquisição, organização e utilização da linguagem.

Alice já fizera esta palestra básica inúmeras vezes, mas não lhe chamaria reciclagem. O ponto central eram de facto os grandes princípios da Linguística, muitos dos quais descobertos por ela, e usava alguns dos mesmos *slides* há anos. Mas sentia-se orgulhosa, não envergonhada ou preguiçosa, por esta parte da sua palestra, estas suas descobertas ainda serem válidas, por terem resistido ao teste do tempo. As suas contribuições eram importantes e impulsionavam futuras descobertas. Além disso, ela incluía sempre essas futuras descobertas.

Falou sem precisar de olhar para os apontamentos, descontraída e animada, as palavras a fluírem sem esforço. Depois, a cerca de dez minutos do fim da palestra de cinquenta minutos, encravou subitamente.

– Os dados revelam que os verbos irregulares requerem acesso ao…

Pura e simplesmente não conseguia encontrar a palavra. Tinha uma vaga sensação daquilo que queria dizer, mas a palavra propriamente dita escapava-lhe. Desaparecera. Não sabia com que letra começava, nem como soava, nem quantas sílabas tinha. Não a tinha debaixo da língua.

Talvez fosse do champanhe. Normalmente, não bebia álcool antes de falar. Mesmo quando sabia a palestra de cor, mesmo no mais casual dos ambientes, queria sempre estar no máximo das suas capacidades mentais, em particular para a sessão de perguntas e respostas no final, que podia ser agressiva e plena de debate intenso e imprevisto. Mas não quisera ofender ninguém e bebera um pouco mais do que provavelmente devia ter bebido, quando se vira mais uma vez encurralada num diálogo passivo-agressivo com John.

Talvez fosse do *jet lag*. Enquanto a sua mente esquadrinhava todos os recantos em busca da palavra e de uma razão racional para a ter perdido, o seu coração começou a bater mais depressa e sentiu as faces a arder. Nunca tinha perdido uma palavra em frente de uma assistência. Mas também nunca tinha entrado em pânico em frente de uma assistência, e já estivera perante plateias muito maiores e mais assustadoras. Disse a si própria para respirar fundo, esquecer o assunto e avançar.

Substituiu a palavra ainda bloqueada por um vago e inapropriado «coiso», abandonou o raciocínio que estava a fazer e avançou para o próximo *slide*. A pausa parecera-lhe uma eternidade embaraçosa e óbvia, mas, ao estudar os rostos da assistência para ver se alguém reparara no seu soluço mental, achou que ninguém parecia alarmado, embaraçado ou inquieto de qualquer forma. Depois, viu John murmurar qualquer coisa à mulher sentada ao seu lado, de testa franzida e com um leve sorriso no rosto.

Estava no avião, prestes a aterrar no aeroporto de Los Angeles, quando finalmente se lembrou.

Léxico.

Lydia vivia em Los Angeles há já três anos. Se tivesse ido para a universidade logo após terminar o ensino secundário, ter-se-ia licenciado na Primavera passada. Alice teria ficado tão orgulhosa!

Lydia era, provavelmente, mais inteligente do que ambos os irmãos mais velhos, e eles tinham ido para a universidade. Um deles seguira Direito. O outro, Medicina.

Em vez de ir para a universidade, Lydia fora primeiro para a Europa. Alice tivera esperança de que ela voltasse com uma ideia mais concreta sobre o que queria seguir e a escola para onde queria ir. Em vez disso, ao regressar, ela dissera aos pais que tinha experimentado a representação quando estivera em Dublin e se apaixonara por ela. Ia mudar-se imediatamente para Los Angeles.

Alice quase perdera a cabeça. Para sua grande frustração e irritação, apercebia-se da sua própria contribuição para o problema. Uma vez que Lydia era a mais nova dos três irmãos, filha de pais que trabalhavam muito e viajavam regularmente, e sempre fora boa aluna, Alice e John tinham-na ignorado, em grande medida. Davam-lhe muito espaço de manobra no seu próprio mundo, onde era livre para pensar por si própria, sem a submeterem ao tipo de microgestão imposta a muitas crianças da sua idade. As vidas profissionais dos pais eram exemplos brilhantes daquilo que se podia alcançar ao estabelecer objectivos grandiosos e únicos e ao persegui-los com paixão e trabalho árduo. Lydia compreendia os conselhos da mãe sobre a importância de ter uma educação universitária, mas possuía também a confiança e a audácia para os rejeitar.

Além disso, não estava completamente desapoiada. A discussão mais explosiva que Alice alguma vez tivera com John ocorrera depois de ele dar a sua opinião sobre o assunto: *Acho maravilhoso, ela pode sempre ir para a universidade mais tarde, se alguma vez decidir que é isso que quer.*

Alice verificou a morada no seu Blackberry, tocou à campainha do apartamento número sete e esperou. Estava prestes a tocar de novo quando Lydia abriu a porta.

— Mamã, chegaste mais cedo — disse Lydia.
Alice olhou para o relógio.
— Estou mesmo na hora.
— Disseste que o teu voo chegava às oito.
— Disse às cinco.
— Escrevi oito horas na minha agenda.
— Lydia, são cinco e quarenta e cinco, estou aqui.

Lydia parecia indecisa e assustada, como um esquilo apanhado nos faróis de um carro no meio da estrada.

— Desculpa, entra.

Hesitaram ambas antes de se abraçarem, como se estivessem prestes a praticar uma dança aprendida há pouco tempo e não estivessem bem certas de como era o primeiro passo ou de quem devia conduzir. Ou uma dança antiga, mas que não dançavam juntas há tanto tempo que não se recordavam bem da coreografia.

Alice sentiu os contornos da coluna e das costelas de Lydia através da camisa. Ela estava demasiado magra, com uns bons cinco quilos a menos do que Alice recordava. Esperava que fosse resultado de andar muito atarefada e não de uma dieta consciente. Loura, com um metro e setenta, oito centímetros mais alta do que Alice, Lydia destacava-se entre a predominância de mulheres asiáticas e italianas em Cambridge, mas, em Los Angeles, as salas de espera de todas as audições estavam, aparentemente, cheias de mulheres iguaizinhas a ela.

— Fiz uma reserva para as nove. Espera aqui, venho já.

Alice esticou o pescoço e inspeccionou a cozinha e a sala. As mobílias, provavelmente adquiridas em vendas de garagem e oferecidas por familiares, ficavam bastante bem juntas — um sofá cor de laranja por módulos, uma mesinha de café de inspiração *rétro*, mesa e cadeiras de cozinha ao estilo de uma série de televisão dos anos 70. As paredes brancas estavam vazias, à excepção de um póster de Marlon Brando por cima do sofá. O ar cheirava fortemente a detergente, como se Lydia tivesse tomado medidas de última hora para limpar a casa antes da chegada de Alice.

Na verdade, estava um pouco limpa e arrumada de mais. Não havia DVDs nem CDs espalhados, nem livros ou revistas em cima da mesinha de café, nem fotografias no frigorífico; não havia o menor indício dos interesses ou gostos de Lydia em lado nenhum. Podia ser a casa de qualquer pessoa. Depois, Alice reparou na pilha de sapatos de homem no chão, à esquerda da porta atrás de si.

– Fala-me sobre os teus companheiros de casa – disse Alice, quando Lydia saiu do quarto com o telemóvel na mão.

– Estão a trabalhar.

– O que é que fazem?

– Um é empregado de bar e o outro faz entregas de comida.

– Pensava que eram ambos actores.

– E são.

– Estou a ver. Como é que eles se chamam?

– Doug e Malcolm.

Foi apenas uma fracção de segundo, mas Alice viu e Lydia percebeu que ela tinha visto. Lydia corara ao dizer o nome de Malcolm e afastara os olhos da mãe com nervosismo.

– Porque não vamos andando? Disseram que não havia problema de irmos mais cedo – disse Lydia.

– Está bem, deixa-me só ir à casa de banho primeiro.

Enquanto lavava as mãos, Alice olhou para os produtos em cima da mesa ao lado do lavatório – creme de limpeza e hidratante, pasta de dentes de mentol, desodorizante de homem, uma caixa de tampões. Pensou por um momento. Não lhe aparecera o período durante todo o Verão. Teria sido em Maio a última vez? Fazia cinquenta anos para o próximo mês, por isso não estava assustada. Ainda não sentira afrontamentos nem suores nocturnos, mas nem todas as mulheres na menopausa sentiam o mesmo. E, por ela, ainda bem.

Enquanto limpava as mãos reparou na caixa de preservativos atrás dos produtos para o cabelo de Lydia. Teria de descobrir mais sobre estes companheiros de apartamento. Em particular, sobre Malcolm.

Sentaram-se numa mesa exterior na esplanada do Ivy, um restaurante da moda na baixa de Los Angeles, e pediram duas bebidas, um Martini expresso para Lydia e um copo de Merlot para Alice.

— Então como está a andar o artigo do papá para a *Science*? — perguntou Lydia.

Devia ter falado recentemente com o pai. Alice não sabia nada dela desde o telefonema no Dia da Mãe.

— Já o acabou. Está muito orgulhoso.

— E como estão a Anna e o Tom?

— Bons, ocupados, com muito trabalho. Então como é que conheceste o Doug e o Malcolm?

— Apareceram uma noite no Starbucks, quando eu estava a trabalhar.

O empregado aproximou-se e ambas pediram o jantar e mais uma bebida. Alice tinha esperança de que o álcool diluísse a tensão entre elas, que nesse momento era pesada e espessa, por trás da conversa frágil como papel vegetal.

— Então como é que conheceste o Doug e o Malcolm?

— Acabei de te dizer. Porque é que nunca ouves nada do que eu digo? Apareceram no Starbucks uma noite, quando eu estava a trabalhar, e disseram que andavam à procura de mais alguém para dividir a casa.

— Pensei que eras empregada de mesa num restaurante.

— E sou. Trabalho no Starbucks durante a semana e no restaurante aos sábados à noite.

— Parece que não te sobra muito tempo para representar.

— Não estou a trabalhar em nada, neste momento, mas estou a fazer um *workshop* e tenho ido a muitas audições.

— Um *workshop* sobre quê?

— A técnica de Meisner.

— E tens feito audições para quê?

— Televisão e imprensa.

Alice agitou o copo, bebeu o último gole de vinho e lambeu os lábios.

— Lydia, exactamente quais são os teus planos aqui?

— Não estou a planear desistir, se é isso que queres saber.

As bebidas estavam a fazer efeito, mas não na direcção que Alice esperara. Em vez disso, estavam a servir de combustível para queimar aquele pequeno pedaço de papel vegetal, deixando a tensão entre ambas completamente exposta e ao leme de uma conversa perigosamente familiar.

— Não podes viver assim para sempre. Vais continuar a trabalhar no Starbucks até aos trinta anos?

— Isso é só daqui a oito anos! Sabes o que estarás a fazer daqui a oito anos?

— Sim, sei. A determinada altura, tens de ser responsável, tens de poder pagar coisas como seguros de saúde, uma hipoteca, um plano poupança-reforma...

— Eu tenho seguro de saúde. E posso conseguir singrar como actriz. Há pessoas que conseguem, sabes. E ganham muito mais dinheiro do que tu e o papá juntos.

— Não se trata apenas de dinheiro.

— Então qual é o problema? O facto de eu não ser igual a ti?

— Fala mais baixo.

— Não me digas o que fazer.

— Não quero que sejas igual a mim, Lydia. Mas também não quero que limites as tuas escolhas.

— Queres ser tu a fazer as minhas escolhas.

— Não.

— Isto é aquilo que eu sou, é aquilo que quero fazer.

— O quê, servir galões? Devias estar na universidade. Devias estar a passar esta época da tua vida a aprender alguma coisa.

— E *estou* a aprender alguma coisa! Simplesmente não estou sentada numa sala de aulas em Harvard a matar-me para conseguir nota máxima em Ciência Política. Estou a fazer um curso sério de representação, quinze horas por semana. Quantas horas de aulas por semana têm os teus alunos, doze?

— Não é a mesma coisa.

— Bom, o papá acha que é. É ele que está a pagar.

Alice cerrou as mãos ao lado das pernas e apertou os lábios. O que lhe apetecia dizer a seguir não era dirigido a Lydia.

— Nunca me viste representar, sequer.

Mas John vira. Apanhara o avião, sozinho, no Inverno passado, para a ver numa peça. Na altura, assoberbada com demasiadas coisas urgentes, Alice não conseguira vir com ele. Agora, olhando para os olhos magoados de Lydia, não se lembrava de quais tinham sido essas coisas urgentes. Não tinha nada contra uma carreira de representação, por si só, mas achava que a determinação singular de Lydia em embarcar nela, sem uma educação, era quase imprudente. Se ela não fosse para a universidade agora, se não adquirisse uma base de conhecimentos ou uma formação formal em qualquer área, se não tivesse um diploma, o que faria se a carreira de actriz não corresse bem?

Pensou nos preservativos que vira na casa de banho. E se Lydia engravidasse? Alice receava que Lydia desse por si presa numa vida de frustração, cheia de arrependimentos. Olhou para a filha e viu tanto potencial desperdiçado, tanto tempo desperdiçado.

– Não estás a ficar mais nova, Lydia. A vida passa demasiado depressa.

– Estou de acordo.

A comida chegou, mas nenhuma delas pegou no garfo. Lydia limpou os olhos com o guardanapo de linho bordado. Caíam sempre na mesma batalha e, para Alice, era como se estivessem a tentar derrubar um muro de betão com as cabeças. Nunca seria produtivo e resultava apenas em mágoa para ambas, causando danos duradouros. Desejou que Lydia conseguisse ver o amor e a sensatez daquilo que queria para ela. Desejou poder debruçar-se sobre a mesa e abraçá-la, mas havia demasiados pratos, copos e anos de distância entre ambas.

Um súbito frenesim de actividade, a algumas mesas de distância, chamou-lhes a atenção. Várias máquinas fotográficas dispararam e uma pequena multidão de clientes e empregados juntou-se, todos voltados para uma mulher um pouco parecida com Lydia.

– Quem é? – perguntou Alice.

– Mãe – disse Lydia, num tom ao mesmo tempo embaraçado e superior, aperfeiçoado com a idade de treze anos. – É a Jennifer Aniston.

Jantaram e conversaram apenas sobre assuntos seguros, como a comida e o tempo. Alice queria saber mais sobre a relação de

Lydia com Malcolm, mas as brasas das emoções de Lydia ainda estavam quentes e Alice temia desencadear outra discussão. Pagou a conta e saíram do restaurante, cheias mas insatisfeitas.

– Desculpe, minha senhora!

O empregado apanhou-as já no passeio.

– Esqueceu-se disto.

Alice fez uma pausa, tentando perceber como era possível que o empregado tivesse o seu Blackberry na mão. Não lhe pegara para ver o *email* nem a agenda dentro do restaurante. Remexeu na mala. Não tinha o Blackberry. Devia tê-lo tirado quando procurara a carteira para pagar.

– Obrigada.

Lydia lançou-lhe um olhar curioso, como se quisesse dizer qualquer coisa que não tinha a ver com a comida nem com o tempo, mas acabou por não o fazer. Regressaram ao apartamento dela em silêncio.

– John?

Alice esperou, em suspense no vestíbulo, com a mala na mão. A *Harvard Magazine* estava em cima do monte de correspondência espalhada no chão à frente dos seus pés. O relógio na sala de estar fazia tiquetaque e o frigorífico zumbia. Atrás dela o final de tarde estava quente e soalheiro, mas o ar dentro de casa parecia frio, sombrio e parado. Desabitado.

Apanhou a correspondência e entrou na cozinha, puxando a mala de rodas como se fosse um cãozinho leal. O seu voo tinha-se atrasado e estava a chegar tarde a casa, mesmo de acordo com o microondas. Ele tivera o dia inteiro, o sábado inteiro, para trabalhar.

Olhou para a luz vermelha do gravador de mensagens do telefone, apagada. Olhou para o frigorífico. Nem um bilhete preso na porta. Nada.

Ainda com a mala na mão, parou na cozinha escura e viu vários minutos passarem no microondas. A voz desapontada mas clemente na sua cabeça diminuiu para um murmúrio enquanto o volume de outra, mais primitiva, começava a crescer e a espalhar-se. Pensou em telefonar-lhe, mas a voz em expansão rejeitou de imediato essa sugestão e recusou todas as desculpas. Pensou em decidir não se importar, mas a voz, que agora se espalhava pelo seu corpo, fazendo eco na barriga, vibrando nas pontas dos dedos, era demasiado poderosa e penetrante para poder ignorá-la.

Por que raio isto a incomodava tanto? Ele estava a meio de uma experiência e não podia deixá-la para vir para casa. Ela própria estivera na mesma posição vezes sem conta. Era o que faziam. Era quem eram. A voz chamou-lhe estúpida.

Viu os seus ténis de corrida no chão, ao pé da porta das traseiras. Uma corrida faria com que se sentisse melhor. Era disso que precisava.

Quando podia, corria todos os dias. Há já muitos anos que pensava na corrida como em comer ou dormir, como uma necessidade diária vital, e por várias vezes saíra para correr à meia-noite ou no meio de uma tempestade de neve. Mas há alguns meses que negligenciava esta necessidade básica. Andava muito ocupada. Enquanto calçava os ténis, disse a si própria que não se dera ao trabalho de os levar consigo para a Califórnia porque sabia que não teria tempo. Na verdade, simplesmente esquecera-se de os guardar na mala.

Quando saía para a corrida de sua casa, em Poplar Street, seguia invariavelmente o mesmo trajecto – descia a Massachusetts Avenue, atravessava Harvard Square até Memorial Drive, depois seguia ao longo do rio Charles até à ponte de Harvard, perto do MIT, e fazia o mesmo caminho de regresso – cerca de oito quilómetros, num total de quarenta e cinco minutos. Há muito tempo que andava a pensar em correr a Maratona de Boston, mas todos os anos decidia que, para ser realista, não tinha tempo para treinar para uma distância dessas. Talvez um dia. Estava em excelente condição física para uma mulher da sua idade e via-se a correr até bem depois dos sessenta anos.

A primeira parte da corrida, pela Massachusetts Avenue e através de Harvard Square, foi algo atrapalhada pelos transeuntes aglomerados nos passeios e pelo trânsito nos cruzamentos. As ruas estavam cheias e plenas de movimento àquela hora do dia, a um sábado, com multidões a formarem-se nas esquinas à espera do semáforo verde, em frente dos restaurantes à espera de mesa, em filas nos cinemas para comprar bilhetes e em carros estacionados em fila dupla, à espera de uma vaga improvável nos lugares de parquímetro. Os primeiros dez minutos da corrida exigiam uma boa dose de concentração externa consciente, mas, depois de atravessar Memorial Drive até ao rio, podia correr a bom ritmo e perder-se nos seus pensamentos.

Uma tarde sem nuvens e com temperatura agradável convidava a muitas actividades ao longo do rio, mas estava menos congestionado do que as ruas de Cambridge. Apesar de um fluxo constante de outras pessoas a correr, cães com os seus donos, transeuntes, patinadores, ciclistas e mulheres com carrinhos de bebé, tal como um condutor experiente numa estrada frequentemente percorrida, Alice tinha agora apenas uma vaga noção do que se desenrolava à sua volta. Enquanto corria ao longo do rio, estava consciente apenas do som dos seus Nikes a baterem no pavimento num ritmo sincopado com a sua respiração. Não reviveu a discussão com Lydia. Não deu atenção ao roncar do seu estômago. Não pensou em John. Simplesmente correu.

Tal como era a sua rotina, parou de correr assim que chegou de novo ao parque John Fitzgerald Kennedy, uma pequena área de relvados bem tratados adjacente à Memorial Drive. De cabeça limpa, corpo relaxado e rejuvenescido, começou a caminhar em direcção a casa. O parque JFK ia dar a Harvard Square através de um corredor agradável, ladeado por bancos de jardim, entre o Hotel Charles e a Kennedy School of Government.

Ao fundo desse corredor, parou no cruzamento da Eliot Street com a Brattle, preparando-se para atravessar, quando uma mulher lhe agarrou no braço com força surpreendente e disse:

– Já pensou no paraíso hoje?

A mulher fixou em Alice um olhar penetrante e firme. Tinha cabelo comprido, da cor e textura de um esfregão de arame, e trazia um cartaz feito à mão pendurado sobre o peito que dizia: «AMÉRICA ARREPENDE-TE, PROCURA JESUS E RENUNCIA AO PECADO». Havia sempre alguém a vender Deus em Harvard Square, mas Alice nunca fora abordada de forma tão directa ou íntima antes.

– Desculpe – disse Alice, e, reparando numa quebra no fluxo do tráfego, escapou-se para o outro lado da estrada.

Queria continuar a andar, mas, em vez disso, ficou paralisada. Não sabia onde estava. Olhou para trás, para o outro lado da estrada. A mulher de cabelo de esfregão estava a perseguir outro pecador. O caminho entre as árvores, o hotel, as lojas, as ruas ilogicamente sinuosas. Sabia que estava em Harvard Square, mas não sabia para que lado era a sua casa.

Tentou de novo, mais especificamente. O Hotel Harvard, a Eastern Mountain Sports, a Dickson Brothers Hardware, a Mount Auburn Street. Conhecia todos estes locais – esta praça era o seu território há mais de vinte e cinco anos – mas, de alguma forma, eles não encaixavam num mapa mental que lhe dissesse onde vivia em relação a eles. Um «T» circular, preto e branco, directamente à sua frente, assinalava a entrada para a estação subterrânea de comboios e autocarros Red Line, mas havia três entradas destas em Harvard Square e ela não conseguia perceber qual era esta.

O seu coração começou a bater mais depressa. Começou a suar. Disse a si própria que o ritmo cardíaco acelerado e a transpiração faziam parte de uma reacção orquestrada e apropriada à corrida. Mas, ali de pé no passeio, parecia-lhe mais um ataque de pânico.

Forçou-se a caminhar mais um quarteirão, e depois outro, com as pernas bambas como se fossem ceder a cada passo. A Coop, a Cardullo's, o quiosque da esquina, o centro de visitantes de Cambridge do outro lado da estrada e a universidade de Harvard para além dele. Disse a si própria que ainda conseguia ler e reconhecer. Mas nada a ajudava. Nada tinha contexto.

Pessoas, carros, autocarros e todo o tipo de ruídos insuportáveis passavam à sua volta. Fechou os olhos. Ouviu o seu próprio sangue a correr e a palpitar atrás das orelhas.

– Por favor, pára – murmurou.

Abriu os olhos. E, tão subitamente como deixara de fazer sentido, o cenário encaixou no seu devido lugar. A Coop, a Cardullo's, a Nini's Corner, Harvard Yard. Compreendeu automaticamente que devia ter virado à esquerda na esquina e dirigir-se para oeste pela Massachusetts Avenue. Começou a respirar melhor, agora que já não se sentia estranhamente perdida a um quilómetro de casa. Mas acabara de estar estranhamente perdida a um quilómetro de casa. Caminhou tão depressa quanto conseguia, sem correr.

Virou para a sua rua, uma rua residencial calma, ladeada de árvores, a dois quarteirões da Massachusetts Avenue. Com ambos os pés na estrada e a casa à vista, sentia-se muito mais segura, mas não completamente segura. Manteve os olhos na porta da frente, continuou a mexer as pernas e prometeu a si própria que o mar de ansiedade que se agitava furiosamente dentro de si acalmaria assim que entrasse em casa e visse John. Se ele lá estivesse.

– John?

Ele apareceu à porta da cozinha, com a barba por fazer, os óculos em cima do cabelo de cientista louco, a chupar um gelado encarnado, com a sua t-shirt cinzenta da sorte vestida. Estivera a pé a noite toda. Tal como prometera a si própria, a ansiedade começou a diminuir. Mas a sua energia e coragem pareceram esfumar-se com ela, deixando-a frágil e com vontade de desfalecer nos braços dele.

– Olá, estava a pensar onde te terias metido, ia deixar-te um bilhete no frigorífico. Como correu?

– O quê?

– Stanford.

– Oh, correu bem.

– E como está a Lydia?

Os sentimentos de traição e mágoa por causa de Lydia, por ele não estar em casa quando ela chegara, exorcizados pela corrida e postos de lado pelo seu terror por se ter perdido inexplicavelmente, reclamaram agora a sua devida prioridade na hierarquia.

– Diz-me tu – disse.

– Já percebi que discutiram.

– Estás a pagar as aulas de representação dela? – acusou.

– Oh – disse ele, enfiando o resto do gelado na boca manchada de vermelho. – Ouve, podemos falar sobre isto depois? Agora não tenho tempo.

– Arranja tempo, John. Estás a sustentá-la sem me dizer nada e não estavas aqui quando eu cheguei e…

– E tu também não estavas aqui quando eu cheguei. Como foi a corrida?

Ela ouviu o raciocínio simples por trás daquela pergunta velada. Se tivesse esperado por ele, se tivesse telefonado, se não tivesse feito exactamente aquilo que lhe apetecera e saído para correr, podia ter passado a última hora com ele. Tinha de concordar.

– Tudo bem.

– Desculpa, esperei o mais que pude, mas tenho mesmo de voltar para o laboratório. Tive um dia incrível, resultados fantásticos, mas ainda não acabámos e tenho de analisar os números antes de recomeçarmos amanhã de manhã. Vim a casa apenas para te ver.

– Preciso de falar contigo sobre isto, agora.

– Não é nada de novo, Alice. Não estamos de acordo em relação à Lydia. Não pode esperar até eu voltar?

– Não.

– Queres vir comigo e falamos pelo caminho?

– Não vou ao escritório, preciso de estar em casa.

– Precisas de falar já, precisas de estar em casa, estás cheia de necessidades, de repente. Passa-se alguma coisa?

A acusação dele atingiu um ponto vulnerável. Foi como se lhe estivesse a chamar fraca, dependente, patológica. Como o pai dela. E Alice fizera ponto de honra, durante toda a vida, de nunca ser assim, como o pai.

– Estou apenas cansada.

– E pareces cansada, tens de abrandar.

– Não é disso que eu preciso.

John esperou que Alice desenvolvesse, mas ela demorou muito tempo.

— Ouve, quanto mais depressa for, mais cedo estarei de volta. Descansa um pouco, volto logo à noite.

Beijou-lhe a testa transpirada e saiu.

Ali de pé no corredor, onde ele a deixara, sem ninguém a quem se confessar ou com quem confidenciar, o impacto daquilo que lhe acontecera em Harvard Square abateu-se sobre ela. Sentou-se no chão e encostou-se à parede fresca, olhando para as mãos que lhe tremiam no colo como se não pudessem ser as suas. Tentou concentrar-se em acalmar a respiração, como fazia quando corria.

Depois de vários minutos a inspirar e expirar, conseguiu por fim acalmar-se o suficiente para tentar encontrar algum sentido no que acontecera. Pensou na palavra que lhe faltara na palestra em Stanford e na menstruação que não lhe aparecia. Levantou-se, ligou o computador portátil e procurou no Google «SINTOMAS DE MENOPAUSA».

Uma lista aterradora encheu o ecrã — afrontamentos, suores nocturnos, insónia, fadiga extrema, ansiedade, tonturas, ritmo cardíaco irregular, depressão, irritabilidade, flutuações de humor, desorientação, confusão mental, falhas de memória.

Desorientação, confusão mental, falhas de memória. Sim, sim e sim. Recostou-se na cadeira e passou os dedos pelo cabelo preto encaracolado. Olhou para as fotografias nas prateleiras da estante até ao tecto — o dia da sua licenciatura em Harvard, ela e John a dançarem no dia do casamento, retratos de família de quando os filhos eram pequenos, um retrato de família do casamento de Anna. Voltou à lista no ecrã do computador. Isto era natural, apenas a próxima fase na sua vida de mulher. Milhões de mulheres lidavam com o mesmo todos os dias. Não era nenhuma doença grave. Não era anormal.

Escreveu uma nota para se lembrar de marcar consulta com o médico para fazer um exame geral. Talvez devesse começar uma terapia de substituição de estrogénio. Leu uma vez mais a lista de sintomas. Irritabilidade. Flutuações de humor. A sua falta de paciência recente para John. Tudo encaixava. Satisfeita, fechou o computador.

Ficou mais algum tempo sentada no estúdio, enquanto o dia escurecia, ouvindo o silêncio da casa e o som dos churrascos dos vizinhos. Inalou o cheiro a hambúrgueres na grelha. Por alguma razão, já não tinha fome. Tomou uma cápsula multivitamínica com água, desfez a mala, leu vários artigos do *The Journal of Cognition* e foi para a cama.

Pouco depois da meia-noite, John chegou finalmente a casa. O peso dele na cama acordou-a, mas apenas por breves instantes. Ficou quieta e fingiu que estava a dormir. Ele devia estar exausto, depois de ter estado a pé a noite toda e a trabalhar o dia inteiro. Podiam falar sobre Lydia de manhã. E ela pediria desculpa por andar tão sensível e temperamental nos últimos tempos. A mão quente de John na anca dela puxou-a para a curva do seu corpo. Com a respiração dele no pescoço, Alice adormeceu profundamente, convencida de que estava em segurança.

Outubro de 2003

🦋 – Foi muita coisa para digerir – disse Alice, abrindo a porta do escritório.

– Sim, aquelas enchiladas eram enormes – disse Dan com um sorriso, atrás dela.

Alice bateu-lhe ao de leve no braço com o bloco. Tinham acabado o almoço de uma hora de um seminário. Dan, um aluno do quarto ano, tinha uma aparência geral muito saudável – musculado e esguio, com cabelo loiro curto e um sorriso aberto e atrevido. Fisicamente, não era nada parecido com John, mas possuía uma confiança e um sentido de humor que muitas vezes faziam Alice lembrar-se de John, quando era daquela idade.

Depois de vários começos em falso, a tese de investigação de Dan finalmente arrancara e ele estava a sentir um entusiasmo que Alice recordava com nostalgia e que esperava que se transformasse numa paixão duradoura. Qualquer pessoa podia deixar-se seduzir por uma investigação quando os resultados não paravam de aparecer. O mais difícil era adorá-la quando não havia resultados e não se conseguia perceber bem porquê.

– Quando parte para Atlanta? – perguntou, enquanto folheava os papéis em cima da secretária, à procura do rascunho do trabalho dele que estivera a rever.

– Para a semana.

– Provavelmente pode apresentá-lo antes disso, está bastante bom.

– Nem acredito que vou casar. Meu Deus, estou velho.

Alice encontrou o trabalho e entregou-lho.

– Por favor, não é nada velho. Está no princípio de tudo.

Ele sentou-se e folheou as páginas, estudando de testa franzida os rabiscos vermelhos nas margens. As secções de introdução e discussão do seu trabalho eram as áreas onde Alice, com os seus conhecimentos profundos e imediatos, mais contribuíra para limar o trabalho de Dan, preenchendo as lacunas na sua narrativa e criando uma imagem mais clara de exactamente onde e como esta nova peça encaixava no *puzzle* geral da Linguística, em termos históricos e actuais.

– O que diz aqui? – perguntou Dan, apontando para um conjunto específico de rabiscos vermelhos.

– Efeitos diferenciais de atenção concentrada *versus* dispersa.

– Qual é a referência para isto? – perguntou ele.

– Oh, oh, qual é mesmo? – perguntou ela a si própria, fechando os olhos com força enquanto esperava que o nome do autor e o ano da obra lhe viessem à cabeça. – Vê, é isto que acontece quando envelhecemos.

– Oh, por favor, também está longe de ser velha. Não se preocupe, posso procurar mais tarde.

Um dos grandes fardos sobre a memória de qualquer pessoa com uma carreira séria nas ciências era saber os anos dos estudos publicados, os pormenores das experiências e quem as levara a cabo. Alice deixava muitas vezes os seus alunos de boca aberta quando despejava com naturalidade os sete estudos relevantes para um determinado fenómeno, juntamente com os respectivos autores e anos de publicação. A maior parte dos docentes do seu departamento tinha esta capacidade. Na verdade, existia uma competição tácita entre eles para ver quem possuía o catálogo mental mais completo e rapidamente acessível da biblioteca da respectiva disciplina. Alice vencia esse prémio imaginário mais vezes do que qualquer outra pessoa.

– Nye, MBB, 2000! – exclamou.

– Fico sempre espantado por a ver fazer isso. A sério, como consegue guardar tanta informação na cabeça?

Alice sorriu, aceitando a admiração dele.

– Verá. Tal como disse, está apenas no princípio.

Ele passou os olhos pelas restantes páginas.

– Muito bem, estou entusiasmado, isto parece-me óptimo. Muito obrigado. Falamos amanhã!

E saiu do escritório. Com essa tarefa terminada, Alice olhou para a sua lista de coisas a fazer, escrita num Post-it amarelo colado ao armário por cima do monitor do computador.

Aula de Cognição ✓
Seminário de almoço ✓
Trabalho do Dan
Eric
Jantar de aniversário

Com satisfação, riscou «Trabalho do Dan».
Eric? O que quer isto dizer?
Eric Wellman era o chefe do departamento de Psicologia em Harvard. Teria intenção de lhe dizer alguma coisa, de lhe mostrar alguma coisa, de lhe perguntar alguma coisa? Teria uma reunião com ele? Consultou a sua agenda. Onze de Outubro, o dia do seu aniversário. Nada sobre Eric. Eric. Era demasiado críptico. Abriu o *email*. Nada de Eric. Esperava que o assunto não fosse urgente. Irritada, mas confiante de que acabaria por se lembrar do que era, atirou para o lixo a lista, a quarta desse dia, e pegou num Post-it novo.

Eric?
Ligar médica

Perturbações de memória como esta andavam a acontecer com uma frequência que a incomodava. Adiara o telefonema para a médica de família, porque partira do princípio de que estes episódios de esquecimento acabariam por passar, com o tempo. Esperava descobrir algo animador sobre a natureza transitória desta fase através de alguém conhecido, possivelmente evitando por completo uma visita à médica. Contudo, não era muito provável que isso acontecesse, pois todos os seus amigos e colegas de Harvard com idade para estarem na menopausa eram homens. Admitiu que provavelmente estava na altura de procurar aconselhamento a sério, de um médico.

Alice e John caminharam juntos desde a universidade até ao restaurante Epulae em Inman Square. Lá dentro, Alice viu a sua filha mais velha, Anna, já sentada ao balcão com o marido, Charlie. Ambos vestiam fatos azuis impressionantes, o dele complementado com uma gravata dourada e o dela com um colar simples de pérolas. Há já cerca de dois anos que ambos trabalhavam na terceira maior firma jurídica de Massachusetts, Anna na área de propriedade intelectual e Charlie no contencioso.

Pelo copo de Martini que tinha na mão e pelo tamanho inalterado dos seus pequenos seios, Alice percebeu que Anna não estava grávida. Andava a tentar conceber, sem secretismo nem sucesso, há já seis meses. Tal como tudo, quando se tratava de Anna, quanto mais difícil era de alcançar, mais ela o desejava. Alice avisara-a para esperar, para não ter tanta pressa de riscar este grande marco da sua lista de Coisas a Fazer na Vida. Anna tinha apenas vinte e sete anos, só casara com Charlie no ano anterior e trabalhava entre oitenta e noventa horas por semana. Mas Anna respondera-lhe com a realidade que todas as mulheres de carreira que queriam ter filhos acabavam por ter de aceitar: Nunca haveria uma boa altura.

Alice temia que ter uma família afectasse a carreira de Anna. Alice percorrera um longo e penoso caminho até obter a posição que tinha hoje, não por as responsabilidades serem demasiado intimidantes ou por não ter produzido um corpo de trabalho notável em Linguística durante esse trajecto, mas essencialmente porque era uma mulher com filhos. Os vómitos, anemia e pré-eclâmpsia que sofrera durante os dois anos e meio acumulados de gravidezes tinham-na sem dúvida distraído e atrasado. E as exigências dos três pequenos seres humanos nascidos dessas gravidezes eram mais constantes e absorventes do que as de qualquer chefe de departamento rígido ou estudante obcecado que alguma vez encontrara.

Uma e outra vez, vira, com desgosto, as carreiras mais prometedoras das suas colegas activamente reprodutoras abrandarem ou simplesmente descarrilarem por completo. Fora difícil aceitar quando John, seu equivalente intelectual, a ultrapassara. Muitas vezes questionava se a carreira dele teria sobrevivido a três episiotomias, amamentação, desfralde, dias intermináveis e embrutecedores a cantar «Atirei o Pau ao Gato» e ainda mais noites de apenas duas ou três horas de sono ininterrupto. Duvidava seriamente.

Enquanto todos trocavam abraços, beijos, cumprimentos e parabéns, uma mulher de cabelo oxigenado e completamente vestida de preto aproximou-se do bar.

– Já chegaram todas as pessoas do vosso grupo? – perguntou, com um sorriso agradável mas um pouco longo de mais para ser sincero.

– Não, ainda estamos à espera de uma pessoa – disse Anna.

– Estou aqui! – exclamou Tom, entrando atrás deles. – Parabéns, mamã!

Alice abraçou-o e beijou-o antes de se aperceber de que ele estava sozinho.

– Temos de esperar pela?...

– A Jill? Não, mamã, acabámos tudo o mês passado.

– Tens tantas namoradas que já não conseguimos lembrar-nos dos nomes – disse Anna. – Há alguma nova pela qual tenhamos de esperar?

– Ainda não – disse Tom a Anna. – Estamos todos – acrescentou para a mulher de preto.

Tom estava sem namorada, normalmente, de seis em seis ou de nove em nove meses, mas nunca durante muito tempo. Era inteligente, intenso, a cara chapada do pai, estava no terceiro ano de Medicina em Harvard, planeava seguir carreira como cirurgião cardiotorácico e parecia sempre estar a precisar de uma boa refeição. Admitia, com ironia, que todos os estudantes de Medicina e cirurgiões que conhecia comiam pessimamente e a correr – donuts, pacotes de batatas fritas, comida de máquinas automáticas e da cantina do hospital. Nenhum deles tinha tempo para fazer exercício, a menos que ir pelas escadas em vez de usar o elevador contasse como tal. A brincar, dizia que, pelo menos, estariam todos bem preparados para tratarem dos problemas de coração uns dos outros dentro de alguns anos.

Depois de se instalarem num reservado semicircular com bebidas e entradas, o tema de conversa mudou para o membro da família ausente.

– Quando foi a última vez que a Lydia veio a um jantar de aniversário? – perguntou Anna.

– Esteve cá quando eu fiz vinte e um anos – disse Tom.

– Isso foi quase há cinco anos! Foi a última vez? – perguntou Anna.

– Não, não pode ter sido – disse John, sem especificar outra ocasião.

– Tenho quase a certeza que sim – insistiu Tom.

– Não foi. Ela esteve cá quando o teu pai fez cinquenta, há três anos – disse Alice.

– Como está ela, mamã? – perguntou Anna.

Anna não conseguia esconder a satisfação por Lydia não ter ido para a universidade; de alguma forma, isso garantia a sua posição como a mais inteligente e bem-sucedida das filhas dos Howland. Anna, a mais velha, fora a primeira a demonstrar a sua inteligência a uns pais encantados, a primeira a deter o estatuto de filha brilhante. Embora Tom também fosse muito inteligente, Anna nunca lhe dera muita atenção, talvez por ser um rapaz. Depois Lydia nascera. Ambas as raparigas eram inteligentes, mas Anna esforçava-se para ter notas máximas a tudo, enquanto as notas impecáveis de Lydia surgiam sem qualquer esforço aparente. Anna reparava nisso. Ambas eram competitivas e extremamente independentes, mas Anna não gostava de correr riscos. Tinha tendência a perseguir objectivos seguros e convencionais e que seriam garantidamente acompanhados por reconhecimentos tangíveis.

– Está boa – respondeu Alice.

– Nem acredito que ela ainda está por lá. Já conseguiu alguma coisa? – perguntou Anna.

– Esteve fantástica naquela peça que eu fui ver, no ano passado – disse John.

– Está a ter aulas – acrescentou Alice.

Só quando as palavras lhe saíram da boca se lembrou de que John estava a financiar os estudos não-universitários de Lydia sem conhecimento dela. Como podia ter-se esquecido de conversar com ele sobre isso? Lançou-lhe um olhar ofendido. John sentiu o impacto desse olhar, abanou a cabeça subtilmente e esfregou-lhe as costas. Esta não era a melhor altura. Falariam mais tarde. Se ela se lembrasse.

– Bom, pelo menos está a fazer qualquer coisa – disse Anna, aparentemente satisfeita por toda a gente estar a par da posição actual desta filha Howland.

– Então, papá, como está a correr a tua experiência? – perguntou Tom.

John inclinou-se para a frente e lançou-se numa explicação sobre os pormenores do seu mais recente estudo. Alice olhou para o marido e o filho, ambos biólogos, absorvidos numa conversa analítica, cada um tentando impressionar o outro com os seus conhecimentos. As rugas de riso nos cantos dos olhos de John, visíveis mesmo quando ele estava mais sério, tornavam-se profundas e vivas quando falava sobre a sua pesquisa, e as suas mãos moviam-se como fantoches num palco.

Alice adorava vê-lo assim. Quando falava com ela sobre as suas pesquisas, nunca era com tanto pormenor e entusiasmo. Pelo menos agora. Ela continuava a saber o suficiente sobre o que ele estava a fazer para poder dar um resumo decente, se alguém lhe perguntasse, mas apenas os traços gerais. Reconheceu o tipo de conversa profunda que ele costumava ter com ela quando passavam tempo com os colegas de Tom ou John. Ele costumava contar-lhe tudo e ela ouvia-o com profunda atenção. Não se conseguia lembrar de quando isso mudara e de quem perdera o interesse primeiro, ele em contar ou ela em ouvir.

Os calamares, as ostras com caranguejo à moda do Maine, a salada de rúcula, beterraba e maçã e os *ravioli* de abóbora estavam todos impecáveis. Depois de jantar, cantaram os parabéns em vozes altas e desafinadas, atraindo aplausos generosos e divertidos dos clientes nas outras mesas. Alice apagou a vela na sua fatia de bolo de chocolate quente. Quando todos ergueram os copos de Veuve Cliquot, John levantou o seu um pouco mais.

– Parabéns à minha bela e brilhante esposa. Aos próximos cinquenta!

Todos brindaram e beberam.

Na casa de banho, Alice estudou a sua imagem no espelho. O reflexo daquela mulher mais velha não condizia completamente com a imagem mental que tinha de si própria. Os olhos castanhos-dourados pareciam cansados, apesar de ter descansado bem, e a textura da sua pele parecia mais baça, mais flácida. Tinha obviamente mais de quarenta anos, mas não diria que parecia velha. Não se sentia velha, embora soubesse que estava a envelhecer. A sua entrada neste novo grupo demográfico anunciava-se regularmente através dos aborrecidos esquecimentos causados pela menopausa. À parte isso, sentia-se jovem, forte e saudável.

Pensou na mãe. Eram parecidas. A recordação do rosto sério e determinado da mãe, com o nariz e as faces salpicados de sardas, não incluía uma única ruga. Ela não vivera tempo suficiente para as conquistar. Morrera com quarenta e um anos. A irmã de Alice, Anne, teria quarenta e oito, se fosse viva. Alice tentou imaginar como Anne seria, se estivesse sentada à mesa com eles esta noite, com o seu próprio marido e filhos, mas não conseguia imaginá-la.

Quando se sentou para urinar, viu o sangue. Aparecera-lhe o período. Claro que sabia que a menstruação, no princípio da menopausa, era muitas vezes irregular, que nem sempre desaparecia por completo de um momento para o outro. Mas a possibilidade de poder não estar realmente na menopausa introduziu-se na sua mente, ganhou raízes e recusou-se a desaparecer.

A sua determinação, já atenuada pelo champanhe e pelo sangue, esfumou-se por completo. Desatou a chorar. Não conseguia respirar como devia ser. Tinha cinquenta anos de idade e sentia-se como se estivesse a ficar louca.

Alguém bateu à porta.

– Mamã? – chamou Anna – Está tudo bem?

Novembro de 2003

🦋 O consultório da Dra. Tamara Moyer ficava no terceiro andar de um prédio de consultórios e escritórios com cinco pisos, alguns quarteirões a oeste de Harvard Square, não muito longe do local onde Alice se perdera momentaneamente. As salas de espera e de consulta, com paredes cinzentas, como as dos cacifos de liceu, ainda decoradas com gravuras emolduradas de Ansel Adams e pósteres de publicidade de produtos farmacêuticos, não traziam qualquer associação negativa a Alice. Em vinte e dois anos, desde que a Dra. Moyer era sua médica, só a procurara para exames de rotina, vacinas e, mais recentemente, mamografias.

— O que a traz cá hoje, Alice? — perguntou a Dra. Moyer.

— Ando com muitos problemas de memória, ultimamente, que pensei serem sintomas de menopausa. O período deixou de me aparecer há cerca de seis meses, mas apareceu de novo no mês passado, portanto talvez não esteja na menopausa e depois, bom... achei que seria melhor vir cá.

— Especificamente, de que tipo de coisas se tem esquecido? — perguntou ela, ainda a escrever e sem levantar os olhos.

— Nomes, palavras no meio de uma conversa, onde deixei o Blackberry, por que motivo pus uma determinada coisa na minha lista de tarefas.

— Muito bem.

Alice observou atentamente a médica. A sua confissão não pareceu afectá-la minimamente. A Dra. Moyer recebeu a informação como um padre que ouve um adolescente admitir ter tido pensamentos impuros sobre uma rapariga. Provavelmente ouvia este tipo de queixas de pessoas perfeitamente saudáveis inúmeras vezes por dia. Alice quase pediu desculpa por ser tão alarmista, mesmo palerma, por estar a fazer a médica perder tempo. Toda a gente se esquecia desse tipo de coisas, em particular à medida que envelhecia. Se juntasse a menopausa e o facto de estar sempre a fazer três coisas ao mesmo tempo e a pensar em doze, este tipo de falhas de memória parecia, de repente, pequeno, vulgar e inofensivo, até mesmo razoável e previsível. Toda a gente sofria de stresse. Toda a gente ficava cansada. *Toda a gente se esquecia de coisas.*

— Também fiquei desorientada em Harvard Square. Não sabia onde estava e demorei pelo menos uns dois minutos a recuperar o sentido de orientação.

A Dra. Moyer parou de escrever os sintomas na ficha e olhou directamente para Alice. Isto afectara-a.

— Sentiu algum aperto no peito?
— Não.
— Dormência ou formigueiro?
— Não.
— Dor de cabeça, tonturas?
— Não.
— Reparou em algumas palpitações cardíacas?

— Fiquei com o coração acelerado, mas apenas depois de me sentir confusa, mais como uma descarga de adrenalina em reacção ao susto. Na verdade, antes de acontecer, lembro-me de me sentir óptima.

— Aconteceu alguma coisa invulgar nesse dia?

— Não, tinha acabado de regressar de Los Angeles.

— Tem sentido afrontamentos?

— Não. Bom, senti algo parecido enquanto estava desorientada, mas, mais uma vez, acho que estava apenas assustada.

— Muito bem. Tem dormido bem?

— Sim.

— Quantas horas por noite?

— Entre cinco e seis.

— Alguma alteração em relação ao passado?

— Não.

— Não tem dificuldade em adormecer?

— Não.

— Quantas vezes acorda, normalmente, durante a noite?

— Acho que nenhuma.

— Vai para a cama todos os dias à mesma hora?

— Geralmente, excepto quando estou a viajar, o que tem acontecido com bastante frequência, ultimamente.

— Onde esteve?

— Nos últimos meses, na Califórnia, em Itália, em Nova Orleães, na Florida e em New Jersey.

— Sentiu-se doente depois de alguma dessas viagens? Com febre?

— Não.

— Está a tomar algum medicamento, alguma coisa para alergias, suplementos, qualquer coisa que se possa considerar um medicamento?

— Apenas um complexo multivitamínico.
— Costuma ter azia?
— Não.
— Houve alguma alteração de peso?
— Não.
— Sangue na urina ou nas fezes?
— Não.

A médica fazia cada pergunta rapidamente, logo após a resposta anterior, e saltava de um tópico para o seguinte antes de Alice ter tempo de seguir o raciocínio por trás das questões. Era como andar numa montanha-russa de olhos fechados; não conseguia prever para que lado seria a próxima mudança de direcção.

— Sente-se mais ansiosa ou stressada do que habitualmente?
— Só por não conseguir lembrar-me das coisas, mas de resto, não.
— Como vão as coisas com o seu marido?
— Bem.
— Diria que o seu estado de espírito é bom?
— Sim.
— Parece-lhe que há alguma possibilidade de estar deprimida?
— Não.

Alice sabia o que era uma depressão. Após as mortes da mãe e da irmã, quando tinha dezoito anos, perdera o apetite, não conseguia dormir mais do que duas horas por noite, apesar de andar sempre cansada, e perdera o interesse em tudo. Esse estado de espírito durara pouco mais de um ano e nunca mais voltara a sentir nada parecido. Isto era completamente diferente. Não era um trabalho para o Prozac.

– Bebe álcool?

– Apenas socialmente.

– Que quantidade?

– Um ou dois copos de vinho ao jantar, talvez um pouco mais em ocasiões especiais.

– Consome algum tipo de drogas?

– Não.

A Dra. Moyer olhou para ela com expressão pensativa. Tamborilou com a caneta na ficha enquanto a lia. Alice desconfiava que a resposta não estava naquela folha de papel.

– Então estou na menopausa? – perguntou Alice, enquanto apertava o assento da cadeira com ambas as mãos.

– Sim. Podemos fazer uma análise hormonal, mas tudo o que me disse é perfeitamente consistente com a menopausa. A idade média de início é entre os quarenta e oito e os cinquenta e dois, portanto está dentro dos parâmetros. Pode continuar a ter o período uma ou duas vezes por ano, durante algum tempo. É perfeitamente normal.

– A terapia de substituição de estrogénio pode ajudar com os problemas de memória?

– Já não usamos a substituição de estrogénio, a menos que a mulher tenha perturbações de sono, afrontamentos muito graves ou já sofra de osteoporose. Não me parece que os seus problemas de memória se devam à menopausa.

Alice sentiu o sangue fugir-lhe do rosto. Eram precisamente as palavras que ela temera e em que apenas recentemente se atrevera a pensar. Com esta opinião profissional, a sua explicação perfeita e segura despedaçou-se. Havia algo errado com ela e Alice não estava certa de estar preparada para ouvir o que era. Combateu os impulsos que cresciam dentro dela, suplicando-lhe que se deitasse ou saísse imediatamente daquele consultório.

– Porquê?

– Os sintomas de perturbações de memória e desorientação associados à menopausa têm a ver com problemas de sono. Essas mulheres têm dificuldades cognitivas porque não dormem bem. É possível que não ande a dormir tão bem como pensa. Talvez os seus horários e o *jet lag* estejam a afectá-la, talvez continue a preocupar-se com as coisas durante a noite.

Alice pensou nas vezes em que sentira o pensamento menos claro em fases de pouco sono. Com certeza que não estivera no máximo das suas capacidades mentais durante as últimas semanas de cada gravidez, logo após o nascimento de cada filho e, por vezes, quando tinha de cumprir um prazo mais apertado. Mas nunca, em nenhuma dessas circunstâncias, se tinha perdido em Harvard Square.

– Talvez. Será possível que precise de dormir mais por estar mais velha, ou por estar na menopausa?

– Não, isso não costuma acontecer.

– Se não é por falta de dormir, o que lhe parece? – perguntou Alice, num tom agora completamente desprovido de clareza e confiança.

– Bom, o que me está a preocupar mais é a desorientação. Não acho que tenha sido um acidente vascular. Penso que devíamos fazer alguns exames. Vou mandá-la fazer análises ao sangue, uma mamografia e um exame à densidade óssea, porque está na altura, e uma ressonância magnética ao cérebro.

Um tumor no cérebro. Nem sequer lhe passara pela cabeça essa possibilidade. Um novo predador agigantou-se na sua imaginação e Alice sentiu os ingredientes do pânico a fervilharem mais uma vez nas suas entranhas.

– Se não acha que foi um enfarte, do que está à procura com a ressonância magnética?

— É sempre bom excluir estas coisas com toda a certeza. Marque a ressonância e volte quando tiver o resultado. Nessa altura veremos tudo de novo.

A Dra. Moyer evitara responder directamente à sua pergunta, mas Alice não a pressionou para revelar as suas suspeitas. E Alice não partilhava a teoria do tumor. Teriam ambas de esperar para ver.

O centro William James albergava os departamentos de Psicologia, Sociologia e Antropologia Social e ficava logo a seguir aos portões de Harvard Yard em Kirkland Street, uma zona a que os estudantes se referiam como «Sibéria». Mas não era a geografia o factor mais importante que o afastava da parte principal do *campus*. O centro William James nunca poderia ser confundido com qualquer uma das estruturas universitárias imponentes e clássicas que compunham a prestigiada Universidade e albergavam as residências estudantis e as aulas de Matemática, História e Inglês. Podia, no entanto, ser confundido com um parque de estacionamento. Não possuía colunas dóricas ou coríntias, nem tijolos vermelhos, nem vitrais Tiffany, nem espirais, nem um átrio grandioso, nem quaisquer pormenores físicos que o pudessem ligar, de forma óbvia ou subtil, à instituição a que pertencia. Era um bloco de sessenta e cinco metros, de uma pouco imaginativa cor bege, muito possivelmente a inspiração para a caixa de B. F. Skinner. Não admirava que não fizesse parte do itinerário de qualquer visita guiada nem da agenda de Harvard, para a Primavera, Verão, Outono ou Inverno.

Embora o aspecto do centro William James fosse sem dúvida atroz, a vista que se tinha dele, em particular de muitos dos gabinetes e salas de reuniões nos pisos superiores, era simplesmente magnífica. Enquanto bebia um chá sentada à secretária, no seu gabinete no décimo piso do centro William James, Alice relaxou com a beleza do rio Charles e da baía de Boston, emoldurada à sua frente pela enorme janela voltada para sudeste. Esta captava a cena que muitos artistas tinham reproduzido em óleo, aguarelas e filme, e que era possível encontrar fotografada e emoldurada em paredes de escritórios por toda a área de Boston.

Alice dava valor à fabulosa vantagem de que dispunham os que tinham a sorte de poder ver a versão real desta paisagem. Com as mudanças ao longo do dia ou com a passagem das estações, a qualidade e movimento da imagem emoldurada pela sua janela alterava-se de formas sempre interessantes. Nesta manhã soalheira de Novembro, o «Vista de Boston do WJH: Outono» de Alice mostrava a luz do sol a cintilar como champanhe no vidro azul-claro do edifício John Hancock e vários barcos a deslizarem ao longo das águas calmas e prateadas do rio Charles em direcção ao Museu de Ciência, como se estivessem a ser puxados por um fio numa experiência sobre o movimento.

A vista dava-lhe também uma percepção saudável da vida fora de Harvard. Um vislumbre do sinal de néon vermelho e branco da CITGO, a brilhar contra o céu escuro por cima de Fenway Park, fazia disparar o seu sistema nervoso como o toque súbito de um despertador, despertando-a do transe diário das suas ambições e obrigações e fazendo-a pensar em ir para casa. Há alguns anos, antes de ela passar ao quadro, o seu gabinete ficava numa divisão pequena e sem janelas no interior do centro William James. Sem acesso visual ao mundo do outro lado das sólidas paredes beges, Alice trabalhava regularmente pela noite dentro sem sequer se aperceber disso. Por mais do que uma vez ficara estupefacta, ao final do dia, ao descobrir que um vento de nordeste sepultara Cambridge em mais de trinta centímetros de neve e que todos os professores menos concentrados e/ou com janelas no gabinete tinham sensatamente abandonado o edifício em busca de pão, leite, papel higiénico, e casa.

Mas, agora, tinha de parar de olhar para a janela. Ia partir ao fim da tarde para o encontro anual da Sociedade de Psiconomia em Chicago e tinha um monte de coisas para fazer antes disso. Olhou para a sua lista de coisas a fazer.

> Rever trabalho de Neurociências da Natureza ✓
> Reunião do departamento ✓
> Reunião com assistentes ✓
> Aula de Cognição
> Acabar póster da conferência e itinerário
> Correr
> Aeroporto

Bebeu o último gole de chá gelado e começou a estudar os seus apontamentos para a aula. A aula de hoje debruçava-se sobre semântica, o significado da linguagem, era a terceira de seis aulas sobre linguística e a sua série de aulas preferida deste curso. Mesmo após vinte e cinco anos de ensino, Alice ainda reservava uma hora para se preparar antes das aulas. Claro, nesta fase da sua carreira, podia dar meticulosamente setenta e cinco por cento de todas as aulas sem pensar de forma consciente no que estava a fazer. Mas os outros vinte e cinco por cento incluíam opiniões, técnicas inovadoras ou temas de discussão sobre descobertas actuais, e ela usava o tempo imediatamente antes da aula para refinar a organização e apresentação deste novo material. A inclusão desta informação em evolução constante mantinha o seu entusiasmo em relação às disciplinas do curso e obrigava-a a estar mentalmente presente em todas as aulas.

Em Harvard, o corpo docente colocava uma ênfase bastante forte no desempenho em trabalho de investigação, pelo que um desempenho inferior a óptimo no ensino era tolerado, tanto pelos estudantes como pela administração. A ênfase que Alice colocava no ensino era, em parte, motivada pela convicção de que tinha o dever e a oportunidade de inspirar a próxima geração nesta área, ou, no mínimo, de não ser a razão pela qual o próximo potencial grande líder de pensamento na área da cognição trocava a Psicologia por um curso de Ciência Política. Além disso, simplesmente adorava dar aulas.

Depois de se preparar para a aula, verificou o *email*.

Alice,
Ainda estamos à espera dos 3 slides a incluir na palestra do Michael: 1 gráfico de recuperação de palavras, 1 cartoon sobre modelos de linguagem e 1 slide de texto. A palestra é só na próxima quinta-feira à uma hora, mas seria bom se ele pudesse inserir os teus slides na apresentação o mais depressa possível, para ter tempo de se familiarizar e confirmar se não excede o tempo atribuído. Podes enviá-los por email, para mim ou para o Michael.
Estamos instalados no Hyatt. Vemo-nos em Chicago.
Cumprimentos,
Eric Greenberg

Uma lâmpada fria e empoeirada tremeluziu dentro da cabeça de Alice. Era isso que o misterioso «Eric» queria dizer, na sua lista de coisas a fazer da semana anterior. Não se referia a Eric Wellman, de todo. Era um lembrete para enviar aqueles *slides* a Eric Greenberg, um ex-colega de Harvard, agora professor do departamento de Psicologia de Princeton. Alice e Dan tinham preparado três *slides* a descrever uma experiência que Dan levara a cabo, como parte de uma colaboração com Michael, o aluno que Eric estava a orientar na pós-graduação, para serem incluídos na palestra de Michael para o encontro de Psiconomia. Antes de fazer qualquer outra coisa que a pudesse distrair, Alice enviou os *slides* por *email*, juntamente com as suas sinceras desculpas a Eric. Felizmente, ele ainda os receberia com bastante tempo. Ninguém ficara prejudicado.

Tal como acontecia com a maior parte das coisas em Harvard, o anfiteatro usado para as aulas de Cognição de Alice era mais grandioso do que seria necessário. As cadeiras azuis estofadas, dispostas em filas semicirculares, ultrapassavam em várias centenas o número de alunos inscritos na disciplina. Ao fundo da sala havia um centro audiovisual impressionante, topo de gama, e na frente do anfiteatro um ecrã de projecção tão grande como o de qualquer cinema. Enquanto três homens se atarefavam a ligar vários cabos ao computador de Alice e a verificar a iluminação e o som, os estudantes foram entrando e Alice abriu a pasta de Aulas de Linguística no seu computador portátil.

Continha seis ficheiros. Aquisição, Sintaxe, Semântica, Compreensão, Modelação e Patologias. Alice releu-os. Não se lembrava qual era a aula que devia dar hoje. Passara a última hora a estudar um destes temas mas não se conseguia lembrar de qual. Seria Sintaxe? Todos lhe pareciam familiares, mas nenhum se destacava em relação aos outros.

Desde a sua consulta com a Dra. Moyer, de cada vez que se esquecia de alguma coisa, o mau pressentimento de Alice intensificava-se. Isto não era a mesma coisa que esquecer-se de onde deixara o carregador do Blackberry ou onde John pusera os óculos. Isto não era normal. Começara a dizer a si própria, numa voz torturada e paranóica, que provavelmente tinha um tumor no cérebro. Dizia também a si própria para não perder a calma nem preocupar John antes de ouvir a opinião mais informada da Dra. Moyer, o que, infelizmente, só aconteceria na próxima semana, depois da conferência de Psiconomia.

Decidida a ultrapassar esta próxima hora, respirou fundo, frustrada. Embora não se lembrasse do tema da aula de hoje, lembrava-se muito bem de quem era a sua assistência.

– Alguém pode dizer-me, por favor, o que ficámos de discutir hoje? – perguntou Alice à turma.

Vários estudantes responderam, em coro:

– Semântica.

Alice apostara, correctamente, na hipótese de pelo menos alguns dos alunos aproveitarem sem hesitar a oportunidade de serem prestáveis e de se mostrarem entendidos. Não receou nem por um segundo que algum deles achasse grave ou estranho ela não saber o tema da aula de hoje. Existia uma grande distância metafísica entre alunos e professores, em termos de idade, conhecimentos e poder.

Além do mais, ao longo do semestre, os alunos tinham testemunhado demonstrações específicas da sua competência nas aulas e tinham ficado assombrados com a sua presença dominante na literatura recomendada para a disciplina. Se algum pensasse duas vezes no assunto, provavelmente presumiria que ela estava tão distraída com outras obrigações, mais importantes do que Psicologia 256, que nem sequer tinha tempo para olhar para o programa antes das aulas. Mal sabiam que ela acabara de passar a última hora quase exclusivamente concentrada em Semântica.

O dia soalheiro tornou-se enublado e frio ao final da tarde, nos primeiros indícios reais do Inverno. Um aguaceiro na noite anterior arrancara a maior parte das folhas que ainda restava nas árvores, deixando-as quase despidas, desprotegidas para o tempo frio que se aproximava. Confortavelmente embrulhada no seu casaco quente, Alice caminhou devagar até casa, apreciando o cheiro frio a Outono no ar e o som que os seus pés faziam ao pisar as folhas secas.

As luzes estavam acesas em sua casa e viu o saco e os sapatos de John ao lado da mesinha, à entrada.

– Olá! Já cheguei – disse Alice.

John saiu do estúdio e olhou para ela, parecendo confuso e sem palavras. Alice devolveu o olhar e esperou, sentindo com nervosismo que havia algo de terrivelmente errado. Os seus pensamentos viraram-se de imediato para os filhos. Ficou paralisada à porta, preparando-se para más notícias.

– Não devias estar em Chicago?

– Bom, Alice, todas as suas análises estão normais e a ressonância magnética não revelou nada – disse a Dra. Moyer. – Podemos fazer uma de duas coisas. Podemos esperar, para ver como a situação evolui, ver como anda a dormir e como se sente dentro de três meses, ou…

– Quero falar com um neurologista.

Dezembro de 2003

🦋 Na noite da festa de Natal de Eric Wellman o céu estava escuro e pesado, como que a anunciar neve. Alice esperava que nevasse. Tal como a maior parte dos nativos de New England, nunca perdera a sensação infantil de antecipação em relação à primeira neve da estação. Claro que, também como a maior parte dos nativos de New England, já odiava em Fevereiro aquilo que desejara em Dezembro, amaldiçoando a pá e as botas, desesperada por substituir o tédio gelado e monocromático do Inverno pelos rosas e amarelos-esverdeados mais agradáveis da Primavera. Mas, esta noite, seria encantador se nevasse.

Todos os anos Eric e a sua mulher, Marjorie, davam uma festa de Natal em sua casa para todo o departamento de Psicologia. Nunca acontecia nada de extraordinário nesta ocasião, mas havia sempre pequenos momentos que Alice não sonharia em perder – Eric confortavelmente sentado no chão, numa sala cheia de estudantes e professores-assistentes em sofás e cadeiras, Kevin e Glen a lutarem pela posse de um boneco do Grinch saído na troca de prendas, a corrida para conseguir uma fatia do lendário *cheesecake* de Marty.

    Os seus colegas eram todos brilhantes e estranhos, rápidos a ajudar e a discutir, ambiciosos e humildes. Eram família. Talvez se sentisse assim por não ter pais nem irmãos vivos. Talvez esta época do ano a deixasse sentimental, em busca de significado e integração. Talvez fosse isso, em parte, mas era também muito mais.

    Eles eram mais do que colegas. Os triunfos de descoberta, promoção e publicação eram celebrados, mas também casamentos e nascimentos e os feitos dos seus filhos e netos. Viajavam juntos para conferências em todo o mundo e muitas eram aproveitadas como férias em família. E, como em qualquer família, não havia apenas alegria e *cheesecakes* deliciosos. Apoiavam-se uns aos outros em épocas de dados negativos e rejeição de bolsas, através de vagas de dúvida, de doenças e divórcios.

    Mas, acima de tudo, partilhavam uma demanda apaixonada por compreender a mente, por conhecer os mecanismos que estavam por trás do comportamento e da linguagem, da emoção e do apetite. Embora o Santo Graal desta demanda trouxesse consigo poder e prestígio, no fundo, era um esforço colectivo para descobrir algo valioso e dá-lo ao mundo. Era socialismo alimentado por capitalismo. Era uma vida estranha, competitiva, cerebral e privilegiada. E estavam nela todos juntos.

    Uma vez que o *cheesecake* já desaparecera, Alice apanhou o último folhado de natas com caramelo quente e procurou John. Encontrou-o na sala de estar, a conversar com Eric e Marjorie, precisamente quando Dan chegava.

    Dan apresentou-lhes a sua nova mulher, Beth, e todos os felicitaram sinceramente e trocaram apertos de mão. Marjorie pegou nos casacos deles. Dan estava de fato e gravata e Beth trazia um vestido vermelho até aos pés. Estavam atrasados e vestidos de forma demasiado formal para esta festa e Alice calculou que provavelmente tinham estado noutra antes. Eric ofereceu-se para lhes ir buscar uma bebida.

– Eu também aceito outra – disse Alice, embora o copo de vinho que tinha na mão ainda estivesse meio.

John perguntou a Beth que tal estava a achar a vida de casada até ao momento. Embora nunca se tivessem encontrado, Alice sabia um pouco sobre ela, através de Dan. Ela e Dan viviam juntos em Atlanta quando Dan conseguira entrar em Harvard. Ela ficara lá, inicialmente satisfeita com uma relação à distância e a promessa de casamento depois de ele se licenciar. Três anos depois, Dan mencionara despreocupadamente que podia facilmente demorar cinco a seis anos, talvez mesmo sete, até acabar. Tinham casado há um mês.

Alice pediu licença para ir à casa de banho. Pelo caminho, parou no comprido corredor que ligava a parte da frente da casa, mais recente, à parte mais antiga nas traseiras, enquanto acabava o vinho e o folhado e admirava os rostos felizes dos netos de Eric nas paredes. Depois de ter encontrado e usado a casa de banho, foi até à cozinha, serviu-se de mais um copo de vinho e viu-se apanhada numa conversa exuberante entre várias das esposas dos professores.

Elas tocavam nos cotovelos e ombros umas das outras enquanto se deslocavam pela cozinha, conheciam as personagens das respectivas histórias, elogiavam-se e metiam-se umas com as outras, riam-se com facilidade. Todas estas mulheres faziam compras e almoçavam juntas e participavam nos mesmos clubes de leitura. Estas mulheres eram íntimas. Alice era íntima dos seus maridos, o que a colocava à parte. Limitou-se a ouvir e a beber o seu vinho, acenando e sorrindo enquanto se deixava ir, sem verdadeiro interesse, como se estivesse a correr numa passadeira rolante e não na estrada.

Encheu mais uma vez o copo, saiu despercebidamente da cozinha e encontrou John na sala a conversar com Eric, Dan e uma jovem de vestido vermelho. Alice parou ao lado do piano de cauda de Eric e tamborilou com os dedos na tampa enquanto os ouvia conversar. Todos os anos, Alice esperava que alguém se oferecesse para tocar, mas nunca ninguém o fazia. Ela e Anne tinham tido aulas de piano durante vários anos, em crianças, mas agora, sem partitura, só se lembrava de «Baby Elephant Walk» e «Turkey in the Straw», e apenas da parte da mão direita. Talvez esta mulher elegante de vestido vermelho soubesse tocar.

Numa pausa na conversa, o olhar de Alice cruzou-se com o da mulher de vermelho.

— Desculpe, chamo-me Alice Howland. Creio que ainda não nos conhecemos.

A mulher lançou um olhar nervoso a Dan antes de responder.

— Sou a Beth.

Parecia suficientemente jovem para ser uma aluna, mas nesta altura, em Dezembro, Alice reconheceria, mesmo que apenas de vista, até uma estudante do primeiro ano. Lembrava-se de Marty ter mencionado que contratara uma nova orientadora de teses, uma mulher.

— É a nova orientadora do Marty? — perguntou Alice.

A mulher olhou de novo para Dan.

— Sou a mulher do Dan.

— Oh, é um prazer conhecê-la finalmente, parabéns!

Ninguém disse nada. O olhar de Eric passou de John para o copo de vinho de Alice e de novo para John, transmitindo um segredo silencioso. Alice não percebeu.

— O que foi? — perguntou ela.

— Sabes que mais? Está a fazer-se tarde e tenho de me levantar cedo. Importas-te se formos andando? — perguntou John.

Depois de saírem, tinha intenção de perguntar a John a que se devera aquela saída embaraçosa, mas distraiu-se com a beleza suave da neve seca, como algodão-doce, que começara a cair enquanto estavam na festa, e acabou por se esquecer.

Três dias antes do Natal, Alice estava sentada na sala de espera da Unidade de Distúrbios de Memória no Hospital Geral de Massachusetts, em Boston, a fingir ler a *Health Magazine*. Em vez disso, observava as pessoas que esperavam. Estavam todas aos pares. Uma mulher que parecia vinte anos mais velha do que Alice estava sentada ao lado de outra mulher que, incrivelmente, parecia vinte anos mais velha do que ela, provavelmente a mãe. Outra mulher com cabelo volumoso, de um tom preto pouco natural, e grandes jóias de ouro, falava em voz alta e lenta com um forte sotaque de Boston com o pai, que estava sentado numa cadeira de rodas e nunca levantou os olhos dos sapatos imaculadamente brancos. Uma mulher magra de cabelo prateado folheava uma revista, demasiado depressa para estar a ler alguma coisa, ao lado de um homem gordo com cabelo da mesma cor e um tremor na mão direita. Provavelmente marido e mulher.

A espera pela chamada do seu nome demorou, e pareceu ainda mais, uma eternidade. O Dr. Davis tinha um rosto jovem, sem barba. Usava óculos de armações pretas e uma bata branca, desabotoada. Parecia ter sido magro em tempos, mas agora o estômago era um pouco saliente por trás da bata aberta, recordando a Alice os comentários de Tom sobre os maus hábitos de saúde dos médicos. Sentou-se numa cadeira atrás da secretária e convidou Alice a sentar-se à sua frente.

— Então, Alice, diga-me o que se passa.

— Tenho tido muitos problemas em lembrar-me das coisas e não me parece normal. Esqueço-me de palavras nas aulas e em conversas, tenho de escrever «aula de Cognição» na minha lista de tarefas ou posso esquecer-me de a ir dar, esqueci-me completamente de ir para o aeroporto para uma conferência em Chicago e perdi o avião. Também fiquei sem saber onde estava durante uns dois minutos em Harvard Square, uma vez, e sou professora em Harvard, passo lá todos os dias.

— Há quanto tempo começaram estas coisas a acontecer?

— Desde Setembro, talvez desde o Verão.

— Alice, trouxe alguém consigo hoje?

— Não.

— Muito bem. De futuro, deve trazer uma pessoa de família ou alguém com quem esteja regularmente. Queixa-se de um problema de memória, por isso pode não ser a fonte mais fiável em relação ao que se está a passar.

Ela sentiu-se embaraçada, como uma criança. E as palavras «de futuro» apoderaram-se de todos os seus pensamentos, exigindo uma atenção obsessiva, como água a pingar de uma torneira.

— Está bem – disse.

— Está a tomar algum medicamento?

— Não, só um complexo multivitamínico.

— Comprimidos para dormir, para emagrecer, algum tipo de drogas?

— Não.

— Que quantidade de álcool costuma consumir?

— Pouco. Um ou dois copos de vinho ao jantar.

— É vegan?

— Não.
— Sofreu no passado algum ferimento na cabeça?
— Não.
— Fez alguma cirurgia?
— Não.
— Como tem dormido?
— Perfeitamente bem.
— Já esteve alguma vez deprimida?
— Só quando era adolescente.
— Qual é o seu nível de stresse?
— O normal, dou-me bem com o stresse.
— Fale-me sobre os seus pais. Como é a saúde deles?
— A minha mãe e a minha irmã morreram num acidente de automóvel quando eu tinha dezoito anos. O meu pai morreu de problemas de fígado no ano passado.
— Hepatite?
— Cirrose. Era alcoólico.
— Que idade tinha quando morreu?
— Setenta e um.
— Tinha mais algum problema de saúde?
— Não, tanto quanto sei. Não estive muitas vezes com ele nos últimos anos.

E, das vezes que o vira, ele estava incoerente, bêbado.
— E outros familiares?

Ela transmitiu os conhecimentos limitados que tinha sobre o historial médico da família.

— Muito bem, vou dizer-lhe um nome e uma morada e vai repetir-me o que lhe disse. Depois vamos fazer algumas outras coisas e vou pedir-lhe que me repita mais tarde o mesmo nome e morada. Pronta? Aqui vai: John Black, 42 West Street, Brighton. Pode repetir?

Ela assim fez.
— Que idade tem?
— Cinquenta.
— Que dia é hoje?
— 22 de Dezembro de 2003.
— Em que estação estamos?
— Inverno.
— Onde nos encontramos neste momento?
— HGM, oitavo piso.
— Pode indicar-me o nome de algumas ruas aqui perto?
— Cambridge, Fruit, Storrow Drive.
— Muito bem, que altura do dia é?
— Final da manhã.
— Diga-me os meses todos, de trás para a frente, a partir de Dezembro.

Ela assim fez.
— Conte para trás a partir de cem, de sete em sete.

Mandou-a parar aos setenta e dois.
— Diga-me o nome destes objectos.

Mostrou-lhe uma série de seis cartões com desenhos a lápis.
— Cama de rede, pena, chave, cadeira, cacto, luva.
— Muito bem, antes de apontar para a janela, toque na face direita com a mão esquerda.

Ela seguiu as indicações.
— Pode escrever neste papel uma frase sobre o tempo que está hoje?

Ela escreveu: «Está uma manhã de Inverno, soalheira mas fria.»
— Agora, desenhe um relógio com os ponteiros nas vinte para as quatro.

Alice assim fez.

– Copie este desenho.

Mostrou-lhe uma imagem de dois pentágonos a interceptarem-se. Alice copiou-os.

– Muito bem, Alice, suba para a marquesa, vamos fazer-lhe um exame neurológico.

Ela seguiu a luz com os olhos, tamborilou com os polegares e os indicadores rapidamente, atravessou a sala em linha recta. Fez tudo rapidamente e com facilidade.

– Muito bem, qual era o nome e morada que lhe disse há pouco?

– John Black…

Parou e perscrutou o rosto do Dr. Davis. Não se lembrava da morada. O que significaria isso? Talvez não tivesse prestado muita atenção.

– Era em Brighton, mas não me lembro do resto da morada.

– Muito bem, era vinte e quatro, vinte e oito, quarenta e dois ou quarenta e oito?

Ela não sabia.

– Dê um palpite.

– Quarenta e oito.

– Era em North Street, South Street, East Street ou West Street?

– South Street?

O rosto e linguagem corporal do médico não davam a entender se ela acertara ou não, mas tinha um palpite de que não acertara.

– Muito bem, Alice, temos as suas análises recentes e a ressonância magnética. Quero que faça mais algumas análises e uma punção lombar. Vai voltar dentro de quatro a cinco semanas e nesse dia, antes de vir falar comigo, terá uma consulta para exames neuropsicológicos.

– O que acha que se está a passar? Serão apenas esquecimentos normais?

– Não me parece que sejam, Alice, mas temos de investigar melhor.

Ela fitou-o directamente nos olhos. Um colega seu dissera-lhe uma vez que o contacto visual com outra pessoa durante mais de seis segundos, sem desviar o olhar nem pestanejar, revelava um desejo por sexo ou homicídio. Reflexivamente, ela não acreditava nisso, mas a ideia intrigara-a o suficiente para a testar com vários amigos e desconhecidos. Era interessante que, à excepção de John, um dos dois desviava sempre o olhar antes de passarem seis segundos.

O Dr. Davis baixou os olhos para a secretária ao fim de quatro segundos. Possivelmente, isto significava apenas que não queria matá-la nem arrancar-lhe as roupas, mas Alice temia que significasse mais. Ia ser espetada e estudada, radiografada e analisada, mas achava que ele não precisava de investigar mais nada. Ela contara-lhe a sua história e não se conseguira lembrar da morada de John Black. Ele já sabia exactamente o que se passava com ela.

Alice passou a primeira parte da manhã da véspera de Natal no sofá, a beber chá e a folhear álbuns de fotografias. Ao longo dos anos, colocara todas as fotografias, assim que as mandava revelar, nos consecutivos compartimentos vazios por trás das protecções de plástico transparente. A sua diligência preservara a cronologia, mas não rotulara nada. Não importava. Ainda sabia tudo de cor.

Lydia, dois anos, Tom, seis anos e Anna, sete anos, na praia de Hardings em Junho do primeiro Verão que tinham passado na casa de Cape. Anna num jogo de futebol para jovens em Pequossette Field. Ela e John na praia de Seven Mile na ilha Grande Caimão.

Não só conseguia identificar as idades e locais em cada fotografia, como conseguia também recordar muitos pormenores sobre cada uma delas. Cada imagem trazia à memória outras recordações não fotografadas desse dia, de outras pessoas que estavam presentes e do contexto mais amplo da sua vida na altura em que a imagem fora capturada.

Lydia com aquele fato azul-claro que lhe fazia comichões, no seu primeiro recital de dança. Esta fora tirada antes de Alice passar ao quadro, Anna estava a começar o liceu e usava aparelho nos dentes, Tom andava perdido de amores por uma rapariga da sua equipa de basebol e John tirara um ano sabático e vivia em Bethesda.

As únicas com que tinha dificuldades eram as fotografias de bebé de Lydia e de Anna, em que os rostinhos perfeitos e rechonchudos eram muitas vezes indistinguíveis. Mas, regra geral, conseguia encontrar pistas que revelavam as suas identidades. As patilhas de John indicavam sem dúvida que se estava nos anos 70. O bebé ao seu colo só podia ser Anna.

– John, quem é esta? – perguntou, erguendo uma fotografia de bebé.

Ele desviou os olhos do jornal que estava a ler, fez deslizar os óculos pelo nariz e franziu a testa.

– Não é o Tom?

– Querido, tem um fatinho cor-de-rosa. É a Lydia.

Virou a fotografia e confirmou a data. 29 de Maio de 1982. Lydia.

– Oh.

Ele voltou a pôr os óculos para cima e continuou a ler.

— John, tenho andado para falar contigo sobre as aulas de representação da Lydia.

Ele levantou o rosto, marcou a página, pousou o jornal na mesa, tirou os óculos e recostou-se na cadeira. Sabia que isto não ia ser rápido.

— Está bem.

— Acho que não devíamos estar a apoiá-la de forma alguma e, decididamente, acho que não devias estar a pagar as aulas dela pelas minhas costas.

— Desculpa, tens razão. Tinha intenção de te dizer, mas andava ocupado e esqueci-me, sabes como é. Mas sabes que não concordo contigo neste assunto. Apoiámos os outros dois.

— É diferente.

— Não é. Simplesmente tu não gostas do que ela escolheu.

— Não é a representação. É o facto de não ter ido para a universidade. A janela de tempo que ela tem para o fazer está a fechar-se rapidamente, John, e tu estás a tornar-lhe mais fácil não ir.

— Ela não quer ir para a universidade.

— Penso que está apenas a rebelar-se contra aquilo que nós somos.

— Acho que não tem nada a ver com aquilo que queremos ou não queremos ou com aquilo que somos.

— Quero mais para ela.

— Ela está a trabalhar arduamente, está entusiasmada e a levar a sério aquilo que faz, é feliz. É isso que queremos para ela.

— Temos o dever de transmitir aos nossos filhos a nossa sabedoria em relação à vida. Tenho muito medo de que ela esteja a perder algo essencial. A exposição a diferentes temas, a maneiras diferentes de pensar, os desafios, as oportunidades, as pessoas que se conhecem. Nós conhecemo-nos na universidade.

— Ela está a ter tudo isso.

— Não é a mesma coisa.

— Muito bem, é diferente. Penso que pagar-lhe as aulas é mais do que justo. Lamento não te ter dito, mas é difícil falar contigo sobre este assunto. Não és capaz da mínima cedência.

— Nem tu.

Ele olhou para o relógio por cima da lareira, pegou nos óculos e pô-los no alto da cabeça.

— Tenho de ir ao laboratório durante uma hora, depois vou buscá-la ao aeroporto. Precisas que traga alguma coisa? – perguntou, levantando-se para sair.

— Não.

Os olhos de ambos encontraram-se.

— Ela vai ficar bem, Alice, não te preocupes.

Ela levantou as sobrancelhas mas não disse nada. Que mais podia dizer? Já tinham representado esta cena juntos muitas vezes e era assim que acabava. John defendia o caminho lógico de menor esforço, mantendo sempre o seu estatuto de pai preferido, sem nunca conseguir convencer Alice a passar para o lado mais popular. E nada que ela pudesse dizer o demovia.

John saiu de casa. Descontraída, na sua ausência, Alice virou-se de novo para as fotografias que tinha no colo. Os seus filhos adoráveis quando eram bebés, crianças, adolescentes. Para onde fora o tempo? Pegou na fotografia de bebé de Lydia que John dissera ser Tom. Sentiu uma confiança renovada e reconfortante na força da sua memória. Mas, claro, estas fotografias apenas abriam as portas para histórias guardadas nas suas memórias a longo prazo.

A morada de John Black devia ter ficado na memória recente. Era necessário atenção, repetição, elaboração ou significado emocional para a informação apreendida passar do espaço das memórias recentes para o armazenamento a longo prazo, caso contrário seria rápida e naturalmente esquecida com a passagem do tempo. Ao concentrar-se nas perguntas e instruções do Dr. Davis a sua atenção dividira-se e impedira-a de repetir a morada ou de elaborar relativamente à mesma. E, embora o seu nome despertasse agora um pouco de medo e raiva, o fictício John Black não significara nada para ela no consultório do Dr. Davis. Nestas circunstâncias, o cérebro normal estava bastante susceptível a esquecer-se. Por outro lado, o seu cérebro não era normal.

Ouviu o correio cair pela ranhura na porta da frente e teve uma ideia. Olhou para cada coisa uma vez – um postal de boas-festas com um bebé vestido de Pai Natal, enviado por um ex-aluno, um folheto de publicidade de um ginásio, a conta do telefone, a conta do gás, mais um catálogo de roupa. Voltou para o sofá, bebeu o chá, arrumou os álbuns de fotografias na prateleira e depois sentou-se muito quieta. O tiquetaque do relógio e os vários radiadores da casa a soltarem vapor eram os únicos sons. Olhou para o relógio. Tinham passado cinco minutos. Era o suficiente.

Sem olhar para a correspondência, disse em voz alta:

– Postal com bebé vestido de Pai Natal, publicidade de ginásio, conta do telefone, conta do gás, mais um catálogo de roupa.

Era canja. Mas, para ser justa, o tempo que passara entre ouvir a morada de John Black e ter de a recordar fora muito mais do que cinco minutos. Precisava de um intervalo de tempo maior.

Tirou o dicionário da prateleira e criou duas regras para escolher uma palavra. Tinha de ser de baixa frequência, uma palavra que não usasse todos os dias, e tinha de ser uma palavra que ela conhecesse. Estava a testar a sua memória a curto prazo, não a aquisição de conhecimentos. Abriu o dicionário ao acaso e percorreu a página com o dedo até à palavra ESTRIBEIRAS. Escreveu-a num papel, dobrou-o, colocou-o no bolso das calças e marcou quinze minutos no temporizador do microondas.

Um dos livros preferidos de Lydia, quando era pequena, chamava-se *Os Hipopótamos Perdem as Estribeiras*. Depois começou a tratar dos preparativos para o jantar de Natal. O temporizador disparou.

ESTRIBEIRAS, sem hesitação e sem precisar de consultar o papel.

Continuou a fazer este jogo ao longo do dia, aumentando o número de palavras a recordar para três e o período de intervalo para quarenta e cinco minutos. Apesar do grau acrescido de dificuldade e da maior probabilidade de interferência da distracção com os preparativos para o jantar, continuou sem se enganar. ESTETOSCÓPIO, MILÉNIO, OURIÇO. Fez os *ravioli* de queijo e o molho vermelho. CÁTODO, ROMÃ, LATADA. Mexeu a salada e marinou os legumes. BOCA-DE-LOBO, DOCUMENTÁRIO, SUMIR. Colocou o assado no forno e pôs a mesa na sala de jantar.

Anna, Charlie, Tom e John estavam sentados na sala. Alice conseguia ouvir Anna e John a discutirem. Da cozinha, não conseguia perceber o tema da discussão, mas sabia que era uma discussão pelo tom e volume do diálogo. Provavelmente política. Charlie e Tom estavam a manter-se de fora.

Lydia mexeu a sidra com canela ao fogão e falou sobre as aulas de representação. Entre a concentração com o jantar, as palavras que tinha de recordar e a voz de Lydia, Alice não tinha reservas mentais para protestar ou discordar. Sem ser interrompida, Lydia lançou-se num monólogo livre e apaixonado sobre a sua arte, e, apesar da sua forte desaprovação, Alice descobriu que não conseguia deixar de estar interessada.

– Depois da imagística, vem a questão de Elijah: Porquê esta noite e não outra qualquer? – disse Lydia.

O temporizador apitou. Lydia afastou-se e Alice espreitou para dentro do forno. Esperou por uma explicação por parte do assado, ainda cru, durante tempo suficiente para ficar com o rosto quente. Oh. Era altura de recordar as três palavras que tinha no bolso. PANDEIRETA, SERPENTE...

— Nunca representamos a vida do dia-a-dia como vulgar, é sempre uma questão de vida ou de morte — disse Lydia.

— Mamã, onde está o saca-rolhas? — gritou Anna da sala.

Alice fez um esforço para ignorar as vozes das filhas, aquelas que a sua mente estava treinada para ouvir acima de todos os outros sons no planeta, e para se concentrar na sua própria voz interior, a que continuava a repetir as mesmas duas palavras como um mantra.

PANDEIRETA, SERPENTE, PANDEIRETA, SERPENTE, PANDEIRETA, SERPENTE.

— Mãe? — disse Anna

— Não sei onde está, Anna! Estou ocupada, procura-o tu.

PANDEIRETA, SERPENTE, PANDEIRETA, SERPENTE, PANDEIRETA, SERPENTE.

— Tem tudo sempre a ver com sobrevivência, no fundo. O que a minha personagem precisa para sobreviver e o que me acontecerá se não o conseguir — disse Lydia.

— Lydia, por favor, não quero falar nisso agora — retorquiu Alice em tom seco, levando as mãos às têmporas húmidas de transpiração.

— Como queiras — disse Lydia. Virou-se para o fogão e mexeu o tacho com vigor, obviamente magoada.

PANDEIRETA, SERPENTE.

— Não consigo encontrá-lo! — gritou Anna.

— Vou ajudá-la — disse Lydia.

BÚSSOLA! PANDEIRETA, SERPENTE, BÚSSOLA.

Aliviada, Alice tirou do armário os ingredientes para o pudim de pão com chocolate branco e colocou-os em cima do balcão

— extracto de baunilha, natas, leite, açúcar, chocolate branco, uma fatia de pão *challah* e duas embalagens de meia dúzia de ovos. *Uma dúzia de ovos?* Se o pedaço de papel com a receita da mãe ainda existia, Alice não sabia onde estava. Há anos que não precisava de o consultar. Era uma receita simples, possivelmente melhor do que o *cheesecake* de Marty, e ela fazia-a todos os Natais desde que era miúda. Quantos ovos? Tinham de ser mais de seis, ou teria tirado apenas uma embalagem. Seriam sete, oito, nove?

Tentou esquecer os ovos durante um instante, mas os outros ingredientes pareciam igualmente estranhos. Era para usar as natas todas ou apenas parte? Que quantidade de açúcar? Devia juntar tudo ao mesmo tempo ou numa sequência específica? Que forma costumava usar? A que temperatura cozia e durante quanto tempo? Nenhuma possibilidade lhe soava certa. A informação, pura e simplesmente, não estava lá.

Que diabo se passa comigo?

Voltou aos ovos. Ainda nada. Odiava os malditos ovos. Pegou num e atirou-o com toda a sua força para dentro do lava-loiça. Um a um, destruiu-os a todos. Deu-lhe alguma satisfação, mas não era suficiente. Precisava de partir outra coisa qualquer, algo que exigisse mais força, algo que a esgotasse. Olhou em volta. Os seus olhos estavam furiosos e desvairados quando se cruzaram com os de Lydia, que estava parada à porta.

— Mãe, o que estás a fazer?

O massacre não ficara confinado ao lava-loiça. Pedaços de casca e gema estavam espalhados sobre o balcão e na parede, e as portas dos armários estavam manchadas com lágrimas de clara.

— Os ovos estavam fora do prazo. Este ano não há pudim.

— Ah, temos de ter o pudim. É Natal.

— Bom, não tenho mais ovos e estou farta de estar enfiada na cozinha.

– Eu vou à loja. Vai para a sala e descansa um bocadinho, eu faço o pudim.

Alice entrou na sala, a tremer mas já sem aquela vaga poderosa de raiva, sem saber se se sentia vazia ou grata. John, Tom, Anna e Charlie estavam sentados a conversar, com copos de vinho tinto nas mãos. Pelos vistos, alguém encontrara o saca-rolhas. Já de casaco e chapéu, Lydia enfiou a cabeça na sala.

– Mamã, de quantos ovos preciso?

Janeiro de 2004

🦋 Alice tinha bons motivos para cancelar a sua consulta na manhã do dia 19 de Janeiro com o neuropsicólogo e com o Dr. Davis. A semana de exames do semestre de Outono em Harvard calhava em Janeiro, depois de os alunos regressarem das férias, e o exame final da aula de Cognição de Alice estava marcado para essa manhã. Não era essencial que ela estivesse presente, mas gostava da sensação de dever cumprido que isso lhe trazia, de acompanhar os alunos desde o princípio ao fim. Com alguma relutância, pediu a um assistente que supervisionasse o exame. Outra grande razão era que a mãe e a irmã tinham morrido a dezanove de Janeiro, trinta e um anos antes. Ela não se considerava supersticiosa, como John, mas nunca recebia boas notícias nessa data. Pedira à recepcionista se podia marcar para outra altura, mas ou era nesse dia ou daí a quatro semanas. Portanto aceitou e não cancelou. A ideia de esperar mais um mês era quase insuportável.

Imaginou os seus alunos em Harvard, nervosos em relação às perguntas do exame, resumindo os conhecimentos de um semestre nas páginas dos seus cadernos, com esperança de que as suas memórias a curto prazo, atafulhadas, não lhes falhassem. Compreendia exactamente como se sentiam. A maior parte dos testes neuropsicológicos que lhe foram administrados nessa manhã era-lhe familiar – Teste de Stroop, Teste das Matrizes Progressivas de Raven, Teste da Rotação Mental de Luria, Teste de Nomeação de Boston, Teste de Disposição de Imagens WAIS-R, Teste de Retenção Visual de Benton, Teste de Memória de Histórias da Universidade de Nova Iorque. Eram concebidos para trazer ao de cima quaisquer fraquezas subtis na integridade da fluência de linguagem, memória recente e processos de raciocínio. Na verdade, ela já fizera muitos destes testes antes, como sujeito de controlo negativo nos estudos de cognição de vários estudantes. Mas, hoje, não era um sujeito de controlo. Era o sujeito a ser testado.

Os testes de cópia, memória, disposição e nomeação demoraram quase duas horas. Tal como os estudantes que imaginara, sentiu-se aliviada quando acabou e bastante confiante do seu desempenho. Acompanhada pelo neuropsicólogo, Alice entrou no gabinete do Dr. Davis e sentou-se numa das duas cadeiras colocadas lado a lado, voltadas para ele. O médico olhou para a cadeira vazia ao seu lado e soltou um suspiro desapontado. Mesmo antes de ele falar, Alice soube que tinha sérios problemas.

– Alice, não falámos sobre trazer um acompanhante, da última vez?

– Falámos.

– Muito bem, é uma exigência desta unidade que todos os doentes tragam alguém que os conheça bem. Não poderei tratá-la devidamente se não tiver uma imagem exacta do que se está a passar, e não posso ter a certeza de possuir essa informação sem a presença dessa pessoa. Para a próxima, Alice, não admito desculpas. Estamos de acordo?

— Sim.

Para a próxima. Todo o alívio e confiança nascidos da auto-avaliação da sua competência nos exames neuropsicológicos se dissiparam.

— Já tenho os resultados de todos os seus exames e podemos então rever tudo. Não vejo nada anormal na sua ressonância magnética. Nem doenças vasculares cerebrais, nem evidências de pequenos enfartes silenciosos, nem hidrocefalia ou massas. Parece estar tudo bem. E as análises ao sangue e a punção lombar também estão todas negativas. Fui tão agressivo quanto possível e procurei todos os problemas que pudessem explicar o tipo de sintomas que manifesta. Portanto sabemos que não tem HIV, cancro, doenças priónicas, deficiência de vitaminas, doença mitocondrial nem qualquer outra doença rara.

O seu discurso era bem construído e era evidente que não se tratava da primeira vez que o fazia. Só no final Alice saberia o que tinha. Acenou, para ele perceber que ela estava a acompanhar e que podia prosseguir.

— Ficou classificada no percentil noventa e nove na sua capacidade de atenção, em coisas como práxis, raciocínio abstracto, capacidades espaciais e fluência de linguagem. Mas, infelizmente, o que eu vejo é que tem uma disfunção da memória recente que é desproporcional à sua idade e representa um declínio significativo em relação ao seu anterior nível de funcionamento. Sei-o pelo seu próprio relato dos problemas que tem tido e pela sua descrição do nível a que têm interferido com a sua vida profissional. Vi-o também pessoalmente, quando não conseguiu recuperar a morada que lhe pedi para fixar da última vez que aqui esteve. E, embora tenha sido perfeita na maior parte dos domínios cognitivos, hoje mostrou uma grande variabilidade em duas das tarefas relacionadas com a memória recente. Na verdade, numa delas, baixou para o percentil sessenta. Quando junto todas estas informações, Alice, o que elas me dizem é que preenche os critérios para ter, provavelmente, Doença de Alzheimer.

Doença de Alzheimer.

As palavras deixaram-na sem fôlego. O que estava ele a dizer-lhe, exactamente? Repetiu as palavras na sua mente. *Provavelmente.* Essa palavra deu-lhe força de vontade para inspirar e devolveu-lhe a capacidade de falar.

— Então «provavelmente» significa que posso não preencher todos os critérios.

— Não, usamos a palavra «provavelmente» porque o único diagnóstico definitivo para a Alzheimer, neste momento, é examinar a histologia do tecido cerebral, o que requer uma autópsia ou uma biópsia, e nenhuma dessas opções é indicada para si. Trata-se de um diagnóstico clínico. Não existe uma proteína da demência no sangue que possa confirmar-nos que a tem, e só esperamos ver qualquer atrofia do cérebro numa ressonância magnética nas fases muito mais avançadas da doença.

Atrofia do cérebro.

— Mas não pode ser, tenho apenas cinquenta anos.

— Tem Alzheimer precoce. Tem razão, normalmente pensamos na Alzheimer como uma doença que afecta os mais idosos, mas dez por cento das pessoas com Alzheimer têm esta forma precoce e menos de sessenta e cinco anos.

— Em que é que difere da que surge em idades mais avançadas?

— Em nada, excepto que a causa tem regra geral uma forte componente genética e manifesta-se muito mais cedo.

Forte componente genética. Anna, Tom, Lydia.

— Mas, se apenas está seguro daquilo que eu não tenho, como pode dizer com alguma certeza que se trata de Alzheimer?

— Depois de a ouvir descrever o que lhe tem acontecido e o seu historial médico, depois de testar as suas capacidades de orientação, registo, atenção, linguagem e memória, fiquei com uma certeza de noventa e cinco por cento. Uma vez que não surgiu qualquer outra explicação nos seus exames neurológicos, nas análises ao sangue e ao fluido cérebro-espinal, ou na ressonância magnética, os outros cinco por cento desaparecem. Tenho a certeza, Alice.

Alice.

O som do seu nome penetrou-lhe em todas as células e pareceu dispersar as moléculas para além dos limites da sua própria pele. Observou-se a si própria do canto mais distante da sala.

— Então o que significa isto? — ouviu-se perguntar.

— Temos alguns medicamentos para a Alzheimer que gostaria que tomasse. O primeiro é o Aricept. Fortalece o funcionamento colinérgico. O segundo chama-se Namenda. Acabou de ser aprovado este Outono e tem mostrado resultados bastante prometedores. Nenhum deles é uma cura, mas podem abrandar a progressão dos sintomas e queremos dar-lhe o máximo de tempo possível.

Tempo. Quanto tempo?

— Quero também que tome vitamina E duas vezes por dia, vitamina C, aspirina infantil e uma estatina uma vez por dia. Não mostra quaisquer factores de risco evidentes de doenças cardiovasculares, mas tudo o que faz bem ao coração faz bem ao cérebro, e queremos preservar todos os neurónios e sinapses que conseguirmos.

Escreveu a informação num bloco de receitas.

— Alice, a sua família sabe que está aqui?

— Não — ouviu-se responder.

— Muito bem, tem de dizer a alguém. Podemos abrandar a velocidade do declínio cognitivo que tem vindo a sentir, mas não podemos travá-lo ou revertê-lo. É importante, para a sua segurança, que alguém que esteja regularmente consigo saiba o que se está a passar. Vai contar ao seu marido?

Viu-se acenar afirmativamente com a cabeça.

– Muito bem. Então, avie estas receitas, tome tudo segundo as indicações, telefone-me se tiver algum problema com efeitos secundários e marque uma consulta para daqui a seis meses. Daqui até lá, pode contactar-me por telefone ou *email* se tiver alguma dúvida, e encorajo-a também a entrar em contacto com a Denise Daddario. É a nossa assistente social e pode ajudá-la em termos de recursos e apoio. Vejo-a a si e ao seu marido daqui a seis meses e veremos então como estão as coisas.

Alice procurou nos olhos inteligentes do médico mais qualquer coisa. Esperou. Tornou-se estranhamente consciente das suas mãos a apertarem os braços metálicos e frios da cadeira onde estava sentada. As suas mãos. Não se transformara numa colecção etérea de moléculas a pairar ao canto da sala. Ela, Alice Howland, estava sentada numa cadeira fria e dura, ao lado de outra cadeira vazia, no gabinete de um neurologista na Unidade de Distúrbios da Memória no oitavo piso do Hospital Geral de Massachusetts. E acabara de lhe ser diagnosticada Doença de Alzheimer. Procurou mais qualquer coisa nos olhos inteligentes do médico mas encontrou apenas verdade e pesar.

Dezanove de Janeiro. Nunca acontecia nada bom nesse dia.

No seu gabinete, com a porta fechada, leu o questionário sobre Actividades da Vida Diária que o Dr. Davis lhe pedira para dar a John. **Deve ser preenchido por um cuidador, não pelo paciente**, dizia em letras carregadas no cimo da primeira página. A palavra «cuidador», a porta fechada e o bater acelerado do seu coração, tudo isso contribuía para um sentimento óbvio de culpa, como se estivesse escondida em alguma cidade da Europa de Leste, na posse de documentos ilegais, e a polícia viesse a caminho, com as sirenes a uivar.

A escala de classificação para cada actividade ia do 0 (sem problemas, como sempre fora) ao 3 (gravemente diminuído, totalmente dependente de terceiros). Passou os olhos pelas descrições ao lado dos «3» e calculou que representavam as fases finais da doença, o fim deste caminho curto e recto para o qual fora subitamente atirada, num carro sem travões e sem direcção.

O número 3 era uma lista humilhante: Precisa de ajuda com a maior parte dos alimentos. Não controla bexiga ou intestinos. Precisa que lhe dêem os medicamentos. Resiste aos esforços de terceiros para a limpar ou vestir. Já não funciona. Confinada a casa ou ao hospital. Já não sabe lidar com dinheiro. Já não sai sem ser acompanhada. Humilhante, mas a sua mente analítica ficou imediatamente céptica em relação à relevância concreta desta lista para o seu caso individual. Até que ponto as coisas descritas nesta lista se deviam à progressão da Doença de Alzheimer, e até que ponto se confundiam com a população esmagadoramente idosa que descreviam? Seriam os octogenários incontinentes por terem Alzheimer ou por terem bexigas de octogenários? Talvez estes «3» não se aplicassem a uma pessoa como ela, uma pessoa tão jovem e em boa forma física.

O pior estava sob o título «Comunicação». Discurso quase ininteligível. Não compreende o que as pessoas dizem. Deixou de ler. Nunca escreve. *Já não tem linguagem.* Para além de um diagnóstico errado, ela não conseguia formular uma hipótese que a tornasse imune a esta lista de «3». Tudo era aplicável a uma pessoa como ela. Uma pessoa com Alzheimer.

Olhou para as filas de livros e publicações na sua estante, a pilha de exames finais para corrigir na sua secretária, os *emails* na caixa de correio, a luz vermelha do gravador de mensagens a piscar no telefone. Pensou nos livros que sempre quisera ler, aqueles que enfeitavam a prateleira de cima no seu quarto, aqueles para os quais pensara ter tempo mais tarde. *Moby Dick*. Tinha experiências para fazer, artigos para escrever e palestras para dar e para assistir. Tudo aquilo que fazia e amava, tudo aquilo que era, tinha a ver com a linguagem.

As últimas páginas do questionário pediam ao cuidador para classificar a severidade dos seguintes sintomas sentidos pelo paciente no último mês: Delírio, Alucinações, Agitação, Depressão, Ansiedade, Euforia, Apatia, Desinibição, Irritabilidade, Perturbações Motoras Repetitivas, Perturbações do Sono, Alterações Alimentares. Sentiu-se tentada a preencher ela própria as respostas para demonstrar que estava na realidade perfeitamente bem e que o Dr. Davis devia estar enganado. Depois lembrou-se das palavras dele. *Pode não ser a fonte mais fiável em relação ao que se está a passar.* Talvez, mas ainda se lembrava de ele o ter dito. Perguntou a si própria quando chegaria a altura em que não o recordaria.

O seu conhecimento sobre a Doença de Alzheimer, na verdade, era muito superficial. Sabia que os cérebros dos pacientes com Alzheimer tinham níveis reduzidos de acetilcolina, um neurotransmissor importante para a aprendizagem e a memória. Sabia também que o hipocampo, uma estrutura em forma de cavalo-marinho no cérebro, essencial para a formação de novas memórias, ficava atolado com placas e nós, embora não soubesse o que eram exactamente placas e nós. E sabia que a anomia, um debaixo-da-língua patológico, era outro sintoma distintivo. E sabia que qualquer dia, olharia para o seu marido, filhos, colegas, caras que conhecia e amava desde sempre, e não os reconheceria.

E sabia que havia mais. Havia camadas e camadas de porcaria perturbadora para descobrir. Introduziu as palavras «Doença de Alzheimer» num motor de busca. Tinha o dedo suspenso sobre a tecla Executar quando duas pancadas secas na porta a fizeram abortar a missão e esconder as provas com a rapidez de um reflexo involuntário. Sem aviso e sem esperar por resposta, a porta abriu-se.

Alice temeu que a sua expressão fosse aturdida, ansiosa, dissimulada.

— Estás pronta? — perguntou John.

Não, não estava. Se confessasse a John aquilo que o Dr. Davis lhe dissera, se lhe desse o questionário sobre as Actividades da Vida Diária, tornar-se-ia tudo real. John tornar-se-ia no cuidador e Alice seria a doente moribunda e incompetente. Não estava pronta para se entregar. Ainda não.

— Vamos, os portões fecham daqui a uma hora — disse John.

— Está bem — disse Alice. — Estou pronta.

Fundado em 1831 como o primeiro cemitério ajardinado não-sectário da América, o Cemitério de Mount Auburn era agora um Monumento Histórico Nacional, uma paisagem arborizada e cultivada mundialmente famosa, e o local de repouso final da irmã, mãe e pai de Alice.

Esta era a primeira vez que o pai estaria presente no aniversário daquele fatídico acidente de automóvel, morto ou vivo, e isso irritava-a. Esta sempre fora uma visita privada, entre ela, a mãe e a irmã. Agora ele estaria também ali. E não merecia estar.

Percorreram a Yew Avenue, uma secção mais antiga do cemitério. O passo de Alice abrandou quando os seus olhos passaram pelas lápides familiares da família Shelton. Charles e Elizabeth tinham enterrado todos os seus três filhos – Susie, apenas um bebé, talvez nado-morto, em 1866, Walter, com dois anos, em 1868, e Carolyn, com cinco anos, em 1874. Alice tentou imaginar a dor de Elizabeth, sobrepondo os nomes dos seus próprios filhos às lápides. Nunca conseguia manter essa imagem macabra durante muito tempo – Anna azul e silenciosa ao nascer, Tom morto, provavelmente no seguimento de uma doença, com o seu pijama amarelo com pés, e Lydia, rígida e sem vida após um dia a colorir desenhos no jardim-de-infância. Os circuitos da sua imaginação rejeitavam sempre este tipo de especificidade sinistra, e rapidamente a imagem dos seus três filhos ganhava vida e eles se transformavam naquilo que eram.

Elizabeth tinha trinta e oito anos quando o seu último filho morrera. Alice perguntava-se se teria tentado ter mais filhos mas não conseguira engravidar, ou se ela e Charles teriam passado a dormir em camas separadas, demasiado feridos para correrem o risco de terem de comprar mais uma pequena lápide. Perguntava-se se Elizabeth, que vivera mais vinte anos do que Charles, alguma vez teria encontrado conforto ou paz na vida.

Continuaram em silêncio até ao talhão da sua família. As lápides eram simples, como caixas de sapatos de cimento gigantes, e formavam uma fila discreta sob os ramos de uma faia de folhas roxas. Anne Lydia Daly 1955-1972, Sarah Louise Daly 1931-1972, Peter Lucas Daly 1932-2003. A faia de ramos baixos erguia-se pelo menos trinta metros acima deles e tinha bonitas folhas brilhantes, de um verde-arroxeado, na Primavera, no Verão e no Outono. Mas agora, em Janeiro, os ramos negros e despidos lançavam longas sombras distorcidas sobre as campas da sua família, num cenário absolutamente sinistro. Qualquer realizador de filmes de terror adoraria aquela árvore em Janeiro.

John pegou-lhe na mão enluvada quando pararam debaixo da árvore. Nenhum deles falou. Nos meses mais quentes, ouviriam os sons de pássaros, aspersores, veículos de trabalho e música dos rádios dos carros. Mas hoje o cemitério estava em silêncio, à excepção da maré distante do tráfego para lá dos portões.

Sobre o que pensaria John enquanto ali estavam? Nunca lhe perguntara. Ele não chegara a conhecer a sua mãe ou a sua irmã, portanto só dificilmente conseguiria pensar nelas durante muito tempo. Pensaria na sua própria mortalidade ou espiritualidade? Na dela? Pensaria nos seus pais e irmãs, que ainda eram todos vivos? Ou estaria num sítio completamente diferente, a rever os pormenores da sua pesquisa ou das suas aulas, ou a pensar no que seria o jantar?

Como era possível que ela tivesse Doença de Alzheimer? *Forte componente genética*. Teria a sua mãe desenvolvido esta doença se tivesse chegado aos cinquenta anos? Ou seria o pai?

Quando era mais novo, o pai bebia quantidades extraordinárias de álcool sem sequer parecer embriagado. Fora ficando cada vez mais calado e introvertido, mas mantivera sempre capacidade de comunicação suficiente para pedir o próximo whisky ou para insistir que estava em condições de conduzir. Como na noite em que se despistara com o Buick na Route 93 e embatera contra uma árvore, matando a mulher e a filha mais nova.

Os seus hábitos de bebida nunca se tinham alterado, mas o seu comportamento sim, cerca de quinze anos antes. Os discursos beligerantes e disparatados, uma falta de higiene revoltante, não saber quem ela era – Alice sempre presumira que tudo isto se devia ao facto de o álcool estar finalmente a mostrar os seus efeitos no fígado e no cérebro, marinados como pickles. Seria possível que ele tivesse vivido com Alzheimer sem nunca ter sido diagnosticada? Ela não precisava de uma autópsia. Fazia demasiado sentido para não ser verdade e dava-lhe o alvo ideal para culpar.

Bom, pai, estás contente? Tenho a porcaria do teu ADN. Vais conseguir matar-nos a todas. Qual é a sensação de matar a família toda?

As suas lágrimas, explosivas e angustiadas, teriam parecido apropriadas a qualquer desconhecido que observasse a cena – os seus pais e irmã enterrados debaixo do chão, o cemitério ao crepúsculo, a faia fantasmagórica. Para John, deve ter parecido completamente inesperado. Ela não derramara uma única lágrima com a morte do pai, em Fevereiro passado, e a dor e sensação de perda pelas mortes da mãe e da irmã há muito que tinham sido atenuadas pelo tempo.

Abraçou-a sem lhe pedir que parasse e sem dar a entender que faria outra coisa a não ser abraçá-la enquanto ela quisesse chorar. Alice apercebeu-se de que o cemitério devia estar a fechar. Apercebeu-se de que, provavelmente, estava a deixar John preocupado. Apercebeu-se de que não havia lágrimas que pudessem purificar o seu cérebro contaminado. Enterrou o rosto no casaco de lã cor de ervilha do marido e chorou até estar exausta.

Depois, ele segurou-lhe o rosto nas mãos e beijou os cantos húmidos dos seus olhos.

– Alice, está tudo bem?

Não está nada tudo bem, John. Tenho Doença de Alzheimer.

Quase pensou que tinha dito as palavras em voz alta, mas não. Continuavam presas na sua cabeça, mas não por estarem barricadas por placas e nós. Simplesmente não conseguia dizê-las em voz alta.

Imaginou o seu próprio nome numa lápide, ao lado da de Anne. Preferia morrer do que perder o juízo. Ergueu os olhos para John, que a fitou com expressão paciente, à espera de uma resposta. Como podia dizer-lhe que tinha Alzheimer? Ele amava a mente dela. Como podia amá-la com isto? Olhou de novo para o nome de Anne gravado em pedra.

— Estou só a ter um dia muito mau.

Preferia morrer do que dizer-lhe.

Quis matar-se. Pensamentos impulsivos sobre suicídio ocorriam-lhe com rapidez e força, afastando violentamente todas as outras ideias, aprisionando-a num canto sombrio e desesperado durante dias. Mas faltava a estas ideias perseverança, e acabaram por ser reduzidos a uma possibilidade remota. Ela não queria morrer ainda. Ainda era uma respeitada professora de Psicologia da Universidade de Harvard. Ainda conseguia ler e escrever e usar a casa de banho. Tinha tempo. E tinha de dizer a John.

Estava sentada no sofá, com um cobertor cinzento sobre as pernas, apertando os joelhos e sentindo-se agoniada. Ele estava sentado na beira da cadeira de braços, à frente dela, perfeitamente imóvel.

— Quem te disse isso? — perguntou John.

— O Dr. Davis, é neurologista no Hospital Geral de Massachusetts.

— Um neurologista. Quando?

— Há dez dias.

Ele virou a cabeça e brincou com a aliança enquanto parecia examinar a tinta da parede. Alice conteve a respiração enquanto esperava que ele olhasse de novo para ela. Talvez nunca mais a visse da mesma maneira. Talvez ela nunca mais conseguisse respirar. Apertou as pernas com mais força.

— Ele está enganado, Alice.

— Não está.

– Não há nada errado contigo.

– Há, sim. Tenho-me esquecido das coisas.

– Toda a gente se esquece de coisas. Eu nunca me lembro onde pus os óculos, achas que também tenho Alzheimer?

– Os problemas que eu tenho tido não são normais. Não se trata apenas de não saber onde pus os óculos.

– Está bem, tens andado esquecida, mas estás na menopausa, estás stressada e a morte do teu pai provavelmente fez renascer os sentimentos sobre a perda da tua mãe e da Anne. Podes estar com uma depressão.

– Não estou com uma depressão.

– Como sabes? És médica? Devias falar com a tua médica, não com um neurologista.

– E falei.

– Diz-me exactamente o que ela te disse.

– Ela não achou que fosse uma depressão ou a menopausa. Não tinha uma explicação. Pensou que talvez eu não andasse a dormir bem. Queria esperar e voltar a ver-me dentro de alguns meses.

– Estás a ver? Não andas a tratar bem de ti, é só isso.

– Ela não é neurologista, John. Durmo muito bem. E isso foi em Novembro. Já passaram dois meses e não estou a melhorar. Estou a piorar.

Ela estava a pedir-lhe que acreditasse, com uma única conversa, naquilo que ela negara durante meses. Começou por um exemplo que ele conhecia.

– Lembras-te que não fui a Chicago?

– Isso podia ter-me acontecido a mim, ou a qualquer outra pessoa. Temos horários loucos.

– Sempre tivemos horários loucos, mas eu nunca me esqueci de apanhar um avião. E não é que tenha simplesmente perdido o avião, esqueci-me completamente da conferência, e tinha passado o dia inteiro a preparar-me para ela.

John esperou. Havia segredos gigantescos que ele desconhecia.

— Esqueço-me de palavras, esqueci-me completamente do tema da aula que ia dar, no tempo que demorei a ir do meu gabinete ao anfiteatro, a meio da tarde não consigo decifrar a intenção por trás de palavras que escrevi de manhã na minha lista de coisas a fazer.

Ela conseguia ler os pensamentos cépticos dele. Cansaço, stresse, ansiedade. Normal, normal, normal.

— Não fiz o pudim de Natal porque não consegui. Não me lembrava de um único passo da receita. Simplesmente desapareceu, e faço essa sobremesa de cabeça, todos os anos, desde que era miúda.

Ela estava a apresentar um caso surpreendentemente sólido contra si própria. Um júri podia dar-se por satisfeito. Mas John amava-a.

— Estava em frente da Nini's, em Harvard Square, e não fazia a mínima ideia do caminho para casa. Não conseguia perceber onde estava.

— Quando foi isso?

— Em Setembro.

Conseguira quebrar o silêncio dele, mas não a sua determinação em defender a integridade da saúde mental da mulher.

— Isto são apenas algumas coisas. Morro de medo de pensar naquilo que estou a esquecer sem sequer me aperceber.

A expressão dele mudou, como se tivesse identificado algo potencialmente significativo nos borrões de Rorschach de uma das suas películas de ARN.

— A mulher do Dan.

Disse-o mais para si próprio do que para ela.

– O quê? – perguntou Alice.

Algo se quebrara. Ela viu-o. O facto de isto ser possível introduziu-se na mente dele e diluiu a sua convicção.

– Tenho de ler umas coisas e depois quero falar com o teu neurologista.

Sem olhar para ela, levantou-se e dirigiu-se ao estúdio, deixando-a sozinha no sofá, abraçada aos joelhos, agoniada.

Fevereiro de 2004

🦋 Sexta-feira:
Tomar os medicamentos da manhã ✓
Reunião do departamento, 09h00m, sala 545 ✓
Responder a emails ✓
Aula de Motivação e Emoção, 13h00m, Centro de Ciências, Auditório B (tema: «Homeostasia e Instintos») ✓
Reunião com especialista em genética (John tem pormenores)
Tomar os medicamentos da noite

Stephanie Aaron era a especialista de genética ligada à Unidade de Distúrbios de Memória do Hospital Geral de Massachusetts. Tinha cabelo preto, pelos ombros, e sobrancelhas arqueadas que sugeriam abertura e curiosidade. Cumprimentou-os com um sorriso caloroso.

— Então, digam-me porque estão aqui hoje — disse Stephanie.

— A minha mulher foi recentemente informada de que tem Doença de Alzheimer e queríamos que fosse testada para verificar se existem mutações dos genes APP, PS1 e PS2.

John fizera os trabalhos de casa. Passara as últimas semanas mergulhado em literatura sobre a etiologia molecular da Alzheimer. Proteínas errantes nascidas de um destes três genes alterados eram os vilões conhecidos para os casos precoces.

— Alice, diga-me, o que espera descobrir com este teste? — perguntou Stephanie.

— Bom, parece uma forma razoável de tentar confirmar o meu diagnóstico. Melhor do que uma biópsia ao cérebro ou uma autópsia, pelo menos.

— Pensa que o seu diagnóstico pode não estar correcto?

— Achamos que é uma possibilidade real — disse John.

— Muito bem, primeiro, vamos falar sobre o que um resultado de mutação positivo ou negativo significaria para si. Estas mutações são completamente penetrantes. Se houver um resultado positivo de mutação nos genes APP, PS1 ou PS2, eu diria que essa é uma confirmação sólida do seu diagnóstico. Mas as coisas complicam-se um pouco se o resultado for negativo. Não podemos interpretar o que isso significa com algum grau de certeza. Cerca de cinquenta por cento das pessoas com Alzheimer precoce não revelam uma mutação em nenhum desses três genes. Isto não quer dizer que não tenham de facto Alzheimer ou que a doença não tenha uma base genética, apenas que ainda não sabemos em que gene a mutação se deu.

— Esse valor não é mais perto dos dez por cento para pessoas da idade dela? — perguntou John.

— Os números são um pouco inferiores para pessoas com a idade dela, é verdade. Mas, se o teste de Alice for negativo, infelizmente, não podemos dizer com certeza que ela não tem a doença.

Pode simplesmente pertencer à percentagem mais reduzida de pessoas dessa idade, com Alzheimer, que têm uma mutação num gene ainda não identificado.

Era plausível, ainda para mais a juntar à opinião médica do Dr. Davis. Ela sabia que John o compreendia, mas a interpretação dele encaixava na hipótese diminuta de «A Alice não tem Alzheimer e as nossas vidas não estão arruinadas», enquanto a de Stephanie não.

– Alice, isto faz sentido para si? – perguntou Stephanie.

Embora a pergunta fosse legítima, dado o contexto, Alice ficou ressentida e vislumbrou nela o que estaria subjacente a todas as suas conversas no futuro. Estaria competente o suficiente para compreender o que lhe estava a ser dito? Estaria o seu cérebro demasiado danificado, estaria demasiado confusa para consentir nisto? Ela sempre fora tratada com grande respeito. Se a sua capacidade mental fosse gradualmente substituída por doença mental, o que substituiria esse grande respeito? Piedade? Condescendência? Embaraço?

– Sim – disse Alice.

– Quero também deixar bem claro que, se os seus testes voltarem com um resultado positivo para a mutação, um diagnóstico genético não muda nada em relação ao seu tratamento ou prognóstico.

– Compreendo.

– Óptimo. Vamos reunir então alguma informação sobre a sua família. Alice, os seus pais ainda são vivos?

– Não. A minha mãe morreu num acidente de automóvel quando tinha quarenta e um anos e o meu pai morreu no ano passado, com setenta e um, de um problema hepático.

– Como eram as memórias deles enquanto estavam vivos? Algum deles mostrou sinais de demência ou alterações de personalidade?

– A minha mãe era perfeitamente normal. O meu pai foi alcoólico toda a vida. Sempre foi um homem calmo, mas tornou-se extremamente volátil à medida que envelhecia e passou a ser impossível manter uma conversa coerente com ele. Creio que nem sequer me reconhecia, nos últimos anos.

– Alguma vez o levaram a consultar um neurologista?

– Não. Sempre parti do princípio de que era da bebida.

– Quando diria que essas mudanças começaram?

– Pouco depois dos cinquenta anos.

– Ele estava podre de bêbado todos os dias. Morreu de cirrose, não de Alzheimer – interveio John.

Alice e Stephanie fizeram uma pausa e concordaram, em silêncio, deixá-lo pensar o que quisesse e continuar.

– Tem irmãos?

– A minha única irmã morreu nesse mesmo acidente, com a minha mãe, quando tinha dezasseis anos.

– E tias, tios, primos, avós?

Alice transmitiu o seu conhecimento incompleto da saúde e as histórias das mortes dos avós e outros familiares.

– Muito bem, se não têm mais perguntas, uma enfermeira vai recolher uma amostra de sangue. Vamos enviá-la para sequenciar e os resultados devem estar prontos dentro de duas semanas.

Alice olhou para a janela do carro enquanto percorriam Storrow Drive. Estava frio lá fora, já era de noite às cinco e meia da tarde e não se via ninguém a enfrentar os elementos ao longo das margens do rio Charles. Nem sinais de vida. John não ligara o rádio. Não havia nada que a distraísse dos pensamentos sobre ADN danificado e tecido cerebral necrótico.

— Vai dar negativo, Alice.

— Mas isso não mudaria nada. Não significa que eu não tenho Alzheimer.

— Tecnicamente, não, mas cria muito mais espaço para pensarmos que isto é outra coisa.

— O quê? Falaste com o Dr. Davis. Ele já me fez testes para todas as causas de demência que encontraste.

— Olha, acho que te precipitaste ao consultar um neurologista. Ele olha para os teus sintomas e vê Alzheimer, mas é isso que está treinado para ver, não significa que tenha razão. Lembras-te quando magoaste o joelho, no ano passado? Se tivesses ido falar com um cirurgião ortopédico, ele teria visto um ligamento rasgado ou cartilagem gasta e teria querido operar-te. É um cirurgião, por isso vê a cirurgia como solução. Mas tu apenas paraste de correr durante algumas semanas, tomaste algo para as dores e ficaste boa. Acho que estás exausta e stressada, acho que as alterações hormonais da menopausa estão a causar o caos na tua fisiologia e acho que estás com uma depressão. Podemos lidar com todas essas coisas, Alice, temos apenas de nos debruçar sobre cada uma delas.

Fazia sentido. Não era provável que uma pessoa da idade dela tivesse Doença de Alzheimer. Estava na menopausa e estava exausta. E talvez estivesse deprimida. Isso explicaria por que motivo não estava a resistir mais ao diagnóstico, por que motivo não queria lutar até à morte contra a mera sugestão deste destino fatal. Certamente que não era típico dela. Talvez estivesse stressada, cansada, na menopausa e deprimida. Talvez não tivesse Doença de Alzheimer.

Quinta-feira:
07h00m, tomar os medicamentos da manhã ✓
Acabar revisão de Psiconomia ✓
11h00m, almoço com Dan, meu gabinete ✓
12h00m, seminário, sala 700 ✓
15h00m, reunião com especialista em genética (John tem pormenores)
20h00m, tomar os medicamentos da noite

Stephanie estava sentada atrás da secretária quando eles entraram, mas, desta vez, não sorriu.

— Antes de falarmos sobre os resultados, tem alguma dúvida ou questão sobre a informação que vimos na última vez? — perguntou.

— Não — disse Alice.

— Ainda quer saber os resultados?

— Sim.

— Lamento muito dizer-lhe, Alice, mas os testes deram positivo para uma mutação do gene PS1.

Bom, ali estava, prova absoluta, preto no branco, servida sem açúcar. E custava a engolir. Podia tomar um *cocktail* de substituição de estrogénio, Xanax e Prozac, e passar os próximos seis meses a dormir doze horas por dia no Rancho Canyon, mas isso não mudaria nada. Tinha Doença de Alzheimer. Queria olhar para John, mas não tinha força de vontade para virar a cabeça.

— Tal como falámos, esta mutação é autossómica dominante e está associada ao desenvolvimento certo de Alzheimer, portanto o resultado condiz com o diagnóstico que lhe foi feito.

— Qual é a taxa de falsos positivos do laboratório? Qual é o nome do laboratório? — perguntou John.

— É o Athena Diagnostics, e têm uma precisão superior a noventa e nove por cento no nível de detecção desta mutação.

— John, é positivo — disse Alice.

Olhou então para ele. O seu rosto, normalmente anguloso e determinado, parecia-lhe flácido e desconhecido.

— Lamento, sei que estavam ambos à procura de um escape a este diagnóstico.

— O que significa para os nossos filhos? — quis saber Alice.

— Sim, esse é um aspecto em que há muito para pensar. Que idade têm eles?

— Estão todos na casa dos vinte.

— Portanto não será de esperar que qualquer um deles esteja já na fase sintomática. Cada um dos seus filhos tem uma percentagem de cinquenta por cento de herdar esta mutação, que tem uma possibilidade de cem por cento de causar a doença. É possível fazer um teste genético pré-sintomático, mas há muito a ter em conta. Será este conhecimento algo com que eles quererão viver? Como é que afectaria as suas vidas? E se um deles for positivo e o outro for negativo, como afectará as relações entre eles? Alice, eles sabem sequer do seu diagnóstico?

— Não.

— Talvez seja bom começar a pensar em dizer-lhes. Sei que é muita coisa para lidar de uma só vez, em particular porque ambos ainda estão a absorver tudo isto. Mas, com uma doença progressiva como esta, pode fazer planos para lhes contar mais tarde e depois não conseguir fazê-lo como planeou originalmente. Ou talvez isto seja algo que deixará o John fazer?

— Não, dir-lhes-emos juntos — disse Alice.

— Algum dos seus filhos tem filhos?

Anna e Charlie.

— Ainda não — respondeu Alice.

— Se estão a pensar ter, esta pode ser uma informação muito importante para eles. Aqui tem alguma informação que reuni e que pode dar-lhes, se quiser. Tem também o meu cartão e o cartão de um terapeuta que é maravilhoso a falar com famílias que passaram pelo teste e diagnóstico genético. Posso responder a mais alguma pergunta, para já?

— Não, não me lembro de nada.

— Lamento não ter podido dar-lhe os resultados que esperava.

— Eu também.

Nenhum deles falou. Entraram no carro, John pagou o estacionamento e saíram para a Storrow Drive em silêncio. Pela segunda semana seguida, as temperaturas estavam abaixo de zero, com o factor vento. As pessoas que costumavam fazer *jogging* eram obrigadas a ficar em casa, a correr em passadeiras rolantes ou simplesmente a esperar por tempo mais ameno. Alice odiava passadeiras rolantes. Sentada no banco do passageiro, esperou que John dissesse alguma coisa. Mas ele não disse nada. Chorou o caminho todo até casa.

Março de 2004

🦋 Alice abriu a tampa marcada «segunda-feira» da sua caixa de comprimidos de plástico e despejou os sete comprimidos para a mão. John entrou na cozinha com ar determinado mas, ao ver o que ela estava a fazer, deu meia volta e saiu, como se tivesse surpreendido a mãe nua. Recusava-se a vê-la tomar os medicamentos. Podia estar a meio de uma conversa, a meio de uma frase, mas, assim que ela pegava na caixa de comprimidos com os dias da semana, ele saía da sala. Fim de conversa.

Engoliu os comprimidos com três goles de chá quente e queimou a garganta. A experiência também não era exactamente agradável para ela. Sentou-se à mesa da cozinha, soprou para o chá e ouviu os passos pesados de John no quarto por cima dela.

— Do que estás à procura? — gritou.

— De nada — respondeu ele.

Provavelmente dos óculos. No mês que passara desde a última visita à especialista em genética ele deixara de lhe pedir ajuda para encontrar os óculos e as chaves, apesar de ela saber que ele ainda tinha dificuldade em saber onde os deixava.

John entrou na cozinha com passos rápidos e impacientes.

– Posso ajudar? – ofereceu-se ela.

– Não, está tudo bem.

Alice pensou qual seria a origem desta nova independência obstinada. Estaria ele a tentar poupar-lhe o fardo mental de saber onde estavam as coisas que ele perdia? Estaria a praticar para um futuro sem ela? Sentir-se-ia simplesmente demasiado embaraçado por pedir ajuda a uma doente de Alzheimer? Bebeu o chá, absorvida num quadro com uma maçã e uma pêra que estava na parede há pelo menos uma década e ouviu-o mexer na correspondência e nos papéis em cima do balcão atrás dela.

Depois John passou por ela e saiu para o corredor. Alice ouviu a porta do armário do vestíbulo a abrir-se. Ouviu a porta do armário do vestíbulo a fechar-se. Ouviu as gavetas da mesinha do vestíbulo abrirem-se e fecharem-se.

– Estás pronta? – chamou ele.

Alice acabou o chá e juntou-se a ele no corredor. John tinha o casaco vestido, os óculos equilibrados no cabelo revolto e as chaves na mão.

– Sim – disse, seguindo-o para a rua.

O princípio da Primavera em Cambridge era um mentiroso feio e indigno de confiança. Ainda não havia rebentos nas árvores, nem tulipas suficientemente corajosas ou estúpidas para terem emergido através da camada de neve seca, agora com um mês, nem a banda sonora primaveril de trinados a tocar em fundo. As ruas continuavam estreitadas por bancos de neve escura e poluída. Qualquer neve que derretesse durante as temperaturas relativamente amenas do meio-dia voltava a congelar com as temperaturas baixas ao final da tarde, transformando os caminhos no *campus* e os passeios da cidade em faixas traiçoeiras de gelo negro. A data no calendário apenas fazia com que as pessoas se sentissem ofendidas ou enganadas, conscientes de que já era Primavera noutros lados, onde as pessoas usavam camisolas de manga curta e acordavam com o som de piscos a chilrear. Aqui, o frio e o tormento não mostravam sinais de querer abrandar e os únicos pássaros que Alice ouvia, enquanto caminhavam para a universidade, eram corvos.

John concordara em ir a pé com ela para Harvard todas as manhãs. Alice dissera-lhe que não queria correr o risco de se perder. Na verdade, simplesmente queria ter de novo aquele tempo com ele, reacender a sua anterior tradição matinal. Infelizmente, considerando que o risco de serem atropelados era menor do que o de se magoarem se escorregassem nos passeios gelados, caminhavam em fila pela estrada e não conversavam.

Uma pedrinha entrou na bota direita de Alice. Pensou se devia parar na rua para se descalçar e a retirar, ou se seria melhor esperar até chegarem ao Jerri's. Para o fazer, teria de se equilibrar num pé só enquanto expunha o outro ao ar gelado. Decidiu aguentar o desconforto por mais dois quarteirões.

O Jerri's, na Massachusetts Avenue, a meio caminho entre Porter e Harvard, tornara-se uma instituição de Cambridge para os viciados em cafeína muito antes da invasão do Starbucks. O menu de café, chá, bolos e sanduíches, escrito a giz em maiúsculas no quadro ao lado do balcão era o mesmo desde os dias de estudante de Alice. Apenas os preços à frente de cada artigo mostravam indícios de terem sido alvo de atenção recente, delineados com pó de giz em forma de apagador e escritos numa caligrafia diferente da do autor das sugestões à esquerda. Alice estudou o quadro, perplexa.

— Bom dia, Jess, um café e um scone de canela, por favor — disse John.

— O mesmo para mim — disse Alice.

— Tu não gostas de café — disse John.

— Gosto, sim.

— Não, não gostas. Ela quer um chá de limão.

— Quero um café e um scone.

Jess olhou para John para ver se ele devolveria a bola, mas o jogo terminara.

— Muito bem, dois cafés e dois scones — disse Jess.

Lá fora, Alice bebeu um gole. O sabor era amargo e desagradável e tinha pouco a ver com o cheiro delicioso.

— Como está o teu café? — perguntou John.

— Óptimo.

Enquanto caminhavam até ao *campus*, Alice bebeu o café que odiava só para o contrariar. Mal podia esperar por estar sozinha no seu gabinete, onde podia deitar fora o resto da maldita bebida. Além disso, precisava desesperadamente de tirar a pedrinha da bota.

Depois de descalçar as botas e deitar o café para o lixo, atacou primeiro a caixa de correio. Abriu um *email* de Anna.

Olá, mamã,
Adorávamos ir jantar com vocês, mas esta semana vai ser complicado, por causa do julgamento do Charlie. E se for para a semana? Que dia será melhor para vocês? Estamos livres qualquer noite, menos quinta e sexta-feira.
Anna

Olhou para o cursor que piscava de forma provocadora no ecrã e tentou imaginar as palavras que queria usar na resposta. A conversão dos seus pensamentos para voz, caneta ou teclado requeria muitas vezes um esforço consciente e uma persuasão calma. E ela tinha pouca confiança na ortografia de palavras, algo pelo qual fora, muito tempo antes, recompensada pela professora com estrelas douradas e elogios.

O telefone tocou.

— Olá, mamã.

— Oh, que bom, ia mesmo agora responder ao teu *email*.

— Não te mandei *email* nenhum.

Insegura, Alice releu a mensagem no ecrã.

— Acabei de o ler. O Charlie tem um julgamento esta semana…

— Mamã, fala a Lydia.

— Oh, o que fazes a pé tão cedo?

— Agora levanto-me sempre cedo. Queria telefonar-vos ontem à noite mas já era muito tarde aí. Consegui um papel incrível numa peça chamada *Memória da Água*. É com um encenador fenomenal e vai ter seis sessões em Maio. Acho que vai ser muito boa e, com este encenador, vai certamente atrair muitas atenções. Estava a pensar que talvez tu e o papá pudessem vir ver-me?

A inflexão ascendente no final da frase e o silêncio que se seguiu disseram a Alice que era a sua vez de falar, mas ainda estava a tentar processar tudo o que Lydia acabara de dizer. Sem a ajuda de auxiliares visuais por parte da pessoa com quem falava, as conversas telefónicas deixavam-na muitas vezes confusa. Às vezes as palavras misturavam-se, as mudanças súbitas de assunto eram difíceis de antecipar e seguir e a sua compreensão sofria em consequência disso. Embora escrever também apresentasse um conjunto próprio de problemas, ela podia mantê-los escondidos, pois não estava limitada a uma resposta em tempo real.

— Se não queres vir, podes dizê-lo — disse Lydia.

— Não, quero, mas...

— Ou se estiveres demasiado ocupada, seja o que for. Eu sabia que devia ter telefonado ao papá.

— Lydia...

— Deixa estar, tenho de ir.

E desligou. Alice estava prestes a dizer que tinha de falar com John mas que, se ele pudesse deixar o laboratório, ela adoraria ir. Mas, se ele não fosse, ela não podia atravessar o país de avião sem ele e teria de arranjar uma desculpa qualquer. Com medo de se sentir perdida ou confusa longe de casa, andava a evitar as viagens. Recusara uma oferta para falar na Universidade de Duke no próximo mês e deitara fora os impressos de inscrição para uma conferência sobre linguagem na qual estava presente todos os anos desde que era estudante. Queria ver a peça de Lydia, mas, desta vez, a sua presença estava à mercê da disponibilidade de John.

Ainda com o telefone na mão, pensou em ligar-lhe, mas depois pensou melhor e pousou o auscultador. Fechou a mensagem de resposta a Anna, ainda sem nada escrito, e abriu um novo *email* para mandar a Lydia. Olhou para o cursor a piscar, com os dedos paralisados sobre o teclado. A bateria do seu cérebro estava em baixo, hoje.

— Vá lá — incitou, desejando poder ligar um par de cabos de bateria à cabeça e dar um belo choque a si própria.

Hoje não tinha tempo para a Alzheimer. Tinha *emails* para responder, uma proposta de bolsa para escrever, uma aula para dar e um seminário para assistir. E, ao fim do dia, uma corrida. Talvez uma boa corrida lhe trouxesse alguma clareza.

Alice enfiou na meia um papel com o seu nome, morada e número de telefone. Claro, se ficasse confusa o suficiente para não saber o caminho para casa, podia não ter a presença de espírito para se lembrar de que trazia esta informação útil na sua pessoa. Mas, de qualquer maneira, era uma precaução que tomava.

Correr estava a tornar-se cada vez menos eficaz em lhe desanuviar os pensamentos. Na verdade, ultimamente, sentia-se mais como se estivesse a perseguir fisicamente as respostas a uma série interminável de perguntas fugitivas. E, por mais depressa que corresse, nunca as conseguia apanhar.

O que devia estar a fazer? Tomava os remédios, dormia seis a sete horas por noite e agarrava-se à normalidade da vida diária em Harvard. Sentia-se como uma fraude, fazendo-se passar por uma professora de Harvard sem uma doença progressiva e neurodegenerativa, a trabalhar todos os dias como se as coisas estivessem muito bem e assim fossem continuar.

Não havia muitas medidas para o desempenho ou responsabilidade diária na vida de um professor. Não tinha contas para fazer, nem uma certa quota de aparelhos para preencher, nem relatórios escritos para entregar. Havia margem para erro, mas quanta? A dada altura, a sua capacidade de funcionar ia deteriorar-se a um nível no qual as pessoas responsáveis repararriam e que não tolerariam. Queria deixar Harvard antes disso, antes dos mexericos e da piedade, mas não tinha forma de sequer tentar adivinhar quando seria.

E, embora a ideia de ficar tempo de mais a aterrorizasse, a ideia de deixar Harvard aterrorizava-a muito, muito mais. Quem era ela, se não fosse uma professora de Psicologia em Harvard?

Deveria tentar passar o máximo de tempo possível com John e os filhos? O que significava isso, na prática? Sentar-se ao lado de Anna enquanto ela trabalhava nos seus processos, seguir Tom nas suas rondas, observar Lydia nas aulas de representação? Como havia de lhes dizer que cada um deles tinha cinquenta por cento de probabilidades de vir a passar por isto? E se eles a culpassem e a odiassem, como ela culpava e odiava o pai?

Era cedo de mais para John se reformar. Quanto tempo poderia ele tirar, realisticamente, sem acabar com a sua própria carreira? Quanto tempo tinha ela? Dois anos? Vinte?

Embora a Alzheimer tivesse tendência a progredir mais depressa na forma precoce, as pessoas com Alzheimer precoce geralmente viviam com a doença durante muito mais anos, já que esta degeneração da mente acontecia em corpos relativamente jovens e saudáveis. Ela podia ficar por cá até ao fim brutal. Seria incapaz de se alimentar, incapaz de falar, incapaz de reconhecer John e os filhos. Estaria encolhida em posição fetal e, porque se esqueceria de como engolir, apanharia pneumonia. E John, Anna, Tom e Lydia concordariam em não a tratar com uma simples série de antibióticos, devastados pelo sentimento de culpa por se sentirem gratos por ter finalmente aparecido algo que mataria o seu corpo.

Inclinou-se para a frente e vomitou a lasanha que comera ao almoço. A neve demoraria ainda várias semanas a derreter o suficiente para limpar o seu vómito.

Sabia exactamente onde estava. Estava a caminho de casa, em frente da Igreja Episcopal de Todos-os-Santos, a poucos quarteirões da sua casa. Sabia exactamente onde estava mas nunca se sentira mais perdida em toda a sua vida. Os sinos da igreja começaram a tocar uma melodia que lhe fez lembrar o relógio dos avós. Rodou a maçaneta redonda de ferro na porta cor de tomate e seguiu o seu impulso para entrar.

Ficou aliviada quando viu que não estava ninguém no interior, pois não tinha formulado uma história coerente para explicar a sua presença. A sua mãe era judia, mas o pai insistira para que ela e Anne fossem criadas como católicas. Por isso, em criança, ia à missa todos os domingos, recebia a comunhão, confessava-se e fora crismada, mas como a mãe nunca participara em nada disto, Alice começara a questionar muito cedo a validade destas crenças. E, sem uma resposta satisfatória quer da parte do pai quer da Igreja Católica, nunca desenvolvera uma verdadeira fé.

A luz dos candeeiros lá fora entrava pelos vitrais góticos e proporcionava iluminação quase suficiente para ela conseguir ver toda a igreja. Em cada uma das janelas de vitral, Jesus, vestido com mantos vermelhos e brancos, era representado como um pastor ou um curandeiro a fazer um milagre. Uma faixa à direita do altar dizia DEUS É O NOSSO REFÚGIO E A NOSSA FORÇA, UMA AJUDA PRESENTE EM ALTURAS DE CRISE.

Ela não podia estar em maior crise e queria muito pedir ajuda. Mas sentia-se como uma intrusa, imerecedora, infiel. Quem era ela para pedir ajuda a um Deus no qual não tinha a certeza de acreditar, numa igreja sobre a qual não sabia nada?

Fechou os olhos, ouvindo as ondas do tráfego distante, calmantes como o oceano, e tentou abrir a mente. Não sabia quanto tempo ficara sentada no banco de veludo naquela igreja escura e fria, à espera de uma resposta. Não a obteve. Ficou mais tempo, na esperança de que um padre ou paroquiano entrasse e lhe perguntasse porque estava ali. Agora, tinha uma explicação para dar. Mas não apareceu ninguém.

Pensou nos cartões que o Dr. Davis e Stephanie Aaron lhe tinham dado. Talvez devesse falar com a assistente social ou com um terapeuta. Talvez eles pudessem ajudá-la. Depois, com uma lucidez total e simples, a resposta ocorreu-lhe.

Falar com John.

Deu por si desarmada para o ataque que a recebeu assim que entrou em casa.

– Onde estiveste? – perguntou John.

– Fui correr.

– Tens estado este tempo todo a correr?

– Fui também à igreja.

– À igreja? Não aguento isto, Alice. Ouve, tu não bebes café e não frequentas a igreja.

Ela sentiu o cheiro a álcool no hálito dele.

– Bom, hoje fui à igreja.

– Éramos para ter ido jantar com o Bob e a Sarah. Tive de telefonar a cancelar, esqueceste-te?

Jantar com os amigos, Bob e Sarah. Estava na sua agenda.

– Esqueci-me. Tenho Alzheimer.

– Eu não fazia a mínima ideia de onde estavas, se estavas perdida. Tens de começar a andar sempre com o telemóvel.

– Não posso levá-lo quando vou correr, não tenho bolsos.

– Então prende-o à cabeça com fita adesiva, não quero saber, mas não vou passar por isto de cada vez que te esqueceres que devias estar em algum lado.

Ela seguiu-o para a sala. Ele sentou-se no sofá, pegou no copo e recusou-se a olhar para ela. As gotas de suor na sua testa condiziam com as gotas no copo de whisky. Alice hesitou, depois sentou-

-se ao colo dele, abraçou-o com força, com a orelha encostada à dele, e despejou tudo.

— Tenho tanta pena de ter isto. Não aguento pensar em como vai ser ainda pior. Não aguento pensar que um dia vou olhar para ti, para esta cara que amo, e não vou saber quem tu és.

Percorreu com os dedos os contornos do seu maxilar e queixo e as linhas das muito destreinadas rugas de riso. Limpou-lhe o suor da testa e as lágrimas dos olhos.

— Mal consigo respirar quando penso nisso. Mas temos de pensar nisso. Não sei quanto tempo mais terei para te conhecer. Precisamos de falar sobre o que vai acontecer.

Ele levou o copo à boca, esvaziou-o de um trago e chupou o gelo. Depois olhou para ela com uma expressão assustada e profundamente sofredora nos olhos, uma expressão que ela nunca vira antes.

— Não sei se consigo.

Abril de 2004

🦋 Tão inteligentes como eram, não conseguiram formular um plano definitivo a longo prazo. Havia demasiadas incógnitas para simplesmente se decidirem por X, sendo a mais importante de todas: «A que velocidade vai isto progredir?» Tinham tirado um ano sabático juntos há seis anos, para escrever *From Molecules to Mind*, portanto estavam ambos a um ano de poderem tirar outro. Conseguiria Alice aguentar tanto tempo? Para já, tinham decidido que ela acabaria o semestre, evitaria viajar sempre que possível e passariam o Verão inteiro no Cape. Não conseguiam imaginar mais nada para além de Agosto.

E tinham concordado em não contar a ninguém, por enquanto, excepto aos filhos. Essa revelação inevitável, a conversa que os andava a deixar mais angustiados, teria lugar nessa manhã, durante um pequeno-almoço de pãezinhos, salada de fruta, omeleta mexicana, *cocktails* de champanhe e sumo de laranja e ovos de chocolate.

Não passavam a Páscoa todos juntos há vários anos. Anna passava por vezes esse fim-de-semana com a família de Charlie na Pensilvânia, Lydia ficara em Los Angeles nestes últimos anos e estava na Europa no ano antes disso, e John estivera numa conferência em Boulder há alguns anos. Foi preciso algum trabalho para convencer Lydia a vir a casa este ano. No meio dos ensaios para a peça, ela afirmava não poder dar-se ao luxo de fazer uma interrupção e não ter dinheiro para o bilhete de avião, mas John convencera-a de que podia perder dois dias e pagara-lhe o bilhete.

Anna recusou um *cocktail* de champanhe e um Bloody Mary e empurrou com um copo de água fresca os ovos de caramelo, que estava a comer como se fossem pipocas. Mas, antes que alguém pudesse desconfiar de uma possível gravidez, lançou-se nos pormenores do procedimento de inseminação intra-uterina que estava prestes a fazer.

— Falámos com um especialista de fertilidade no Brigham e ele não percebe. Os meus óvulos são saudáveis, tenho ovulação todos os meses e o esperma do Charlie é bom.

— Anna, honestamente, acho que ninguém quer ouvir falar do meu esperma — disse Charlie.

— Bom, mas é verdade e é muito frustrante. Até tentei acupunctura, e nada. Mas as minhas enxaquecas desapareceram. Portanto, pelo menos, sabemos que eu devia conseguir engravidar. Começo com injecções de hormonas folículo-estimulantes na terça-feira e, na próxima semana, vou injectar a mim própria uma coisa para libertar os óvulos e depois eles inseminam-me com o esperma do Charlie.

— Anna… — disse Charlie.

— É o que vão fazer, por isso, se tudo correr bem, para a semana estarei grávida!

Alice fez um esforço por mostrar um sorriso de apoio, escondendo o seu temor por trás dos dentes cerrados. Os sintomas da Doença de Alzheimer só se manifestavam depois dos anos reprodutivos, depois de o gene deformado ter sido inconscientemente passado à próxima geração. E se ela soubesse que carregava este gene, este destino, em todas as células do seu corpo? Teria concebido estes filhos ou tomado precauções para os evitar? Teria estado disposta a correr o risco do girar aleatório da meiose? Os seus olhos cor de âmbar, o nariz aquilino de John e o seu presenilina-1. Claro que, agora, não conseguia imaginar a sua vida sem eles. Mas antes de os ter tido, antes de ter a experiência desse amor primitivo e anteriormente inconcebível que viera com eles, teria decidido que seria melhor para todos se não tivesse filhos? E o que pensaria Anna?

Tom entrou, pedindo desculpas pelo atraso e sem a sua nova namorada. Era melhor assim. Hoje devia ser só para a família. E Alice não se lembrava do nome dela. Tom dirigiu-se de imediato à sala de jantar, provavelmente com medo de ter perdido o melhor da comida, e voltou à sala com um sorriso no rosto e um prato cheio com um bocadinho de tudo. Sentou-se no sofá ao lado de Lydia, que tinha o guião na mão e os olhos fechados, repetindo silenciosamente as suas falas. Estavam todos presentes. Era a altura.

— O vosso pai e eu temos algo importante para falar convosco e quisemos esperar até estarem os três juntos.

Olhou para John. Este acenou e apertou-lhe a mão.

— Há já algum tempo que tenho sentido dificuldades de memória, e, em Janeiro, foi-me diagnosticada a forma precoce da Doença de Alzheimer.

O tiquetaque do relógio em cima da lareira parecia muito alto, como se alguém lhe tivesse levantado o volume, como soava quando não estava ninguém em casa. Tom ficou imóvel, com uma garfada de omeleta no ar, entre o prato e a boca. Devia ter esperado que ele acabasse de comer.

– Têm a certeza de que é Alzheimer? Pediste uma segunda opinião? – perguntou Tom.

– Fizemos um teste genético. Ela tem a mutação no gene da presenilina-1 – disse John.

– É autossómica dominante? – perguntou Tom.

– Sim.

Disse mais a Tom, mas apenas com os olhos.

– O que quer isso dizer? Papá, o que estás a dizer? – perguntou Anna.

– Significa que todos nós temos cinquenta por cento de probabilidades de virmos a ter Doença de Alzheimer – explicou Tom.

– E o meu bebé?

– Ainda nem sequer estás grávida – disse Lydia.

– Anna, se tiveres a mutação, passa-se o mesmo com os teus filhos. Cada filho que tiveres terá cinquenta por cento de probabilidades de a herdar – disse Alice.

– Então o que fazemos? Podemos ser testados?

– Podem – respondeu Alice.

– Oh, meu Deus, e se eu o tiver? O meu bebé pode ter também – disse Anna.

– Provavelmente já haverá uma cura quando os nossos filhos vierem a precisar – disse Tom.

– Mas não a tempo para nós, é isso que estás a dizer? Os meus filhos ficarão bem mas eu serei um *zombie* irracional?

– Anna, chega! – exclamou John.

Tinha os maxilares contraídos e o rosto corado. Uma década antes, teria mandado Anna para o quarto. Agora, limitou-se a apertar a mão de Alice e agitou a perna. Tornara-se impotente, de tantas maneiras!

— Desculpem — disse Anna.

— É muito provável que exista um tratamento preventivo quando tiveres a minha idade. Essa é uma das razões pelas quais deviam saber se têm a mutação. Se tiverem, talvez possam começar alguma medicação antes de se tornarem sintomáticos e, se tudo correr bem, podem nunca chegar a manifestar os sintomas — disse Alice.

— Mamã, que tipo de tratamento existe agora, para ti? — perguntou Lydia.

— Bom, deram-me um antioxidante, vitaminas e aspirina, uma estatina e dois medicamentos para os neurotransmissores.

— E isso vai impedir que a Alzheimer piore? — perguntou Lydia.

— Talvez, durante algum tempo, mas não têm a certeza.

— E o que está ainda em ensaios clínicos? — perguntou Tom.

— Ando neste momento a estudar as possibilidades nessa área — disse John.

John tinha começado a falar com médicos e cientistas em Boston que estavam a fazer pesquisas sobre a etiologia molecular da Alzheimer, para obter a perspectiva deles sobre a promessa relativa das terapias em fase de testes clínicos. John era biólogo de células cancerígenas, não um neurocientista, mas não lhe era muito difícil compreender o elenco de criminosos moleculares descontrolados noutro sistema. Todos falavam a mesma língua — ligação a receptores, fosforilização, regulação transcripcional, depressões revestidas de clatrina, secretases. Tal como possuir um cartão de membro de um clube muito exclusivo, ser professor de Harvard dava-lhe credibilidade instantânea e acesso aos mais respeitados líderes de pensamento na comunidade de pesquisa da

Alzheimer em Boston. Se existisse ou pudesse existir em breve um tratamento melhor, John descobriria.

— Mas, mamã, pareces estar perfeitamente normal. Devem ter apanhado isto mesmo no princípio, eu nem sequer me aperceberia de que há algo errado – disse Tom.

— Eu sabia – disse Lydia. – Não que ela tem Alzheimer, mas que havia alguma coisa errada.

— Como? – perguntou Anna.

— Às vezes não faz sentido ao telefone e repete-se muito. Ou não se lembra de coisas que eu disse há cinco minutos. E não se lembrava de como fazer o pudim de Natal.

— Há quanto tempo reparaste nisso? – perguntou John.

— Há pelo menos um ano.

Alice só se começara a aperceber mais recentemente, mas acreditava na filha. E sentiu a humilhação de John.

— Preciso de saber se tenho isto. Quero fazer o teste. Vocês não querem saber? – perguntou Anna.

— Penso que viver com a ansiedade de não saber seria pior, para mim, do que saber, mesmo que o tenha – disse Tom.

Lydia fechou os olhos. Todos esperaram. Alice teve a ideia absurda de que ela recomeçara a decorar as suas falas ou adormecera. Depois de um silêncio desconfortável, ela abriu os olhos e falou.

— Eu não quero saber.

Lydia fazia sempre as coisas de maneira diferente.

Estava um silêncio curioso no centro William James. O barulho habitual dos estudantes nos corredores – a falarem, a discutirem, a brincarem, a queixarem-se, a gabarem-se, a namorarem – estava ausente. O Período de Leitura da Primavera precipitava normalmente a clausura súbita dos estudantes do *campus* em geral, nos seus quartos e nos cubículos da biblioteca, mas só começava dentro de uma semana. Muitos dos alunos de Psicologia Cognitiva tinham planeado um dia inteiro a observar estudos funcionais com ressonâncias magnéticas em Charlestown. Talvez fosse hoje.

Fosse qual fosse a razão, Alice ficou contente com a oportunidade de poder adiantar muito trabalho sem interrupções. Tinha optado por não continuar a parar no Jerri's para comprar um chá no caminho para o trabalho e agora desejava tê-lo feito. Apetecia-lhe a cafeína. Leu os artigos do *Linguistics Journal* deste mês, compôs a versão deste ano do exame final da sua aula de Motivação e Emoção e respondeu a todos os *emails* que tinha vindo a negligenciar. Tudo sem o telefone tocar nem ninguém lhe bater à porta.

Estava já em casa quando se apercebeu de que se esquecera de ir ao Jerri's. Ainda lhe apetecia aquele chá. Entrou na cozinha e pôs a chaleira a aquecer. O relógio do microondas dizia que eram 04h22m.

Olhou para a janela. Viu escuridão e o seu reflexo no vidro da janela. Estava de camisa de dormir.

Olá, mamã,
A inseminação intra-uterina não resultou. Não estou grávida. Não fiquei tão aborrecida como pensei que ficaria (e o Charlie parece quase aliviado). Vamos esperar que o outro teste também venha negativo. Temos a consulta amanhã. O Tom e eu passamos por aí depois para vos dizer os resultados.
Beijos,
Anna

As hipóteses de estarem ambos negativos para a mutação baixaram de improváveis para remotas quando eles ainda não tinham chegado uma hora depois do que Alice previra. Se ambos os testes fossem negativos, a consulta teria sido rápida, «estão ambos bem», «muito obrigado» e «vamos embora». Talvez Stephanie estivesse atrasada hoje. Talvez Anna e Tom tivessem ficado sentados na sala de espera muito mais tempo do que Alice imaginara.

As hipóteses desabaram para infinitesimais quando eles finalmente entraram em casa. Se estivessem ambos negativos, tê-lo-iam dito imediatamente ou seria bem visível nas suas expressões abertas e jubilantes. Em vez disso, esconderam muito bem o que sabiam enquanto entravam na sala, esticando ao máximo o tempo de A VIDA ANTES DE ISTO TER ACONTECIDO, o tempo antes de terem de partilhar a informação terrível que, obviamente, possuíam.

Sentaram-se lado a lado no sofá, Tom do lado esquerdo e Anna do lado direito, como costumavam sentar-se no banco de trás do carro quando eram pequenos. Tom era canhoto e gostava de ir à janela e Anna não se importava de ficar no meio. Estavam agora sentados mais próximos do que nunca, mesmo nessa altura, e quando Tom estendeu o braço e lhe pegou na mão Anna não gritou: «Mamã, o Tommy está a tocar-me!»

— Eu não tenho a mutação – disse Tom.

— Mas eu tenho – disse Anna.

Depois do nascimento de Tom, Alice lembrava-se de se ter sentido abençoada por ter o casalinho ideal. Tinham sido precisos vinte e seis anos para que essa bênção se transformasse numa maldição. A fachada estóica de força parental de Alice desmoronou-se e ela desatou a chorar.

— Desculpa – disse Alice.

— Vai correr tudo bem, mamã. Tal como disseste, eles vão encontrar um tratamento preventivo – disse Anna.

Mais tarde, quando Alice pensou nisso, não pôde deixar de ver a ironia. Exteriormente, pelo menos, Anna parecia ser a mais forte. Era sempre ela que consolava os outros. E no entanto isto não a surpreendia. Anna era a mais parecida com a mãe. Tinha o cabelo de Alice, a sua cor de pele e o seu temperamento. E o gene da presenilina-1 da mãe.

– Vou avançar com a fertilização, de qualquer maneira. Já falei com o médico e eles vão fazer um diagnóstico genético dos embriões pré-implantação. Vão testar uma célula de cada embrião, procurar a mutação e implantar apenas aqueles que não a tenham. Assim ficaremos com a certeza de que os meus filhos nunca terão isto.

Era uma boa notícia. Mas, enquanto os restantes continuavam a saboreá-la, o sabor tornou-se amargo na boca de Alice. Apesar de se odiar por isso, invejava Anna, por poder fazer aquilo que Alice nunca conseguira – proteger os filhos do mal. Anna nunca teria de se sentar em frente da filha, da sua primogénita, e vê-la lutar para compreender a notícia de que um dia teria Alzheimer. Desejou que estes avanços da medicina reprodutiva tivessem estado disponíveis para ela. Mas, se assim fosse, o embrião que se desenvolvera e transformara em Anna teria sido destruído.

Segundo Stephanie Aaron, Tom estava bem, mas não parecia. Estava pálido, abalado e com aspecto frágil. Alice imaginara que um resultado negativo para qualquer um deles seria um alívio, puro e simples. Mas eram uma família, unidos pelo peso da história e do ADN e do amor. Anna era a sua irmã mais velha. Fora ela que o ensinara a fazer balões de pastilha elástica e que sempre lhe dera as suas guloseimas de Halloween.

– Quem vai dizer à Lydia? – perguntou Tom.

– Eu digo – respondeu Anna.

Maio de 2004

🦋 Alice pensara pela primeira vez em dar uma espreitadela ao interior na semana após ter recebido o seu diagnóstico, mas não o fizera. Bolinhos da sorte, horóscopos, cartas de Tarot e lares de vida assistida não lhe despertavam interesse. Embora o seu futuro se aproximasse de dia para dia, não estava com pressa de o vislumbrar. Não acontecera nada em particular nessa manhã para lhe despertar a curiosidade ou a coragem para entrar no Centro de Repouso de Mount Auburn Manor. Mas, hoje, entrara.

O átrio não tinha nada assustador. Uma aguarela com uma paisagem marítima na parede, um tapete oriental gasto no chão e uma mulher com maquilhagem carregada nos olhos e cabelo preto curto, sentada atrás de uma secretária voltada para a porta da frente. Quase podia ser confundido com a recepção de um hotel, mas o ligeiro cheiro medicinal e a ausência de bagagem, carregadores e pessoas a entrarem e a saírem não condizia. As pessoas aqui eram residentes, não hóspedes.

– Posso ajudar? – perguntou a mulher.
– Ah… sim. Cuidam de doentes de Alzheimer?
– Sim, temos uma unidade especificamente dedicada a doentes com Alzheimer. Gostaria de a ver?
– Sim, obrigada.
Seguiu a mulher até aos elevadores.
– Está à procura de lar para algum familiar?
– Sim – mentiu Alice.
Esperaram. Tal como a maioria das pessoas que transportavam, os elevadores eram velhos e lentos a responder.
– Tem um colar muito bonito – disse a mulher.
– Obrigada.
Alice levou os dedos ao peito e esfregou as pedras falsas azuis nas asas da borboleta do colar *art nouveau* que fora da mãe. A mãe usava-o só no dia do aniversário e em casamentos e, tal como ela, Alice costumava guardá-lo apenas para ocasiões especiais. Mas agora não havia eventos formais na sua agenda e ela adorava aquele colar, por isso experimentara-o um dia, no mês passado, com um par de calças de ganga e uma t-shirt. Ficava perfeito.

Além disso, gostava de borboletas. Lembrava-se de ter cinco ou seis anos e chorar pelo destino das borboletas no seu quintal, depois de descobrir que elas só viviam alguns dias. A mãe consolara-a e dissera-lhe para não ficar triste pelas borboletas, porque o facto de as suas vidas serem curtas não significava que fossem trágicas. Enquanto as viam a esvoaçar sob o sol quente, entre as margaridas no jardim, a mãe dissera-lhe: *Vês, elas têm uma bela vida.* Alice gostava de se lembrar disso.

Saíram do elevador no terceiro piso, percorreram um longo corredor alcatifado, entraram por uma porta dupla sem qualquer sinal e pararam. A mulher apontou para as portas, que se fecharam automaticamente atrás delas.

— A Unidade de Cuidados Especiais de Alzheimer está trancada, o que quer dizer que ninguém passa por estas portas sem saber o código.

Alice olhou para o teclado na parede ao lado da porta. Os números estavam virados de cabeça para baixo e ordenados ao contrário, da direita para a esquerda.

— Porque estão os números assim?

— Oh, é para impedir que os residentes aprendam e fixem o código.

Parecia uma precaução desnecessária. *Se conseguissem lembrar--se do código, provavelmente não estariam aqui, pois não?*

— Não sei se já passou por isso com o seu familiar, mas as deambulações e agitação nocturnas são comportamentos muito comuns em quem tem Alzheimer. A nossa unidade permite que os residentes andem por onde querem a qualquer hora, mas em segurança e sem correrem o risco de se perderem. Não lhes damos tranquilizantes à noite nem os fechamos nos quartos. Tentamos ajudá-los a manter o máximo de liberdade e independência possível. É algo que sabemos ser importante para eles e para as suas famílias.

Uma mulher baixa, de cabelo branco, vestindo uma bata cor--de-rosa e verde às flores, dirigiu-se a Alice.

— Não és a minha filha.

— Não, lamento mas não sou.

— Devolve-me o meu dinheiro!

— Ela não lhe tirou o dinheiro, Evelyn. O seu dinheiro está no quarto. Veja na gaveta de cima da cómoda, acho que o pôs lá.

A mulher lançou um olhar desconfiado e ofendido a Alice, mas depois seguiu o conselho da figura de autoridade e regressou ao quarto, arrastando os pés calçados com chinelos turcos brancos e algo encardidos.

— Ela tem uma nota de vinte dólares que anda sempre a esconder porque tem medo que lha roubem. Depois, claro, esquece-se onde a pôs e acusa toda a gente de a ter roubado. Tentámos convencê-la a gastar o dinheiro ou a pô-lo no banco, mas ela recusa-se. Acabará por se esquecer de que a tem e isso porá um ponto final ao assunto.

Livres da investigação paranóica de Evelyn, passaram a uma sala comum ao fundo do corredor. A sala estava ocupada por pessoas idosas que almoçavam sentadas à volta de mesas redondas. Olhando melhor, Alice percebeu que a sala estava repleta de mulheres de idade.

— Só há três homens?

— Na verdade, apenas dois dos trinta e dois residentes são homens. O Harold vem todos os dias almoçar com a mulher.

Talvez por terem revertido às regras de separação da infância, os dois homens com Doença de Alzheimer estavam sentados sozinhos numa mesa, separados das mulheres. O espaço entre as mesas estava ocupado por andarilhos. Muitas das mulheres estavam em cadeira de rodas. Quase todos tinham cabelo branco e ralo e olhos encovados, ampliados pelas lentes grossas dos óculos, e todos comiam em câmara lenta. Não havia socialização, nem conversas, nem mesmo entre Harold e a mulher. Os únicos sons, para além dos ruídos da refeição, vinham de uma mulher que cantava enquanto comia, embora a sua agulha interna estivesse encravada na mesma estrofe de *By the Light of the Silvery Moon*, que repetia incessantemente. Ninguém protestou nem aplaudiu.

By the light of the silvery moon.

— Como já deve ter percebido, esta é a nossa sala de refeições e de actividades. Os residentes tomam o pequeno-almoço, almoçam e jantam aqui, à mesma hora, todos os dias. É importante terem rotinas previsíveis. As actividades também têm lugar aqui. Há bowling e bola no buraco, jogos de cultura geral, dança, música e trabalhos manuais. Esta manhã estiveram a fazer umas casinhas para pássaros adoráveis. E vem uma pessoa ler-lhes o jornal todos os dias, para os manter a par da actualidade.

By the light

— Os nossos residentes têm muitas oportunidades de ocupar e enriquecer os corpos e as mentes, tanto quando é possível.

of the silvery moon.

— E os familiares e amigos são sempre bem-vindos para participar em qualquer actividade, e podem juntar-se ao seu ente querido em qualquer refeição.

Para além de Harold, Alice não via quaisquer outros entes queridos. Nem maridos, nem mulheres, nem filhos ou netos, nem amigos.

— Temos também uma equipa médica altamente experiente, caso algum dos nossos residentes precise de cuidados adicionais.

By the light of the silvery moon.

— Algum dos residentes tem menos de sessenta anos?
— Oh, não, julgo que o mais novo tem setenta. A idade média é cerca de oitenta e dois, oitenta e três anos. É raro ver uma pessoa com Alzheimer e menos de sessenta anos.

Está a olhar para uma delas.

By the light of the silvery moon.

– Quanto custa tudo isto?
– Posso dar-lhe um pacote informativo quando sairmos, mas, desde Janeiro, o preço da Unidade de Cuidados Especiais de Alzheimer é de duzentos e oitenta e cinco dólares por dia.

Alice fez as contas por alto, de cabeça. Cerca de cem mil dólares por ano. A multiplicar por cinco, dez, vinte anos.

– Posso tirar-lhe mais alguma dúvida?

By the light.

– Não, obrigada.
Seguiu a sua guia de novo até às portas trancadas e viu-a introduzir o código.
0791925
Este lugar não era para ela.

Estava um daqueles dias raros em Cambridge, o tipo de dia mítico com que os nativos de New England sonhavam, mas de cuja existência acabavam por duvidar todos os anos – um dia de Primavera soalheiro, com uma temperatura de 20°. Um dia de Primavera com o céu azul que fazia pensar: *Finalmente não preciso de levar casaco.* Um dia que ninguém devia desperdiçar fechado num gabinete, principalmente se tivesse Alzheimer.

Alice fez um desvio de dois quarteirões para sudeste da universidade e entrou na gelataria Ben & Jerry's com o entusiasmo de uma adolescente a fazer gazeta às aulas.

— Quero um cone com três bolas de manteiga de amendoim, por favor.

Que se lixe, estou a tomar Lipitor.

Segurou o cone pesado e gigante como se fosse um Óscar, pagou com uma nota de cinco dólares, colocou o troco no frasco com a etiqueta que dizia «Gorjetas para a Universidade» e continuou na direcção do rio Charles.

Tinha-se convertido ao iogurte gelado, uma alternativa supostamente mais saudável, muitos anos antes, e esquecera-se de como os gelados eram espessos e cremosos e simplesmente deliciosos. Pensou no que acabara de ver no Centro de Repouso de Mount Auburn Manor enquanto lambia e caminhava. Precisava de um plano melhor, um plano que não incluísse atirar bolas para o buraco com Evelyn na Unidade de Cuidados Especiais de Alzheimer. Um plano que não custasse a John uma fortuna para manter viva e em segurança uma mulher que já não o reconhecia e que, naquilo que era mais importante, ele também não reconhecia. Ela não queria ficar aqui quando chegasse ao ponto em que os fardos, tanto emocionais como financeiros, ultrapassavam em muito os benefícios de continuar viva.

Estava a cometer erros e a esforçar-se para os compensar, mas tinha a certeza de que o seu QI ainda estava de alguma forma dentro da média. E as pessoas com QIs médios não se suicidavam. Bom, algumas faziam-no, mas não por razões relacionadas com o QI.

Apesar da crescente erosão da memória, o seu cérebro ainda a servia bem de muitas maneiras. Por exemplo, neste preciso momento, estava a comer o gelado sem o deixar pingar para cima do cone ou da mão através de uma técnica de lamber e virar que se tornara automática para ela em criança e que, provavelmente, estava armazenada perto da informação sobre «como andar de bicicleta» e «como apertar um atacador». Entretanto, desceu do passeio e atravessou a estrada, e o seu córtex motor e cerebelo resolveram as complexas equações matemáticas necessárias para deslocar o seu corpo para o outro lado sem cair nem ser atropelada por um carro. Reconheceu o cheiro doce de narcisos e um leve aroma de caril proveniente do restaurante indiano na esquina. A cada lambidela, saboreava os gostos deliciosos de chocolate e manteiga de amendoim, demonstrando a activação intacta dos caminhos do prazer no seu cérebro, os mesmos necessários para apreciar o sexo ou uma boa garrafa de vinho.

Mas, a dada altura, esquecer-se-ia de como comer um cone de gelado, como apertar os atacadores e como andar. A dada altura, os seus neurónios do prazer seriam corrompidos por um ataque de acumulação de amilóide e ela deixaria de conseguir apreciar as coisas que amava. A dada altura, deixaria simplesmente de valer a pena.

Desejou ter cancro em vez de Alzheimer. Trocaria a Alzheimer por um cancro sem hesitar. Sentiu-se envergonhada por este pensamento, e era sem dúvida uma negociação inútil, mas cedeu à fantasia, de qualquer maneira. Com cancro, ela teria algo que podia combater. Havia cirurgia, radiação e quimioterapia. Havia a possibilidade de poder vencer. A sua família e a comunidade de Harvard unir-se-iam no apoio à sua batalha, que seria considerada nobre. E, mesmo que acabasse por ser derrotada, poderia olhá-los nos olhos, conscientemente, e despedir-se antes de partir.

A Doença de Alzheimer era um monstro completamente diferente. Não havia armas capazes de o chacinar. Tomar Aricept e Namenda era como apontar duas bisnagas rotas a um incêndio violento. John continuava a estudar os medicamentos em desenvolvimento clínico, mas ela duvidava que algum deles estivesse pronto a tempo de fazer uma diferença significativa para ela, caso contrário ele já estaria ao telefone com o Dr. Davis, a insistir para que encontrassem uma forma de a incluir nos estudos.

Neste momento, todas as pessoas com Alzheimer enfrentavam o mesmo desfecho, quer tivessem oitenta e dois anos ou cinquenta, quer fossem residentes de Mount Auburn Manor ou professoras de Psicologia na Universidade de Harvard. O incêndio violento consumia tudo. Ninguém sairia de lá vivo.

E, enquanto uma cabeça calva e um laço de fita ao peito eram vistos como emblemas de coragem e esperança, o seu vocabulário relutante e memórias perdidas anunciavam instabilidade mental e insanidade iminente. Quem tinha cancro podia esperar o apoio da sua comunidade. Alice esperava ser marginalizada. Mesmo os mais educados e bem-intencionados tinham tendência a manter uma distância temerosa dos doentes mentais. Ela não queria ser alguém que as pessoas evitavam e a quem temiam.

Aceitando o facto de que tinha realmente Alzheimer, de que só podia contar com dois medicamentos de eficácia discutível para a tratar, e de que não podia trocar isto por outra doença curável, o que é que ela queria? Partindo do princípio de que a fertilização intra-uterina resultava, queria viver para pegar no bebé de Anna e saber que era seu neto. Queria ver Lydia representar em algo de que ela se orgulhasse. Queria ver Tom apaixonar-se. Queria mais um ano sabático com John. Queria ler todos os livros que conseguisse antes de deixar de saber ler.

Riu-se um pouco, surpreendida com aquilo que acabara de revelar a si própria. Nessa lista, não havia nada sobre linguística, ensino ou Harvard. Comeu o último pedacinho de cone. Queria mais dias soalheiros com vinte graus e cones de gelado.

E, quando o fardo da sua doença excedesse o prazer desse gelado, queria morrer. Mas teria, literalmente, a presença de espírito para reconhecer quando esse ponto fosse ultrapassado? Temia que o seu futuro eu fosse incapaz de recordar e executar este tipo de plano. Pedir a John ou a algum dos filhos para a ajudar com isto, fosse de que forma fosse, estava fora de questão. Nunca os colocaria nessa posição.

Precisava de arranjar um plano que comprometesse o seu futuro eu com um suicídio que planearia agora. Precisava de criar um teste simples, que pudesse administrar a si própria todos os dias. Pensou nas perguntas que o Dr. Davis e o neuropsicólogo lhe tinham feito, aquelas a que já não conseguira responder em Dezembro. Pensou naquilo que ainda queria. Ser brilhante a nível intelectual não era essencial para nenhum dos seus objectivos. Estava disposta a continuar a viver com grandes lacunas na memória a curto prazo.

Tirou o Blackberry da sua mala Anna Williams azul-bebé, um presente de aniversário de Lydia. Usava-a todos os dias, a tiracolo sobre o ombro esquerdo, apoiada na anca direita. Tornara-se um acessório indispensável, como a aliança de platina e o relógio de corrida. E combinava muito bem com o seu colar da borboleta. Nela tinha o telemóvel, o Blackberry e as chaves. Só a tirava quando ia para a cama.

Escreveu:

Alice, responde às seguintes perguntas:

1. Em que mês estamos?
2. Onde vives?
3. Onde é o teu escritório?
4. Quando é o aniversário da Anna?
5. Quantos filhos tens?

Se não conseguiste responder a qualquer uma destas perguntas, vai ao ficheiro chamado «Borboleta» no teu computador e segue imediatamente as instruções nele contidas.

Gravou o lembrete e pô-lo a vibrar todas as manhãs às oito horas, sem data de expiração. Sabia que havia muitos problemas com este plano, que não era de forma alguma infalível. Mas tinha esperança de abrir o ficheiro «Borboleta» antes de ela própria se tornar completamente falível.

Praticamente correu para a sala de aula, certa de que estava atrasada, mas ainda não tinha começado nada quando lá chegou. Sentou-se na coxia, a quatro filas da frente, do lado esquerdo do anfiteatro. Alguns alunos estavam ainda a entrar pelas portas ao fundo da sala mas, na sua maioria, a turma estava ali, pronta. Olhou para o relógio: 10h05m. O relógio da parede dizia o mesmo. Isto era muito invulgar. Tentou manter-se ocupada. Olhou para o caderno e reviu rapidamente os apontamentos da última aula. Fez uma lista de tarefas para o resto do dia:

Laboratório
Seminário
Correr
Estudar para o exame final

Eram 10h10m. Tamborilou com a caneta ao ritmo de *My Sharona*.

Os estudantes agitaram-se e começaram a ficar inquietos. Olharam para os cadernos e para o relógio na parede, folhearam os livros e fecharam-nos, ligaram computadores portáteis. Acabaram de beber os cafés. Abriram embalagens de chocolates e batatas fritas e várias outras guloseimas e comeram-nas. Roeram as tampas das canetas e as unhas. Viraram-se para trás para observar a entrada, inclinaram-se para falar com colegas noutras filas, levantaram as sobrancelhas e encolheram os ombros. Trocaram murmúrios e risinhos.

— Talvez seja um orador convidado — disse uma rapariga sentada duas filas atrás de Alice.

Alice abriu novamente o caderno de Motivação e Emoção. Terça-feira, 4 de Maio: Stresse, Incapacidade e Controlo (capítulos 12 e 14). Não dizia nada sobre um orador convidado. A energia na sala transformou-se de expectante numa dissonância embaraçada. Eles eram como grãos de milho num fogão quente. Assim que o primeiro rebentasse, os outros seguir-se-iam, mas ninguém sabia quem seria o primeiro ou quando. A regra formal em Harvard dizia que os alunos tinham de esperar vinte minutos por um professor atrasado antes de a aula ser oficialmente cancelada. Alice fechou o caderno, tapou a caneta e enfiou tudo na mala. Eram 10h21m. Tempo mais do que suficiente.

Quando se virou para sair, olhou para as quatro raparigas sentadas atrás dela. Todas devolveram o olhar e sorriram, provavelmente gratas por ela estar a soltar a pressão e a libertá-las. Alice ergueu o pulso, mostrando as horas como uma defesa irrefutável.

— Não sei o que vocês acham, mas eu tenho coisas melhores para fazer.

Subiu as escadas, saiu do anfiteatro pela porta do fundo e não olhou para trás.

Estava sentada no gabinete, a ver o tráfego brilhante da hora de ponta a deslizar por Memorial Drive. Sentiu a anca a vibrar. Tirou o Blackberry da mala azul-bebé.

Alice, responde às seguintes perguntas:

1. Em que mês estamos?
2. Onde vives?
3. Onde é o teu escritório?
4. Quando é o aniversário da Anna?
5. Quantos filhos tens?

Se não conseguiste responder a qualquer uma destas perguntas, vai ao ficheiro chamado «Borboleta» no teu computador e segue imediatamente as instruções nele contidas.

Maio
34 Poplar Street, Cambridge, MA 02138
Centro William James, sala 1002
14 de Setembro de 1977
Três

Junho de 2004

🦋 Uma mulher inconfundivelmente idosa, com unhas e lábios pintados de cor-de-rosa vivo, fazia cócegas a uma menina com cerca de cinco anos, presumivelmente sua neta. Ambas pareciam estar a divertir-se imenso. O anúncio dizia: A N.º 1 A FAZER CÓCEGAS *toma o medicamento n.º 1 para a Doença de Alzheimer*. Alice estava a folhear a *Boston Magazine* mas não conseguiu passar desta página. Um ódio por aquela mulher e pelo anúncio invadiu-a como um líquido quente. Estudou a imagem e as palavras, à espera de que os seus pensamentos apanhassem aquilo que compreendera instintivamente, mas, antes de conseguir perceber por que motivo se sentia antagonizada a um nível tão pessoal, a Dra. Moyer abriu a porta do consultório.

— Então, Alice, vejo que anda com dificuldades em dormir. Diga-me o que se passa.

— Demoro mais de uma hora para conseguir adormecer e geralmente acordo duas horas depois e tenho de passar pelo mesmo outra vez.

— Tem sentido afrontamentos ou desconforto físico à hora de deitar?

— Não.

— Que medicamentos está a tomar?

— Aricept, Namenda, Lipitor, vitaminas C e E e aspirina.

— Bom, infelizmente, a insónia pode ser um dos efeitos secundários do Aricept.

— Pois, mas não vou parar de tomar o Aricept.

— Diga-me o que faz quando não consegue dormir.

— Basicamente, fico deitada, preocupada. Sei que isto vai piorar muito mais, mas não sei quando, e tenho medo de adormecer e acordar na manhã seguinte e não saber onde estou, nem quem sou nem o que faço. Sei que é irracional, mas tenho a ideia de que a Alzheimer só consegue matar as células do meu cérebro quando estou a dormir, e que, desde que fique acordada e esteja vigilante, ficarei na mesma. Sei que é esta ansiedade toda que não me deixa dormir, mas não consigo evitar. Assim que percebo que não vou conseguir adormecer, começo a preocupar-me, e depois não consigo adormecer porque estou preocupada. Só estar a contar-lhe isto tudo já é cansativo.

Mas apenas parte do que dissera era verdade. Sim, andava preocupada. Mas continuava a dormir como um bebé.

— Sente-se dominada por este tipo de ansiedade noutras alturas do dia? — perguntou a Dra. Moyer.

— Não.

— Posso receitar-lhe um inibidor selectivo de recaptação da serotonina.

— Não quero antidepressivos. Não estou deprimida.

A verdade era que talvez estivesse um bocadinho deprimida. Fora-lhe diagnosticada uma doença fatal e incurável. E à filha também. Deixara quase completamente de viajar, as suas aulas antes dinâmicas tinham-se tornado insuportavelmente chatas e, mesmo nas raras ocasiões em que estava em casa com ela, John parecia estar a um milhão de quilómetros. Portanto, sim, estava um pouco triste. Mas essa parecia ser uma reacção adequada, tendo em conta a situação, e não um motivo para juntar mais um medicamento, com mais efeitos secundários, à sua dose diária. E não era por isso que aqui estava.

— Podíamos experimentar Restoril, um por noite, antes de deitar. Fará com que adormeça depressa e durma seis horas de seguida, e não deve acordar zonza de manhã.

— Preferia algo mais forte.

Seguiu-se uma longa pausa.

— Penso que será melhor marcarmos outra consulta. Pode voltar com o seu marido e falaremos sobre a necessidade de lhe receitar qualquer coisa mais forte.

— Isto não tem nada a ver com o meu marido. Não estou deprimida e não estou desesperada. Sei muito bem o que estou a pedir, Tamara.

A Dra. Moyer estudou-lhe o rosto cuidadosamente. Alice estudou o dela. Tinham ambas mais de quarenta anos, eram mais jovens do que velhas, ambas mulheres casadas, profissionais e com educação superior. Alice não conhecia a política da sua médica. Consultaria outro médico, se tivesse de ser. A sua demência ia piorar. Não podia correr o risco de esperar muito mais. Podia esquecer-se.

Tinha preparado outras frases mas não precisou delas. A Dra. Moyer pegou no bloco de receitas e começou a escrever.

Estava novamente na minúscula sala de exames com Sarah Qualquer Coisa, a neuropsicóloga. Ela voltara a apresentar-se a Alice apenas há instantes, mas Alice esquecera-se rapidamente do seu apelido. Não era um bom augúrio. A sala, no entanto, era igual ao que ela recordava de Janeiro – atafulhada, estéril e impessoal. Continha uma secretária com um computador iMac em cima, duas cadeiras de refeitório e um armário metálico. Mais nada. Nem janelas, nem plantas, nem imagens ou calendários nas paredes ou em cima da secretária. Totalmente livre de distracções, de possíveis pistas, de associações aleatórias.

Sarah Qualquer Coisa começou com o que parecia quase uma conversa normal.

– Alice, quantos anos tem?
– Cinquenta.
– Quando fez cinquenta?
– Em 11 de Outubro.
– E em que estação do ano estamos?
– Primavera, mas mais parece Verão.
– Eu sei, está muito calor hoje. E onde estamos?
– Na Unidade de Distúrbios da Memória, no Hospital Geral de Massachusetts em Boston, Massachusetts.
– Pode dizer-me os nomes das quatro coisas que vê nesta imagem?
– Um livro, um telefone, um cavalo e um carro.
– E o que é isto na minha camisa?
– Um botão.
– E isto no meu dedo?
– Um anel.
– Consegue soletrar «água» de trás para a frente?
– A-U-G-Á.

— Repita o seguinte: Quem, o quê, quando, onde, porquê.
— Quem, o quê, quando, onde, porquê.
— Levante a mão, feche os olhos e abra a boca.
Ela assim fez.
— Alice, quais eram os quatro objectos na imagem que vimos há pouco?
— Um cavalo, um carro, um telefone e um livro.
— Óptimo. Escreva uma frase aqui.

Nem acredito que um dia não conseguirei fazer isto.

— Muito bem, agora diga-me tantas palavras quantas conseguir, num minuto, começadas por S.
— Sarah, sobre, som. Sobreviver, saltar. Sexo. Sério. Sobre. Ops, já tinha dito esta. Sentir. Susto.
— Agora tantas palavras quantas conseguir com a letra F.
— Fugir. Fundo. Fixe. Ficar, fazer, forma. Foda-se — riu-se, surpreendida consigo própria. — Desculpe, saiu-me.
Sair começa com S.
— Não se preocupe, oiço-o muitas vezes.
Alice perguntou a si própria quantas mais palavras teria conseguido dizer há um ano. Perguntou a si própria quantas palavras por minuto seria considerado normal.
— Agora, diga-me tantos vegetais quantos conseguir.
— Espargos, brócolos, couve-flor. Alho francês, cebola. Pimento. Pimento… não sei, não me lembro de mais nenhum.
— Por fim, animais com quatro patas.
— Cães, gatos, leões, tigres, ursos. Zebras, girafas. Gazela.

— Agora leia esta frase em voz alta.

Sarah Qualquer Coisa estendeu-lhe uma folha de papel.

— Na terça-feira, dois de Julho, em Santa Ana, Califórnia, um violento incêndio fechou o Aeroporto John Wayne, deixando isolados trinta viajantes, entre os quais seis crianças e dois bombeiros — leu Alice.

Era uma história da Universidade de Nova Iorque, um teste do desempenho da memória declarativa.

— Agora diga-me o máximo de pormenores que recordar sobre a história que acabou de ler.

— Na terça-feira, dois de Março, em Santa Ana, Califórnia, um incêndio isolou trinta pessoas num aeroporto, incluindo seis crianças e dois bombeiros.

— Óptimo. Agora, vou mostrar-lhe uma série de imagens em cartões e vai apenas dizer-me o nome delas.

O Exame de Nomeação de Boston.

— Pasta, ventoinha, telescópio, iglu, ampulheta, rinoceronte. — *Outro animal de quatro patas.* — Raquete. Oh, espere, eu sei o que é, é uma escada para plantas, uma grade? Não. Uma latada! Acordeão, bolacha, roca. Oh, espere outra vez. Temos uma no jardim da nossa casa do Cape. Põe-se entre duas árvores e deitamo-nos nela. Não é uma réstia. É um, um... redil? Não. Oh, céus, sei que começa com R mas não me consigo lembrar.

Sarah Qualquer Coisa fez uma anotação na sua folha. Alice teve vontade de dizer que este esquecimento podia tão facilmente ser um caso de bloqueio como um sintoma de Alzheimer. Até estudantes universitários perfeitamente normais tinham, regra geral, um ou dois casos de «está-mesmo-debaixo-da-língua» por semana.

— Não há problema, vamos continuar.

Alice identificou o resto das imagens sem dificuldades mas ainda não conseguira activar o neurónio que codificara o nome do sítio para descansar. A deles estava pendurada entre dois abetos no jardim em Chatham. Alice lembrava-se de muitas sestas ao final da tarde com John, o prazer da sombra e da brisa, ela com a cabeça apoiada na junção do peito e do ombro dele, o cheiro familiar do amaciador de roupa na camisa de algodão, combinado com os cheiros de Verão da sua pele bronzeada e salgada, a embriagá-la com cada inspiração. Lembrava-se de tudo isso, mas não do nome da maldita coisa começada por R na qual estavam deitados.

Fez sem problemas o Teste de Disposição de Imagens WAIS-R, o Teste das Matrizes Progressivas de Raven, o Teste da Rotação Mental de Luria, o Teste de Stroop, e a parte de copiar e recordar figuras geométricas. Olhou para o relógio. Estava enfiada naquela salinha há pouco mais de uma hora.

— Muito bem, Alice, agora pense naquela pequena história que leu há pouco. O que pode dizer-me sobre ela?

Alice engoliu o pânico e este alojou-se, pesado e volumoso, mesmo em cima do seu diafragma, tornando a respiração difícil. Ou os caminhos para os pormenores da história estavam obstruídos, ou ela não tinha a força electroquímica suficiente para bater à porta dos neurónios que os guardavam de forma a ser ouvida. Fora deste armário, podia procurar a informação perdida no seu Blackberry. Podia reler os *emails* e escrever lembretes para si própria em Post-its. Podia contar com o respeito que a sua posição em Harvard lhe garantia, por defeito. Fora desta salinha, podia esconder os seus caminhos obstruídos e os fracos sinais neurais. E, embora soubesse que estes testes eram concebidos para revelar aquilo a que ela não conseguia aceder, foi apanhada desprevenida e sentiu-se embaraçada.

— Não me lembro de muito.

Ali estava ela, a sua Alzheimer, nua e crua sob as luzes fluorescentes, em exibição para Sarah Qualquer Coisa examinar e avaliar.

— Muito bem, diga-me do que se lembra, seja o que for.

— Bom, acho que era qualquer coisa sobre um aeroporto.

— A história tinha lugar num domingo, numa segunda-feira, numa terça-feira ou numa quarta-feira?

— Não me lembro.

— Dê um palpite.

— Segunda-feira.

— Havia um furacão, uma inundação, um incêndio ou uma avalanche?

— Um incêndio.

— A história decorria em Abril, Maio, Junho ou Julho?

— Julho.

— Que aeroporto foi encerrado: John Wayne, Dulles ou Lax?

— Lax.

— Quantos viajantes ficaram encurralados: trinta, quarenta, cinquenta ou sessenta?

— Não sei, sessenta.

— Quantas crianças ficaram encurraladas: duas, quatro, seis ou oito?

— Oito.

— Quem mais ficou encurralado: dois bombeiros, dois polícias, dois homens de negócios ou dois professores?

— Bombeiros.

— Muito bem, estamos despachadas daqui. Eu acompanho-a até ao gabinete do Dr. Davis.

Muito bem? Seria possível que ela se lembrasse da história mas não soubesse que a sabia?

Quando entrou no gabinete do Dr. Davis ficou surpreendida ao ver que John já lá estava, sentado na cadeira que permanecera tão vazia nas suas duas visitas anteriores. Agora estavam todos presentes. Alice, John e o Dr. Davis. Ela não acreditava que isto estava mesmo a acontecer, que esta era a sua vida, que era uma mulher doente numa consulta no neurologista com o marido. Quase se sentia como uma personagem numa peça, uma mulher com Doença de Alzheimer. O marido tinha o guião sobre o colo. Mas não era o guião, era o Questionário sobre Actividades da Vida Diária. (Interior do gabinete do médico. O neurologista da mulher está sentado em frente do marido dela. A mulher entra.)

— Alice, sente-se. Estive a conversar com o John durante alguns minutos.

John rodou a aliança e agitou a perna direita. As duas cadeiras estavam em contacto e os movimentos dele faziam a cadeira dela vibrar. Sobre o que teriam estado a falar? Ela queria falar em privado com John antes de começarem, para saber o que tinha acontecido e para acertarem as suas histórias. E queria pedir-lhe que parasse de a sacudir.

— Como está? — perguntou o Dr. Davis.

— Estou boa.

Ele sorriu-lhe. Era um sorriso simpático e suavizou as arestas da apreensão de Alice.

— Óptimo. E em relação à sua memória, há alguma preocupação ou alteração adicional desde a última vez que cá esteve?

— Bom, diria que estou a ter mais dificuldades em seguir os meus horários. Passo o dia a consultar o Blackberry e a lista de coisas para fazer. E agora detesto falar ao telefone. Se não conseguir ver a pessoa com quem estou a falar, tenho muitas dificuldades em compreender a conversa. Geralmente, perco o que a pessoa está a dizer enquanto persigo as palavras na cabeça.

– E quanto a desorientação, mais algum episódio de sentir-se perdida ou confusa?

– Não. Bom, às vezes confundo-me quanto à altura do dia, mesmo olhando para o relógio, mas acabo por perceber. Uma vez, no entanto, fui para o trabalho convencida de que era de manhã e só quando voltei para casa percebi que estávamos a meio da noite.

– Sim? – perguntou John. – Quando foi isso?

– Não sei, acho que no mês passado.

– Onde estava eu?

– A dormir.

– Porque só estou a saber disso agora, Alice?

– Não sei, esqueci-me de te dizer.

Alice sorriu mas isso não pareceu ter qualquer efeito nele. Quando muito, a sua expressão ficou um pouco mais apreensiva.

– Esse tipo de confusão e deambulações nocturnas são muito comuns e é provável que volte a acontecer. Talvez seja boa ideia prenderem uma sineta à porta da rua, ou qualquer outra coisa que possa acordar o John se a porta se abrir a meio da noite. E, provavelmente, a Alice devia registar-se no programa de Regresso Seguro da Associação de Alzheimer. Penso que custa cerca de quarenta dólares e fica com uma pulseira de identificação com um código pessoal.

– Tenho «John» programado no meu telemóvel e ando sempre com ele, nesta mala.

– Sim, isso é óptimo, mas o que acontece se ficar sem bateria ou se o John tiver o telemóvel desligado e a Alice estiver perdida?

– E se puser um papel dentro da mala com o meu nome, o nome do John, a nossa morada e números de telefone?

– Pode ser, desde que o tenha sempre consigo. Mas pode esquecer-se de levar a mala e, com a pulseira, não teria de se preocupar com isso.

— É boa ideia — disse John. — Ela vai arranjar uma.
— Como está a dar-se com os medicamentos, está a tomar as doses todas?
— Sim.
— Algum problema com efeitos secundários, náusea, tonturas?
— Não.
— Para além da noite em que foi ao escritório, tem tido problemas para dormir?
— Não.
— Continua a fazer exercício regularmente?
— Sim, ainda corro cerca de oito quilómetros, geralmente todos os dias.
— John, também corre?
— Não, vou a pé de casa para o trabalho e chega para mim.
— Acho que seria boa ideia se começasse a correr com ela. Há dados convincentes em experiências com animais que sugerem que basta o exercício para abrandar a acumulação de beta-amilóide e o declínio cognitivo.
— Eu vi esses estudos — disse Alice.
— Exacto, portanto, continue a correr. Mas gostava que arranjasse um parceiro de corrida, assim não terá de se preocupar com a possibilidade de se perder ou de não ir correr porque se esqueceu.
— Eu vou começar a correr com ela.

John odiava correr. Jogava squash e ténis e, de vez em quando, uma partida de golfe, mas nunca corria. Sem dúvida que conseguiria ultrapassá-la agora a nível mental, mas, fisicamente, ela continuava a estar quilómetros à frente dele. Alice adorava a ideia de correr com ele, mas duvidava de que ele conseguisse acompanhá-la.

— Como está o seu estado de espírito, tem-se sentido bem?
— De uma maneira geral. Sinto-me muitas vezes frustrada e cansada por tentar manter-me a par de tudo, claro. E estou ansiosa

em relação ao que nos espera. Mas, tirando isso, sinto-me na mesma, na verdade, melhor desde que contei a John e aos meus filhos.

— Já disse a alguém em Harvard?

— Não, ainda não.

— Conseguiu dar as suas aulas e cumprir todas as suas responsabilidades profissionais este semestre?

— Sim, foi preciso um esforço muito maior do que no semestre anterior, mas sim.

— Tem viajado sozinha para encontros e palestras?

— Praticamente deixei de o fazer. Cancelei duas palestras e faltei a uma grande conferência em Abril, e vou perder outra em França este mês. Normalmente viajo muito no Verão, ambos viajamos, mas este ano vamos passar o Verão inteiro na nossa casa em Chatham. Vamos para lá no mês que vem.

— Óptimo, parece-me maravilhoso. Muito bem, parece que não haverá problemas com os seus cuidados durante o Verão. Acho, no entanto, que deve arranjar um plano para o Outono que inclua informar as pessoas em Harvard, talvez encontrar uma forma de deixar o emprego gradualmente, e penso também que, quando chegarmos a essa altura, viajar sozinha deve estar fora de questão.

Ela acenou afirmativamente. Temia a chegada de Setembro.

— Há também alguns assuntos legais que deve tratar agora, directrizes adiantadas, como procurações e um testamento. Já pensou se quer ou não doar o seu cérebro para investigação?

Ela pensara nisso. Imaginara o seu cérebro, sangrado, impregnado em formol e cor de massa de modelar, aninhado nas mãos de um estudante de medicina. O professor apontaria vários sulcos e giros, indicando as localizações do córtex somatossensorial, do córtex auditivo e do córtex visual. O cheiro do oceano, o som das vozes dos seus filhos, as mãos e o rosto de John. Ou então imaginava-o cortado em fatias finas e circulares, como um presunto, afixadas a lamelas de vidro. Desta forma, os ventrículos dilatados seriam bem visíveis. Os espaços vazios onde ela em tempos existira.

— Sim, gostaria de o fazer.

John encolheu-se.

— Muito bem, pode preencher a documentação antes de sair. John, pode dar-me esse questionário que tem na mão?

O que terá ele dito sobre mim? Nunca falariam sobre o assunto.

— Quando é que a Alice lhe falou sobre o seu diagnóstico?

— Logo depois de ter falado consigo.

— E como diria que ela tem estado desde então?

— Muito bem, acho eu. O que ela disse sobre o telefone é verdade. Já nem sequer o atende. Ou atendo eu ou vai para o gravador de mensagens. Tornou-se dependente do Blackberry, quase como um vício. Às vezes consulta-o de dois em dois minutos de manhã, antes de sair de casa. É um pouco difícil de ver.

Parecia que, cada vez mais, ele não suportava olhar para ela. Quando o fazia, era com um olhar clínico, como se ela fosse uma das suas cobaias.

— Mais alguma coisa, algo que a Alice possa não ter mencionado?

— Nada, que me lembre.

— Como estão o estado de espírito e personalidade dela, alguma alteração?

— Não, está na mesma. Um pouco defensiva, talvez. E mais calada, não inicia conversas tão frequentemente.

— E o John, como está?

— Eu? Estou bem.

— Tenho algumas informações para lhe dar sobre o nosso grupo de apoio a familiares. A Denise Daddario é a assistente social. Devia marcar uma hora com ela e explicar-lhe o que se está a passar.

— Marcar uma hora para mim?
— Sim.
— Não é necessário, a sério, eu estou bem.
— Bom, seja como for, esses recursos existem se achar que pode vir a precisar deles. Agora, tenho algumas perguntas para a Alice.
— Na verdade, gostava de falar sobre terapias adicionais e ensaios clínicos.
— Muito bem, podemos fazer isso, mas primeiro vamos acabar o exame dela. Alice, que dia da semana é hoje?
— Segunda-feira.
— E qual é a sua data de nascimento?
— 11 de Outubro de 1953.
— Quem é o vice-presidente dos Estados Unidos?
— Dick Cheney.
— Agora vou dizer-lhe um nome e uma morada e quero que os repita. Depois vou pedir-lhe que os repita de novo mais à frente. Pronta? John Black, 42 West Street, Brighton.
— É o mesmo da última vez.
— Pois é, muito bem. Pode repetir?
— John Black, 42 West Street, Brighton.

John Black, 42 West Street, Brighton.

O John nunca veste preto[1], a Lydia vive no Oeste[2], o Tom vive em Brighton, há oito anos eu tinha quarenta e dois.

John Black, 42 West Street, Brighton.

— Muito bem, pode contar até vinte, primeiro por ordem crescente e depois decrescente?

Alice obedeceu.

---

1. *Black* é também a palavra para «preto». (*N. da T.*)
2. *West* significa Oeste. (*N. da T.*)

— Agora quero que levante o número de dedos na sua mão esquerda correspondente à posição no alfabeto da primeira letra da cidade onde estamos.

Ela repetiu o que ele dissera na cabeça e depois levantou o indicador e o dedo do meio da mão esquerda, num «V» de vitória.

— Muito bem. Como se chama esta coisa no meu relógio?
— Uma fivela.
— Escreva neste papel uma frase sobre o estado do tempo hoje.

Está enevoado, quente e húmido.

— Do outro lado da folha, desenhe um relógio com os ponteiros nas três e quarenta e cinco.

Ela desenhou um grande círculo e introduziu os números, começando pelo 12, em cima.

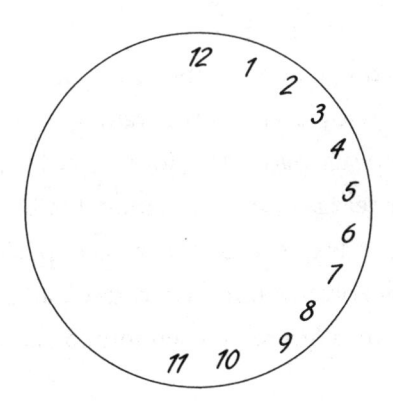

[desenho de um círculo com os números 12, 1, 2, 3, 4, 5, 6, 7, 8, 9, 10, 11 agrupados apenas no lado direito e inferior]

— Ops, desenhei o círculo grande de mais.

Riscou o desenho e escreveu:

3:45

— Não, não quero um relógio digital, mas sim um analógico – disse o Dr. Davis.

— Bom, quer saber se eu sei desenhar ou se ainda sei ver as horas? Se me desenhar um relógio posso dizer-lhe onde são as três e quarenta e cinco. Nunca tive jeito para desenho.

Quando Anna tinha três anos, adorava cavalos e estava sempre a pedir a Alice que lhe fizesse desenhos de cavalos. Os esforços de Alice pareciam, na melhor das hipóteses, cães-dragões pós-modernistas, e nem mesmo a imaginação activa e generosa da filha em idade pré-escolar conseguia ficar satisfeita. *Não, mamã, desenha um cavalo.*

— Na verdade, Alice, pretendo avaliar as duas coisas. A Alzheimer afecta os lóbulos parietais numa fase bastante precoce e é aí que guardamos as nossas representações internas do espaço extra-pessoal. John, é por isto que quero que vá correr com ela.

John acenou. Era um ataque concertado contra ela.

— John, sabes que eu não tenho jeito para o desenho.

— Alice, é um relógio, não um cavalo.

Estupefacta por ele não a defender, Alice lançou-lhe um olhar furioso, de sobrancelhas erguidas, dando-lhe uma segunda oportunidade de confirmar que a sua posição era perfeitamente válida. Ele limitou-se a devolver o olhar e a rodar a aliança.

— Se me desenhar um relógio, eu indico-lhe as três e quarenta e cinco.

O Dr. Davis desenhou um relógio numa folha de papel nova e Alice desenhou os ponteiros a indicarem a hora certa.

— Muito bem, agora gostava que me dissesse o nome e morada que lhe pedi que fixasse há pouco.

— John Black, qualquer coisa West Street, Brighton.

— Muito bem, era quarenta e dois, quarenta e quatro, quarenta e seis ou quarenta e oito?

— Quarenta e oito.

O Dr. Davis escreveu demoradamente na folha de papel onde desenhara o relógio.

— John, por favor, pára de abanar a minha cadeira.

— Muito bem, podemos então falar sobre as opções de ensaios clínicos. Há vários estudos a decorrer aqui e no Brigham. Aquele que mais me agrada, para o seu caso, começa a inscrever doentes este mês. É um estudo de fase III, de um medicamento chamado Amylix. Parece ligar a proteína beta-amilóide solúvel e prevenir a sua agregação, por isso, ao contrário dos medicamentos que está a tomar neste momento, há esperança de que isto possa impedir a progressão da doença. O estudo de fase II teve resultados muito encorajadores. O medicamento foi bem tolerado e, após um ano de toma, a função cognitiva dos doentes parece ter interrompido o seu declínio ou até mesmo melhorado.

— Presumo que tem um grupo de controlo com placebos? — disse John.

— Sim, as pessoas que tomarão os placebos são aleatoriamente seleccionadas.

Portanto posso acabar a tomar apenas comprimidos de açúcar. Desconfiava que a amilóide beta se estava borrifando para o efeito placebo ou para o poder do pensamento positivo.

— O que pensa dos inibidores da secretase? — perguntou John.

John gostava mais destes. As secretases eram as enzimas naturais que libertavam níveis normais e não prejudiciais de amilóide beta. A mutação na secretase do presenilina-1 de Alice deixava-o insensível a uma regulação adequada e produzia demasiada amilóide beta que, em excesso, era prejudicial. Tal como se tivesse uma torneira que não podia ser fechada, o seu lavatório estava rapidamente a começar a transbordar.

– Neste momento, os inibidores da secretase são demasiado tóxicos para uso clínico ou...

– E o Flurizan?

Era um medicamento anti-inflamatório como o Advil, e a Myriad Pharmaceuticals afirmava que diminuía a produção de amilóide beta. Menos água no lavatório.

– Sim, esse está a chamar muitas atenções. Há um estudo de fase II em curso, mas apenas no Canadá e no Reino Unido.

– E o que pensa de a Alice tomar flurbiprofeno?

– Ainda não temos dados para poder dizer se é ou não eficaz no tratamento da Alzheimer. Se ela decidir não se inscrever num ensaio clínico, eu diria que provavelmente mal não faz. Mas, se ela quer participar num dos estudos, o flurbiprofeno seria considerado um tratamento para a Alzheimer em investigação e o facto de o tomar bastaria para a excluir do estudo.

– Muito bem, e em relação ao anticorpo monoclonal da Elan? – perguntou John.

– Também me agrada, mas está apenas na fase I e as inscrições estão fechadas. Partindo do princípio de que passa os requisitos de segurança, não é provável que a fase II tenha início antes da Primavera do próximo ano, na melhor das hipóteses, e eu gostava de colocar a Alice num ensaio antes disso, se for possível.

– Já submeteu alguém a terapia com IVIg? – perguntou John.

Esta ideia também agradava a John. A imunoglobulina intravenosa, derivada do plasma sanguíneo doado, já estava aprovada e era considerada segura e eficaz no tratamento de deficiências imunitárias primárias e de vários problemas neuromusculares auto-imunes. Seria caro e a companhia de seguros não o reembolsaria, mas valeria a pena, se resultasse.

— Nunca a utilizei num paciente meu. Não sou contra, mas não sabemos a dosagem indicada e é um método muito grosseiro e pouco específico. Não esperaria que os resultados fossem mais do que modestos.

— Modestos é suficiente para nós — disse John.

— Está bem, mas tem de compreender do que está a prescindir. Se decidir avançar com a terapia com IVIg, a Alice não será elegível para nenhum destes ensaios clínicos com tratamentos que são, potencialmente, mais específicos e eficazes sobre a doença.

— Mas não há garantias de que ela não vá parar a um grupo de controlo com placebos.

— É verdade. Ambas as decisões comportam os seus riscos.

— E teria de parar de tomar o Aricept e o Namenda para participar no ensaio clínico?

— Não, continuaria a tomá-los.

— Posso fazer terapia de substituição de estrogénio?

— Sim. Há suficientes evidências para sugerir que é, pelo menos até certo ponto, uma terapia protectora, portanto vou passar-lhe uma receita de CombiPatch. Mas, mais uma vez, é considerado um medicamento em investigação e não poderia participar no ensaio do Amylix.

— De quanto tempo é o ensaio?

— É um estudo de quinze meses.

— Como se chama a sua mulher? — perguntou Alice.

— Lucy.

— O que gostaria que a Lucy fizesse, se ela tivesse isto?

— Gostaria que ela se inscrevesse no ensaio do Amylix.

– Então o Amylix é a única opção que pode recomendar? – perguntou John.

– Sim.

– Eu acho que devíamos optar pela IVIg combinada com flurbiprofeno e Combipatch – disse John.

A sala ficou silenciosa. A quantidade de informação que fora discutida era imensa. Alice pressionou os olhos com as pontas dos dedos e tentou pensar analiticamente sobre as suas opções de tratamento. Fez os possíveis para formar colunas na sua mente com os prós e contras de cada hipótese, mas essa tabela imaginária não ajudou e acabou por a atirar para um caixote do lixo imaginário. Pensou então conceptualmente e chegou a uma imagem nítida que fazia sentido. Uma caçadeira ou uma única bala.

– Não precisa de tomar esta decisão hoje. Pode ir para casa, pensar mais um pouco e entrar em contacto comigo depois.

Não, ela não precisava de pensar mais. Era uma cientista. Sabia como arriscar tudo, sem garantias, na busca por uma verdade desconhecida. Tal como fizera tantas vezes ao longo dos anos, nas suas próprias pesquisas, escolheu a bala.

– Quero participar no ensaio.

– Alice, acho que devias confiar em mim nesta questão – disse John.

– Ainda consigo tirar as minhas próprias conclusões, John. Quero participar no ensaio.

– Muito bem, vou buscar os documentos para assinar.

(Interior do consultório do médico. O neurologista sai de cena. O marido roda a aliança. A mulher tem esperança de uma cura.)

Julho de 2004

– John? John? Estás em casa?
Tinha a certeza de que ele não estava, mas a sua certeza de qualquer coisa, nos dias que corriam, tinha demasiado buracos para possuir o significado que possuía antigamente. John saíra para ir a qualquer lado, mas Alice não se lembrava quando nem onde fora. Teria ido à loja comprar leite ou café? Teria ido alugar um filme? Se fosse uma dessas hipóteses, estaria de volta a qualquer minuto. Ou teria ido a Cambridge? Se fosse este o caso, estaria fora várias horas, possivelmente durante a noite. Ou teria por fim chegado à conclusão de que não conseguia enfrentar aquilo que os esperava e decidira simplesmente partir para nunca mais voltar? Não, ele nunca faria isso. Alice tinha a certeza.

A sua casa em Chatham Cape, construída em 1990, parecia maior, mais aberta e menos compartimentada do que a casa de Cambridge. Entrou na cozinha. Não era nada parecida com a outra cozinha. O efeito desbotado das paredes e armários pintados de branco, electrodomésticos brancos, bancos altos brancos e chão de azulejos brancos era quebrado apenas pelos balcões de greda e por pormenores de azul-cobalto em vários recipientes brancos de loiça e de vidro transparente. Parecia a página de um livro de colorir que tivesse sido apenas parcialmente preenchida por um único lápis azul.

Os dois pratos e guardanapos de papel usados em cima do balcão central eram evidências de um jantar de salada e esparguete à bolonhesa. Um dos copos ainda tinha um pouco de vinho branco. Com a curiosidade desligada de uma cientista forense, pegou no copo e testou a temperatura do vinho contra os lábios. Ainda estava relativamente fresco. Ela sentia-se cheia. Olhou para as horas. Passava pouco das nove.

Estavam em Chatham há já uma semana. Em anos passados, depois de uma semana longe das preocupações do dia-a-dia em Harvard, ela estaria completamente adaptada ao estilo de vida relaxado que o local exigia e já estaria bem adiantada no terceiro ou quarto livro. Mas, este ano, o horário diário de Harvard, embora repleto e exigente, proporcionava-lhe uma estrutura que era familiar e reconfortante. Reuniões, simpósios, horários de aulas e outros compromissos eram como migalhas de pão num trilho que a guiava através de cada dia.

Aqui, em Chatham, não tinha horários. Dormia até tarde, comia as refeições a horas variáveis e vivia momento a momento. Começava e acabava cada dia com os medicamentos, fazia o teste da borboleta todas as manhãs e corria todos os dias com John. Mas estas coisas não lhe davam estrutura suficiente. Precisava de mais e maiores migalhas.

Muitas vezes não sabia que horas eram, nem, na verdade, que dia era. Por mais de uma vez, quando se sentava para comer, não sabia qual das refeições lhe iam colocar à frente. Quando, no dia anterior, a empregada no Sand Bar lhe pusera à frente um prato de amêijoas, ela teria atacado com o mesmo entusiasmo uma travessa de panquecas.

As janelas da cozinha estavam abertas. Olhou para a entrada e não viu o carro. O ar lá fora ainda conservava vestígios do dia quente e transportava os sons de rãs, de um riso de mulher e da maré na praia de Hardings. Deixou um bilhete para John ao lado dos pratos sujos.

Fui passear na praia. Beijos, A

Inalou o ar limpo da noite. O céu de um azul-forte estava salpicado de estrelas em contraluz, e havia uma lua em quarto crescente que parecia saída de um desenho. Embora ainda não estivesse completamente escuro, já estava mais escuro do que alguma vez ficava em Cambridge. Sem candeeiros de rua, e afastada o suficiente da estrada principal, esta pequena vizinhança de praia era iluminada apenas pelas luzes dos alpendres, das janelas das casas, de vez em quando pelos faróis de um carro, e pela Lua. Em Cambridge, este nível de escuridão tê-la-ia feito sentir-se pouco à vontade para andar sozinha na rua, mas aqui, na pequena comunidade de férias costeira, sentia-se perfeitamente segura.

Não havia carros estacionados no parque nem outras pessoas na areia. A polícia local desencorajava actividades nocturnas na praia. A esta hora, não havia crianças aos gritos nem gaivotas, nem conversas ao telemóvel impossíveis de ignorar, nem preocupações agressivas sobre ter de sair para chegar a tempo ao próximo compromisso, nada que perturbasse a paz.

Aproximou-se da beira da água e deixou o oceano cobrir-lhe os pés. As ondas mornas lamberam-lhe as pernas. Voltadas para o estreito de Nantucket, as águas protegidas da praia de Hardings eram bastante mais quentes do que as de outras praias próximas, que davam directamente para o frio Atlântico.

Despiu primeiro a camisa e o soutien, depois a saia e a roupa interior de uma só vez, e entrou no mar. A água, livre das algas que normalmente vinham com a maré, era sedosa contra a sua pele. Começou a respirar ao ritmo da maré. Enquanto boiava, de costas, olhou maravilhada para as gotas fosforescentes que rodeavam os seus dedos e calcanhares, como pó de fadas.

O luar reflectiu-se no seu pulso direito. REGRESSO SEGURO estava gravado na parte da frente da pulseira lisa de aço inoxidável. No lado oposto estavam gravados um número de telefone grátis, a sua identificação e as palavras *Memória Diminuída*. Os seus pensamentos fluíram numa série de ondas, desde as jóias indesejadas ao colar de borboleta da mãe, saltando daí para o seu plano de suicídio, para os livros que planeara ler e, finalmente, parando no destino comum de Virginia Woolf e Edna Pontellier. Seria demasiado fácil. Podia nadar sempre em frente, em direcção a Nantucket, até estar demasiado cansada para continuar.

Olhou por cima da água escura. O seu corpo, forte e saudável, mantinha-a à tona de água, a boiar, todos os instintos lutando pela vida. Sim, não se lembrava de jantar com John esta noite nem de onde ele dissera que ia. E podia muito bem não se lembrar desta noite de manhã, mas, neste momento, não se sentia desesperada. Sentia-se viva e feliz.

Olhou para a praia, debilmente iluminada. Uma figura aproximou-se. Soube que era John antes mesmo de conseguir identificar alguma das suas características, apenas pelo passo. Não lhe perguntou onde tinha ido nem quanto tempo estivera fora. Não lhe agradeceu por ter voltado. Ele não lhe ralhou por ter saído sozinha sem o telemóvel e não lhe pediu que saísse da água e voltasse para casa. Sem trocarem uma palavra, ele despiu-se e juntou-se a ela no oceano.

– John?
Encontrou-o a pintar o friso por cima da garagem.
– Chamei-te pela casa toda – disse Alice.
– Estava aqui fora, não te ouvi – disse John.
– Quando partes para a conferência?
– Segunda-feira.
Ele ia passar uma semana a Filadélfia, na nona Conferência Internacional sobre Doença de Alzheimer.
– É depois de a Lydia chegar, não é?
– Sim, ela chega no domingo.
– Ah, é verdade.
No seguimento de um pedido que Lydia fizera por carta, a Companhia de Teatro Alternativo de Monomoy aceitara-a como artista convidada durante o Verão.
– Estás pronta para ir correr? – perguntou John.
O nevoeiro matinal ainda não levantara e ela estava pouco vestida para o fresco que se fazia sentir.
– Vou só buscar mais uma camisola.
À entrada da casa, abriu o armário dos casacos. Vestir-se de forma confortável no princípio do Verão, no Cape, era um desafio constante, pois um dia podia começar com temperaturas de 10º, subir até aos 30º à tarde e voltar a cair para os 10º, muitas vezes acompanhados por uma brisa fresca do oceano, ao cair da noite. Exigia um sentido de moda criativo e a disposição para vestir e despir peças de roupa muitas vezes ao longo do dia. Tocou nas mangas de cada um dos casacos pendurados. Embora vários

fossem perfeitos para estar sentada ou caminhar na praia, tudo lhe parecia demasiado pesado para correr.

Subiu a correr as escadas até ao quarto. Depois de procurar em várias gavetas, encontrou uma camisola de algodão leve e vestiu-a. Viu o livro que andava a ler na mesa-de-cabeceira. Pegou-lhe, desceu as escadas e entrou na cozinha. Serviu-se de um copo de chá frio e saiu para o alpendre das traseiras. O nevoeiro matinal ainda não tinha levantado e estava mais frio do que ela pensara. Pousou o livro e o copo na mesinha entre as cadeiras de madeira brancas e voltou a entrar em casa para ir buscar uma manta.

Voltou, embrulhou-se na manta, sentou-se numa das cadeiras e abriu o livro na página marcada. Ler estava a tornar-se rapidamente uma tarefa desoladora. Tinha de reler as mesmas páginas várias vezes para conseguir reter a continuidade da tese ou da narrativa, e, se pousasse o livro durante algum tempo, por vezes tinha de voltar atrás um capítulo inteiro para encontrar o fio à meada. Além disso, ficava ansiosa quando tinha de decidir o que ler. E se não tivesse tempo para ler tudo aquilo que sempre quisera? Ter de estabelecer prioridades magoava-a, era um lembrete de que o relógio não parava, de que havia coisas que ficariam por fazer.

Tinha começado a ler *Rei Lear*. Gostava tanto das tragédias de Shakespeare, mas nunca lera esta. Infelizmente, como estava a tornar-se um hábito, deu por si encravada ao fim de alguns minutos. Releu a página anterior, traçando uma linha imaginária debaixo das palavras com o dedo indicador. Bebeu o copo de chá e observou os pássaros nas árvores.

— Aí estás tu. O que estás a fazer, não vamos correr? — perguntou John.

— Oh, sim, boa ideia. Este livro está a dar comigo em doida.

— Vamos, então.

— Vais à tal conferência hoje?

– Segunda-feira.
– Que dia é hoje?
– Quinta-feira.
– Oh. E quando é que a Lydia chega?
– Domingo.
– Antes de tu partires?
– Sim. Alice, acabei de te dizer tudo isto. Devias tomar nota no teu Blackberry, acho que faria com que te sentisses melhor.
– Está bem, desculpa.
– Pronta?
– Sim. Espera, deixa-me ir à casa de banho antes de irmos.
– Está bem, espero por ti junto da garagem.

Pousou o copo vazio no balcão, ao lado do lava-loiça, e deixou o livro e a manta na poltrona da sala de estar. Estava pronta para se mover, mas as pernas precisavam de mais instruções. O que viera aqui fazer? Refez os seus passos – manta e livro, copo no balcão, alpendre com John. Ele ia partir em breve para a Conferência Internacional da Doença de Alzheimer. Domingo, talvez? Teria de lhe perguntar para confirmar. Iam sair para correr. Estava um pouco de frio lá fora. Viera buscar uma camisola! Não, não era isso. Já tinha uma camisola vestida. *Que se lixe.*

Quando estava a chegar à porta, para sair, uma pressão urgente na bexiga fez-se sentir e lembrou-se que estava aflita para ir à casa de banho. Voltou rapidamente para trás e abriu a porta da casa de banho. Mas, para sua total incredulidade, não era a casa de banho. Uma vassoura, esfregona, balde, aspirador, banco, caixa de ferramentas, lâmpadas, lanternas, lixívia. O armário das limpezas.

Olhou para o corredor. A cozinha à esquerda, a sala à direita e mais nada. Mas havia uma casa de banho de serviço neste piso, não havia? Tinha de haver. Era aqui mesmo. Mas não era. Correu para a cozinha mas encontrou apenas uma porta, que dava para o alpendre das traseiras. Correu para a sala, mas claro que não havia casa de banho nenhuma na sala. Voltou para o corredor e pôs a não na maçaneta.

– Por favor, meu Deus, por favor, por favor.

Abriu a porta de repente, como um ilusionista a revelar o seu truque mais espectacular, mas a casa de banho não reapareceu por artes mágicas.

Como posso estar perdida na minha própria casa?

Pensou em correr escadas acima até à outra casa de banho, mas estava estranhamente presa e abismada nesta dimensão estranha, sem casa de banho, do piso térreo. Não conseguia aguentar mais. Teve a sensação etérea de estar a observar-se a si própria, esta pobre mulher desconhecida a chorar no corredor. Não parecia o choro algo contido de uma mulher adulta. Era o choro assustado, derrotado e sem constrangimento de uma criança pequena.

As lágrimas não foram tudo o que não conseguiu aguentar. John entrou pela porta da frente mesmo a tempo de ver a urina a escorrer-lhe pela perna direita, ensopando as calças de fato de treino, a meia e o ténis.

– Não olhes para mim!
– Alice, não chores, está tudo bem.
– Não sei onde estou.
– Não te preocupes, estás aqui mesmo.
– Estou perdida.
– Não estás perdida, Alice, estás comigo.

Abraçou-a e embalou-a ligeiramente, acalmando-a como ela o vira acalmar os filhos depois de inúmeras feridas físicas e injustiças sociais.

– Não conseguia encontrar a casa de banho.
– Não faz mal.
– Desculpa.

— Não peças desculpa, não faz mal. Vá, vamos lá tirar-te essa roupa. De qualquer maneira o dia está a aquecer, precisas de qualquer coisa mais leve.

Antes de partir para a conferência, John deu instruções detalhadas a Lydia relativamente à medicação de Alice, à sua rotina de corrida, ao telemóvel e ao programa Regresso Seguro. Deu-lhe também o número de telefone do neurologista, pelo sim, pelo não. Quando recordou o seu pequeno discurso, Alice achou-o muito parecido com aqueles que costumavam fazer às *babysitters* adolescentes que ficavam a tomar conta dos seus filhos quando eles iam passar fins-de-semana fora, ao Maine ou a Vermont. Agora era ela que precisava de ser vigiada. Pela sua própria filha.

Depois do primeiro jantar sozinhas, no Squire, Alice e Lydia desceram a Main Street sem dizer nada. A fila de carros de luxo e monovolumes estacionados ao longo do passeio, equipados com suportes para bicicletas e caiaques nos tejadilhos, atafulhados de carrinhos de bebé, cadeiras de praia e chapéus-de-sol, e com matrículas do Connecticut, de Nova Iorque e de New Jersey, para além de Massachusetts, assinalavam que a estação de Verão tinha começado oficialmente. Havia famílias a passearem nos passeios, sem se preocuparem com as estradas ou o tráfego pedestre, sem pressas e sem destino específico, parando, voltando atrás para ver as montras. Como se tivessem todo o tempo do mundo.

Uma caminhada descontraída de dez minutos afastou-as da baixa congestionada. Pararam em frente do Farol de Chatham e inspiraram a vista panorâmica da praia lá em baixo, antes de descerem os trinta degraus até à areia. Uma pequena fila de sandálias e chinelos de enfiar no dedo aguardavam ao fundo das escadas, onde tinham sido descalçados. Alice e Lydia adicionaram os seus sapatos no fim da fila e continuaram a andar. O letreiro à sua frente dizia:

> AVISO: CORRENTES FORTES. A maré pode trazer vagas e correntes inesperadas e perigosas. Não há nadador-salvador. Zona perigosa para: nadar e tomar banho, mergulho e esqui--aquático, pranchas de surf e pequenos barcos, jangadas e canoas.

Alice viu e ouviu as ondas implacáveis a rebentarem na areia. Se não fosse o paredão colossal construído no limiar dos terrenos das propriedades de um milhão de dólares ao longo de Shore Drive, o oceano já teria reclamado todas as casas, devorando-as sem piedade e sem pedir desculpa. Imaginou a sua Alzheimer como este oceano na praia do Farol – imparável, feroz, destrutiva. Mas ela não tinha paredões no cérebro para proteger do ataque as suas memórias e pensamentos.

– Desculpa não ter podido ir ver a tua peça – disse Alice.
– Não faz mal. Sei que, desta vez, foi por causa do papá.
– Mal posso esperar por ver a que vais fazer este Verão.
– Sim.

O Sol estava baixo e parecia impossivelmente grande no céu azul e rosa, pronto para mergulhar no Atlântico. Passaram por um homem ajoelhado na areia, com a câmara apontada ao horizonte, tentando captar a sua beleza fugaz antes que desaparecesse com o Sol.

– Esta conferência a que o papá foi é sobre a Alzheimer?
– Sim.
– Ele está a tentar encontrar um tratamento melhor?
– Está.
– E achas que o encontrará?

Alice olhou para as ondas, que apagavam pegadas, demoliam um elaborado castelo de areia decorado com conchas, enchiam um buraco escavado com pás de plástico, libertando a praia da sua história desse dia. Invejou as belas casas do outro lado do paredão.

– Não.

Alice apanhou uma concha. Limpou a areia, revelando o seu brilho branco leitoso e as elegantes riscas cor-de-rosa. Era macia e gostava de a sentir na mão, mas tinha uma ponta partida. Pensou em atirá-la para o mar mas decidiu guardá-la.

– Bom, tenho a certeza de que ele não perderia tempo a ir se não achasse que podia encontrar qualquer coisa – disse Lydia.

Duas raparigas com camisolas da Universidade de Massachusetts passaram por elas, aos risinhos. Alice sorriu-lhes e disse-lhes «olá» quando se cruzaram.

– Gostava que fosses para a universidade – disse Alice.

– Mamã, por favor.

Uma vez que não queria começar a semana que iam passar juntas com uma discussão, Alice limitou-se a pensar silenciosamente enquanto caminhavam. Os professores que ela amara e temera e em frente de quem fizera figura de idiota, os rapazes que amara e temera e em frente dos quais fizera ainda mais figura de idiota, as directas enérgicas antes dos exames, as aulas, as festas, as amizades, conhecer John – as recordações dessa época da sua vida estavam nítidas, perfeitamente intactas e facilmente acessíveis. Era quase arrogante a forma como lhe ocorriam, tão completas e instantâneas, como se não tivessem conhecimento da guerra que estava a ser travada apenas alguns centímetros à sua esquerda.

Sempre que pensava na universidade, os seus pensamentos acabavam por ir parar a Janeiro do seu ano de caloira. Pouco mais de três horas depois de a família a ter visitado e partido para casa,

Alice ouvira uma batida hesitante na porta do quarto. Ainda se lembrava de todos os pormenores – o reitor parado à sua porta, a ruga profunda entre as suas sobrancelhas, o risco juvenil no cabelo grisalho, os borbotos de lã na camisola verde-escura, a cadência baixa e cuidadosa da sua voz.

O pai tinha-se despistado com o carro na Route 93 e embatera contra uma árvore. Talvez tivesse adormecido. Talvez tivesse bebido de mais ao jantar. *Ele bebia sempre de mais ao jantar.* Ele estava num hospital em Manchester. A sua mãe e a sua irmã estavam mortas.

– John? És tu?
– Não, sou só eu, estou a trazer as toalhas para dentro. Vai cair uma carga de água – disse Lydia.

O ar estava carregado e pesado. A chuva já estava atrasada. O tempo tinha cooperado a semana inteira, com dias soalheiros de postal e temperaturas perfeitas para dormir todas as noites. O seu cérebro também tinha cooperado a semana toda. Já aprendera a reconhecer a diferença entre os dias que iam ser repletos de dificuldades para encontrar recordações e palavras e casas de banho, e os dias em que a sua Alzheimer ficaria adormecida, sem interferir. Nesses dias tranquilos, era ela própria, a pessoa que compreendia e na qual tinha confiança. Nesses dias, quase conseguia convencer-se a si própria de que o Dr. Davis e a especialista em genética se tinham enganado, ou de que os últimos seis meses tinham sido um sonho horrível, apenas um pesadelo, que o monstro escondido debaixo da sua cama, a puxar-lhe as cobertas, não era real.

Da sala, Alice viu Lydia dobrar as toalhas e empilhá-las em cima de um dos bancos da cozinha. Ela vestia uma camisola de alças finas azul-clara e uma saia preta. Parecia ter acabado de tomar duche. Alice ainda tinha o fato de banho vestido, por baixo de um vestido de praia com um padrão de peixes.

– Achas que mude de roupa? – perguntou.

– Se quiseres.

Lydia arrumou as canecas lavadas no armário e olhou para o relógio. Depois entrou na sala, apanhou as revistas e catálogos espalhados no sofá e no chão e arrumou-os em cima da mesinha de café. Olhou para o relógio. Tirou uma *Cape Cod Magazine* de cima do monte, sentou-se no sofá e começou a folheá-la. Pareciam estar a matar o tempo, mas Alice não compreendia porquê. Havia qualquer coisa errada.

– Onde está o John? – perguntou.

Lydia ergueu os olhos da revista, com expressão divertida ou embaraçada, ou talvez ambas. Alice não conseguia perceber.

– Deve estar mesmo a chegar.

– Então estamos à espera dele.

– Sim.

– Onde está a Anne?

– A Anna está em Boston, com o Charlie.

– Não, a Anne, a minha irmã, onde está a Anne?

Lydia olhou para ela sem pestanejar e o bom humor desapareceu-lhe do rosto.

– Mamã, a Anne está morta. Morreu num acidente de automóvel, com a tua mãe.

Os olhos de Lydia não se afastaram dos de Alice. Alice parou de respirar e sentiu um aperto no coração. Ficou com a cabeça e os dedos dormentes e o mundo à sua volta pareceu escurecer e estreitar-se. Abriu a boca e inspirou. O ar encheu-lhe a cabeça e os dedos de oxigénio e o coração de raiva e dor. Começou a tremer e a chorar.

— Não, mamã, já aconteceu há muito tempo, lembras-te?

Lydia estava a falar com ela, mas Alice não conseguia ouvir o que ela estava a dizer. Só conseguia sentir a raiva e a dor que invadiam todas as suas células, o coração dorido e as lágrimas quentes, e só conseguia ouvir a sua própria voz, na sua cabeça, a gritar por Anne e pela mãe.

John parou junto delas, ensopado.

— O que aconteceu?

— Ela estava a perguntar pela Anne. Pensa que elas morreram agora.

John segurou-lhe a cabeça nas mãos. Estava a falar com ela, a tentar acalmá-la.

Porque não está ele perturbado, também? Já sabia disto há algum tempo, é por isso, e tem-me escondido a verdade.

Não podia confiar nele.

Agosto de 2004

A sua mãe e a sua irmã tinham morrido quando ela era caloira na universidade. Não havia uma única fotografia da mãe ou de Anne nas páginas dos seus álbuns de família. Não havia sinal delas na sua cerimónia de formatura, no seu casamento ou com ela, John e as crianças em épocas festivas, férias ou aniversários. Não conseguia visualizar a mãe como uma mulher velha, e ela seria certamente velha se ainda fosse viva, e Anne nunca deixara de ser uma adolescente na sua mente. Apesar disso, Alice tinha a certeza de que elas estavam prestes a entrar pela porta da frente, não como fantasmas do passado, mas sim vivas e bem de saúde, e que iam passar o Verão com eles na casa de Chatham. Estava um pouco assustada por poder ficar confusa ao ponto de, acordada e sóbria, ser capaz de esperar sinceramente uma visita da mãe e da irmã há muito mortas. O mais assustador era que isto apenas a assustasse um pouco.

Alice, John e Lydia estavam sentados à mesa do alpendre a tomar o pequeno-almoço. Lydia estava a falar com eles sobre os membros do seu grupo de teatro de Verão e sobre os ensaios. Mas, essencialmente, estava a falar com John.

– Estava tão intimidada antes de chegar, sabes? Quer dizer, havias de ver as biografias deles. Mestrados em Teatro da Universidade de Nova Iorque e do Actor's Studio, licenciaturas de Yale, experiência na Broadway...

– Uau, parece ser um grupo muito experiente. Qual é a média de idades? – perguntou John.

– Oh, sou a mais nova, de longe. A maioria anda provavelmente pelos trinta e tais, quarentas, mas há um homem e uma mulher tão velhos como vocês.

– Assim tão velhos, hã?

– Sabes o que quero dizer. Seja como for, não sabia se estaria demasiado desenquadrada, mas a formação que fui fazendo e o trabalho que consegui deram-me as ferramentas certas. Sei exactamente o que estou a fazer.

Alice lembrava-se de ter sentido a mesma insegurança e depois a mesma tomada de consciência nos seus primeiros meses como professora em Harvard.

– Têm todos mais experiência do que eu, claro, mas nenhum deles estudou Meisner. Todos estudaram Stanislovsky ou o Método, mas eu acho realmente que Meisner é a abordagem mais forte para alcançar uma verdadeira espontaneidade na representação. Assim, embora eu não tenha tanta experiência em palco, trago algo único ao grupo.

– Isso é óptimo, querida. Provavelmente foi uma das razões por que te escolheram. O que significa exactamente «espontaneidade na representação»? – perguntou John.

Alice pensara o mesmo, mas as suas palavras, atoladas em amilóide, demoravam mais do que as de John, como acontecia agora tão frequentemente nas conversas em tempo real. Assim, ouviu-os a falarem sem esforço e observou-os, como se fossem actores num palco, do seu lugar na plateia.

Cortou o pão de sésamo ao meio e deu uma dentada. Não gostava do pão seco. Havia várias opções em cima da mesa – doce de mirtilos selvagens do Maine, um frasco de manteiga de amendoim, manteiga num prato e uma caixa de manteiga branca. Mas não se chamava manteiga branca. Como se chamava? Não era maionese. Não, era mais espessa, como manteiga. Como se chamava? Apontou a faca da manteiga para a caixa.

– John, podes passar-me isso?

John passou-lhe a caixa de manteiga branca. Ela espalhou uma camada grossa numa das metades do pão e olhou para ele. Sabia exactamente ao que saberia e sabia que gostava, mas não conseguia dar uma dentada enquanto não conseguisse dizer o nome a si própria. Lydia viu a mãe a estudar o pão.

– Queijo creme, mamã.

– Certo. Queijo creme. Obrigada, Lydia.

O telefone tocou e John entrou em casa para atender. O primeiro pensamento que veio à cabeça de Alice foi que devia ser a mãe, a telefonar para os avisar de que ia chegar mais tarde. O pensamento, aparentemente realista e colorido de imediatismo, parecia tão razoável como esperar que John regressasse à mesa dentro de poucos minutos. Alice corrigiu esse pensamento impetuoso, censurou-o e pô-lo de lado. A mãe e a irmã tinham morrido quando ela estava no primeiro ano da universidade. Era uma loucura ter de estar a recordar isto a si própria.

A sós com a filha, pelo menos por alguns instantes, aproveitou a oportunidade para dizer alguma coisa.

– Lydia, e se fosses estudar para tirar uma licenciatura em Teatro?

— Mamã, não compreendeste uma palavra do que eu estive a dizer? Não preciso de uma licenciatura.

— Ouvi todas as palavras que disseste e compreendi tudo. Estava a pensar mais à frente. Com certeza que há aspectos da tua arte que ainda não exploraste, coisas que podias aprender, talvez até encenação? A questão é que uma licenciatura abre mais portas, se alguma vez precisares.

— E que portas são essas?

— Bom, para começar, uma licenciatura dar-te-ia credibilidade para dares aulas, se alguma vez quisesses.

— Mamã, quero ser actriz, não professora. Essa és tu, não eu.

— Eu sei, Lydia, já o deixaste bem claro. Não estou necessariamente a pensar em dares aulas numa universidade, embora pudesses fazê-lo. Estava a pensar que um dia podias organizar *workshops* como aqueles que tens feito e dos quais gostas tanto.

— Mamã, desculpa, mas não vou gastar energia nenhuma a pensar naquilo que poderei fazer se não for suficientemente boa para ter sucesso como actriz. Não preciso de duvidar de mim própria dessa maneira.

— Não estou a duvidar de que podes ter uma carreira de actriz. Mas, e se decidires ter uma família, um dia, e quiseres abrandar um pouco sem abandonar a área? Organizar *workshops*, mesmo em casa, pode proporcionar-te uma boa flexibilidade. Além disso, não se trata sempre daquilo que sabemos, mas de quem conhecemos. As possibilidades que terias de estabelecer contactos, com colegas, professores, antigos alunos. Tenho a certeza de que existe um círculo interno ao qual simplesmente não tens acesso sem uma licenciatura ou uma obra já comprovada.

Alice fez uma pausa, à espera que Lydia dissesse «Sim, mas», mas ela não disse nada.

— Pensa nisso. A vida tem tendência a ficar cada vez mais atarefada. Será difícil teres tempo para o fazer quando fores mais velha. Talvez possas falar com algumas pessoas do teu grupo e obter a perspectiva deles sobre como é continuar com uma carreira de representação depois dos trinta e dos quarenta anos. Está bem?

— Está bem.

Está bem. Era o mais perto que alguma vez tinham chegado de concordarem sobre este assunto. Alice tentou pensar noutro tema de conversa, mas não conseguiu. Há já tanto tempo que falavam apenas disto. O silêncio prolongou-se.

— Mamã, qual é a sensação?

— A sensação de quê?

— De ter Alzheimer. Consegues sentir que a tens, neste momento?

— Bom, neste momento sei que não estou confusa nem me estou a repetir, mas ainda há poucos minutos não consegui encontrar «queijo creme» e estava a ter muitas dificuldades em participar na conversa contigo e o teu pai. Sei que é apenas uma questão de tempo até estas coisas voltarem a acontecer e o intervalo de tempo entre essas ocasiões está a ficar mais curto. E as coisas que acontecem estão a ficar maiores. Por isso, mesmo quando me sinto completamente normal, sei que não estou. Não passou, é apenas uma pausa. Não confio em mim própria.

Assim que acabou de falar, temeu ter admitido demasiado. Não queria assustá-la. Mas Lydia não se encolheu, parecia continuar interessada, e Alice relaxou.

— Então sabes quando está a acontecer?

— Na maioria das vezes.

— Como o que estava a acontecer quando não conseguias lembrar-te do nome do queijo creme?

— Sei aquilo de que estou à procura, mas o meu cérebro não consegue lá chegar. É como se decidisses que queres aquele copo de água e a tua mão não conseguisse pegar-lhe. Pedes com bons modos, ameaças, mas ela simplesmente não se mexe. Podes acabar por conseguir mexê-la, mas depois agarras antes no saleiro, ou bates no copo e entornas a água toda em cima da mesa. Ou, quando conseguires que a tua mão agarre no copo e o leve aos lábios, a comichão na garganta passou e já não precisas de beber. O momento de necessidade passou.

— Isso parecer ser uma tortura, mamã.

— E é.

— Tenho tanta pena que estejas a passar por isso.

— Obrigada.

Lydia estendeu o braço por cima dos pratos e dos copos e dos anos de distância e segurou a mão da mãe. Alice apertou-a e sorriu. Finalmente, tinham encontrado outra coisa de que podiam falar.

Alice acordou no sofá. Andava a fazer muitas sestas, ultimamente, às vezes duas por dia. Embora a sua atenção e energia beneficiassem muito com o descanso extra, reentrar no dia era desagradável. Olhou para o relógio na parede. Quatro e um quarto. Não se lembrava a que horas adormecera. Lembrava-se de almoçar. Uma sanduíche, uma sanduíche de qualquer coisa, com John. Devia ter sido por volta do meio-dia. Tinha uma coisa dura a espetar-se-lhe na anca. O livro que estava a ler. Devia ter adormecido enquanto lia.

Quatro e vinte. O ensaio de Lydia era até às sete. Sentou-se e escutou. Conseguia ouvir as gaivotas a piarem na praia e imaginou a sua caça ao tesouro, uma corrida louca para encontrar e devorar todas as migalhas deixadas para trás por aqueles humanos descuidados e queimados do sol. Levantou-se e lançou-se na sua própria caça, menos frenética do que as gaivotas, à procura de John. Verificou no quarto e no estúdio. Espreitou para a rua. O carro não estava. Ia começar a amaldiçoá-lo por não ter deixado um bilhete quando o encontrou, preso à porta do frigorífico com um íman.

Alice, fui dar uma volta de carro, não demoro, John

Voltou a sentar-se no sofá e pegou no livro que estava a ler, *Sensibilidade e Bom Senso* de Jane Austen, mas não o abriu. Não queria realmente lê-lo. Estava mais ou menos a meio de *Moby Dick* quando perdera o livro. Ela e John tinham virado a casa de pernas para o ar, à procura dele, mas sem sucesso. Até tinham procurado em todos os sítios estranhos em que apenas uma pessoa louca deixaria um livro – o frigorífico e a arca congeladora, a despensa, as gavetas da cómoda, o armário da roupa de cama, a lareira. Mas nenhum deles o conseguiu encontrar. Provavelmente deixara-o na praia. Esperava que o tivesse deixado na praia. Isso, pelo menos, seria algo que ela poderia ter feito mesmo antes de ter Alzheimer.

John oferecera-se para lhe comprar outro exemplar. Talvez tivesse ido à livraria. Alice esperava que sim. Se esperasse muito mais, esqueceria o que já lera e teria de começar de novo. Tanto trabalho. Só de pensar nisso, ficava novamente cansada. Entretanto, começara a ler Jane Austen, de quem sempre gostara. Mas este livro não estava a cativá-la.

Subiu as escadas e entrou no quarto de Lydia. Dos três filhos, Lydia era a que ela conhecia pior. Em cima da cómoda, anéis de prata e turquesa, um fio de cabedal e um colar de contas coloridas em cima de uma caixa de cartão. Ao lado da caixa um monte de ganchos de cabelo e um queimador de incenso. Lydia era um bocadinho *hippie*.

As suas roupas estavam espalhadas pelo chão, algumas dobradas, a maior parte não. Não devia haver muita coisa dentro das gavetas propriamente ditas. Tinha deixado a cama por fazer. Lydia era um bocadinho desleixada.

As prateleiras da sua estante estavam repletas de livros de poesia e peças – *Boa Noite Mãe, Jantar Entre Amigos, Prova, Equilíbrio Instável*, a antologia *Spoon River, Agnes de Deus, Anjos na América, Oleanna*. Lydia era uma actriz.

Pegou em várias das peças e folheou-as. Tinham apenas cerca de oitenta ou noventa páginas cada uma, com texto pouco compacto. *Talvez seja muito mais fácil e satisfatório ler peças. E posso conversar com a Lydia sobre elas.* Decidiu levar *Prova*.

Em cima da mesa-de-cabeceira estavam o diário de Lydia, o seu iPod, o livro *Sanford Meisner on Acting* e uma fotografia emoldurada. Pegou no diário. Hesitou, mas apenas por breves instantes. Não tinha o luxo do tempo do seu lado. Sentou-se na cama e leu página após página dos sonhos e confissões da filha. Leu sobre bloqueios e avanços nas aulas de representação, medos e esperanças em torno de audições, desilusões e alegrias com os *castings*. Leu sobre a paixão e tenacidade de uma jovem.

Leu sobre Malcolm. Lydia apaixonara-se por ele enquanto representavam juntos uma cena dramática, nas aulas. A dada altura pensara que estava grávida, mas não estava. Ficara aliviada, pois ainda não estava preparada para casar e ter filhos. Primeiro, queria encontrar o seu caminho no mundo.

Alice estudou a fotografia emoldurada de Lydia com um homem, presumivelmente Malcolm. Os rostos sorridentes tocavam-se. Estavam felizes, o homem e a mulher naquela fotografia. Lydia era uma mulher.

— Alice, estás em casa? — chamou John.

— Estou cá em cima!

Voltou a colocar o diário e a fotografia na mesa-de-cabeceira e desceu.

— Onde foste? — perguntou a John.

— Fui dar uma volta.

Trazia dois sacos de plástico brancos, um em cada mão.

— Compraste-me outro exemplar de *Moby Dick*?

— Mais ou menos.

Estendeu a Alice um dos sacos. Estava cheio de DVDs – *Moby Dick* com Gregory Peck e Orson Welles, *Rei Lear* com Laurence Olivier, *Casablanca*, *Voando Sobre um Ninho de Cucos* e *Música no Coração*, os seus filmes preferidos de todos os tempos.

— Pensei que talvez assim fosse muito mais fácil para ti. E podemos vê-los juntos.

Ela sorriu.

— O que tens no outro saco?

Estava entusiasmada, como uma criança na manhã de Natal. Ele tirou do outro saco um pacote de pipocas para o microondas e uma caixa de chocolates.

— Podemos ver Música no Coração primeiro? — pediu ela.

— Claro.

— Amo-te, John.

Ele apertou-a contra si.

— Eu também te amo, Alice.

Com as mãos apertadas contra as costas dele, Alice encostou o rosto ao peito de John e inspirou o seu aroma. Queria dizer-lhe mais sobre o que ele significava para ela, mas não encontrou as palavras. John apertou-a um pouco mais. Ele sabia. Ficaram ali, de pé na cozinha, abraçados, sem dizer uma palavra, durante muito tempo.

— Toma, trata das pipocas e eu vou pôr o filme. Encontramo-nos no sofá.

— Está bem.

Alice dirigiu-se ao microondas, abriu a porta e riu-se. Tinha de se rir.

— Encontrei o *Moby Dick*!

Alice levantara-se há cerca de duas horas. Na solidão matinal, bebeu chá verde, leu um pouco e fez ioga no relvado. Na posição de cão, encheu os pulmões com o delicioso ar do oceano e regalou-se com o prazer estranho, quase doloroso, do alongamento dos tendões do joelho e dos glúteos. Pelo canto do olho, observou o tricípite esquerdo a segurar o corpo nesta posição. Sólido, esculpido, belo. Todo o seu corpo parecia forte e belo.

Estava em melhor forma do que alguma vez se sentira em toda a sua vida. Boa comida e exercício diário proporcionavam-lhe esta força no tricípite flectido, a flexibilidade nas ancas, as barrigas das pernas fortes e uma respiração tranquila após uma corrida de seis quilómetros. Depois, claro, havia a sua mente. Sem reacção, desobediente, cada vez mais fraca.

Tomava Aricept, Namenda, o misterioso comprimido do ensaio clínico Amylix, Lipitor, vitaminas C e E e aspirina infantil. Consumia antioxidantes adicionais sob a forma de mirtilos, vinho tinto e chocolate negro. Bebia chá verde. Experimentara ginkgo biloba. Meditava e jogava jogos de matemática. Lavava os dentes com a mão esquerda, a mão não dominante. Dormia quando estava cansada. No entanto, nenhum destes esforços parecia ter resultados visíveis e quantificáveis. Talvez as suas capacidades cognitivas piorassem de forma assinalável se retirasse o exercício, o Aricept ou os mirtilos. Talvez, sem oposição, a sua demência ficasse descontrolada. Talvez. Mas talvez todas estas coisas não tivessem qualquer efeito. Ela nunca o saberia, a menos que parasse de tomar os medicamentos, eliminasse o chocolate e o vinho e passasse o próximo mês sentada no sofá. E esta não era uma experiência por que estivesse disposta a passar.

Passou para a pose de guerreiro. Expirou e afundou-se mais no movimento, aceitando o desconforto e o desafio adicional à sua concentração e resistência, determinada a manter a pose. Determinada a continuar a ser uma guerreira.

John saiu da cozinha, com o cabelo revolto e ar ensonado, mas vestido para correr.

– Queres um café primeiro? – perguntou Alice.

– Não, vamos, bebo café quando voltarmos.

Corriam três quilómetros todas as manhãs, ao longo da Main Street até ao centro da cidade e de volta pelo mesmo caminho. O corpo de John estava notavelmente mais magro e definido e agora já conseguia correr essa distância com facilidade, mas não apreciava nem um segundo. Corria com ela, resignado e sem queixas, mas com o mesmo entusiasmo e gosto que tinha por pagar as contas ou tratar da roupa suja. E ela amava-o por isso.

Correu atrás dele, deixando-o marcar o ritmo, observando-o e escutando-o como se ele fosse um instrumento musical fabuloso – o movimento cadenciado dos seus cotovelos, o som rítmico da sua respiração, a percussão dos seus ténis no pavimento coberto de areia. Depois ele cuspiu e ela riu-se. John não perguntou porquê.

Vinham no caminho de regresso quando ela se colocou ao lado dele. Por impulso, com pena dele, ia dizer-lhe que não precisava de continuar a correr com ela se não quisesse, que ela podia fazer este trajecto sozinha. Mas depois John virou à direita no cruzamento para Mill Road, em direcção a casa, onde ela tinha a certeza de que teria virado à esquerda. A Alzheimer não gostava de ser ignorada.

Em casa, agradeceu-lhe, beijou-o na face transpirada e, sem sequer tomar duche, foi directamente ter com Lydia, que ainda estava de pijama e a beber café no alpendre. Todas as manhãs, ela e Lydia discutiam a peça que Alice andava a ler, enquanto comiam cereais com mirtilos ou um pãozinho de sésamo com *queijo creme* e café e chá. O instinto de Alice provara estar correcto. Gostava muito mais de ler peças do que romances ou biografias, e conversar sobre o que acabara de ler com Lydia, quer fosse a primeira cena do primeiro acto ou a peça inteira, revelara ser uma forma deliciosa e poderosa de reforçar a sua memória. Ao analisar cenas, personagens e enredo com Lydia, Alice via a profundidade do intelecto da filha, a sua profunda compreensão da necessidade e das emoções e lutas humanas. Via Lydia. E amava-a.

Hoje, discutiram uma cena de *Anjos na América*. Trocaram perguntas e respostas, numa conversa dinâmica, de iguais, divertida. E, como Alice não precisava de competir com John para concluir os seus pensamentos, podia ter calma e não ficava para trás.

– Como foi fazer esta cena com o Malcolm? – perguntou Alice.

Lydia olhou para ela como se a pergunta a tivesse deixado estupefacta.

– O quê?

– Não representaste esta cena com o Malcolm na aula?

– Leste o meu diário?

Alice sentiu um aperto no estômago. Pensava que tinha sido Lydia que lhe tinha contado.

– Querida, desculpa...

– Não acredito que fizeste isso! Não tinhas o direito!

Lydia empurrou a cadeira para trás e afastou-se intempestivamente, deixando Alice sozinha à mesa, aturdida e agoniada. Poucos minutos depois, Alice ouviu a porta da rua a bater.

– Não te preocupes, ela acabará por se acalmar – disse John.

Alice passou a manhã inteira a tentar fazer outras coisas. Tentou limpar, tratar do jardim, ler, mas a única coisa que conseguia fazer era preocupar-se. Tinha medo de ter feito algo imperdoável. Tinha medo de ter perdido o respeito, a confiança e o amor da filha que apenas começara a conhecer.

Depois de almoço, Alice e John caminharam até à praia de Hardings. Alice nadou até o seu corpo estar demasiado exausto para sentir fosse o que fosse. Depois de a ansiedade no estômago passar, voltou para a cadeira de praia, deitou-se com os olhos fechados e meditou.

Lera que a meditação regular podia aumentar a espessura cortical e abrandar o enfraquecimento cortical relacionado com a idade. Lydia já meditava todos os dias e, quando Alice manifestara interesse, a filha ensinara-a. Quer ajudasse a preservar a espessura cortical ou não, Alice gostava daquele período de sossego e concentração, gostava do modo como a meditação silenciava de forma tão eficaz os ruídos e a preocupação na sua mente. Dava-lhe, literalmente, paz de espírito.

Depois de cerca de vinte minutos, regressou a um estado mais desperto, relaxada, enérgica e cheia de calor. Entrou de novo no mar, desta vez apenas para um mergulho rápido, trocando o suor e o calor por sal e frescura. Quando voltou para a cadeira, ouviu uma mulher na toalha ao lado a falar sobre a peça maravilhosa que vira no Teatro de Monomoy. O aperto no estômago voltou.

Nessa noite, John grelhou hambúrgueres e Alice fez uma salada. Lydia não veio jantar a casa.

— Tenho a certeza de que o ensaio deve ter-se atrasado — disse John.

— Ela agora odeia-me.

— Não te odeia nada.

Depois de jantar, ela bebeu mais dois copos de vinho tinto e John bebeu mais três copos de whisky com gelo. Lydia continuou sem aparecer. Depois de Alice ter enfiado a dose de comprimidos da noite no estômago agitado, sentaram-se no sofá, juntos, com uma tigela de pipocas e uma caixa de chocolates e viram *Rei Lear*.

John acordou-a no sofá. A televisão estava apagada e a casa às escuras. Devia ter adormecido antes de o filme acabar. Pelo menos, não se lembrava do final. Ele conduziu-a pelas escadas até ao quarto.

Alice parou ao lado da cama, incrédula, com a mão sobre a boca e lágrimas nos olhos, a preocupação escorraçada da sua mente e do seu estômago. O diário de Lydia estava em cima da sua almofada.

— Desculpem o atraso — disse Tom, ao entrar.

— Muito bem, agora que o Tom já cá está, o Charlie e eu temos uma notícia para vos dar — disse Anna. — Estou grávida de cinco semanas, de gémeos!

Abraços e beijos e felicitações foram seguidos por perguntas e respostas excitadas e interrupções e mais perguntas e respostas. À medida que a sua capacidade de seguir conversas complexas com muitos participantes diminuía, a sensibilidade de Alice ao que não estava a ser dito, à linguagem corporal e aos sentimentos implícitos, intensificava-se. Explicara este fenómeno a Lydia duas semanas antes, e esta dissera-lhe que era uma capacidade invejável para um actor. Dissera-lhe que ela e os outros actores tinham de fazer um grande esforço de concentração para se distanciarem da linguagem verbal, numa tentativa de serem genuinamente afectados por aquilo que os outros actores estavam a fazer e a sentir. Alice não compreendia bem a distinção, mas adorava Lydia por ver a sua deficiência como uma «capacidade invejável».

John parecia feliz e entusiasmado, mas Alice viu que ele estava a revelar apenas parte da felicidade e do entusiasmo que sentia, provavelmente para tentar respeitar o aviso de «ainda é cedo» de Anna. Mesmo sem a prudência de Anna ele já era um homem supersticioso, como a maior parte dos biólogos, e não teria tendência para contar com estes dois pequenos ovos ainda dentro da galinha. Mas mal podia esperar. Queria netos.

Logo abaixo da felicidade e do entusiasmo de Charlie, Alice viu uma camada espessa de nervosismo, encobrindo uma camada ainda mais espessa de terror. Alice pensou que eram ambas bem visíveis, mas Anna parecia não ter dado por nada e mais ninguém fez comentários. Estaria apenas a ver a preocupação típica de um homem que ia ser pai pela primeira vez? Estaria nervoso com a responsabilidade de alimentar duas bocas ao mesmo tempo e ter de pagar duas universidades em simultâneo? Isso explicaria apenas a primeira camada. Estaria também aterrorizado com a perspectiva de ter dois filhos na universidade e, ao mesmo tempo, uma mulher com demência?

Lydia e Tom estavam ao lado um do outro, a falar com Anna. Os seus filhos eram lindos, os seus filhos que já não eram crianças. Lydia parecia radiante. Estava a apreciar a boa notícia, para além do facto de toda a família estar aqui para a ver representar.

O sorriso de Tom era genuíno, mas Alice viu nele uma inquietação subtil. Tinha os olhos e as faces ligeiramente encovados, o corpo mais magro. Seria por causa da escola? De uma namorada? Ele viu que ela estava a estudá-lo.

– Mamã, como te sentes? – perguntou Tom.

– Bem, de uma maneira geral.

– A sério?

– Sim, a sério. Sinto-me óptima.

– Pareces muito calada.

– Estão muitas pessoas a falar ao mesmo tempo e demasiado depressa – explicou Lydia.

O sorriso de Tom desapareceu e, de repente, parecia prestes a chorar. O Blackberry de Alice vibrou dentro da mala azul-bebé, contra a sua anca, indicando que estava na hora dos comprimidos da noite. Decidiu esperar alguns minutos. Não queria tomá-los agora, em frente de Tom.

– Lyd, a que horas é a tua peça amanhã? – perguntou Alice, com o Blackberry na mão.

– Às oito.

– Mamã, não precisas de tomar nota. Estamos todos cá. Não vamos esquecer-nos de te levar connosco – disse Tom.

– Como se chama a peça que vamos ver? – quis saber Anna.

– *Prova* – disse Lydia.

– Estás nervosa? – perguntou Tom.

– Um bocadinho, porque é a noite de estreia e vocês vão estar todos lá. Mas, assim que estiver em palco, esqueço-me de que vocês existem.

– Lydia, a que horas é a tua peça? – perguntou Alice.

– Mamã, acabaste de fazer essa pergunta. Não te preocupes com isso – disse Tom.

– É às oito horas, mãe – disse Lydia. – Tom, não estás a ajudar.

– Não, tu é que não estás a ajudar. Porque é que ela há-de preocupar-se em recordar uma coisa que não precisa de se lembrar?

– Não se preocupará com isso se tomar nota no Blackberry. Deixa-a fazê-lo – disse Lydia.

– Bom, seja como for, não devia estar tão dependente daquele Blackberry. Devia exercitar a memória sempre que possível – disse Anna.

– Então afinal em que ficamos? Devia fixar a hora da minha peça ou depender completamente de nós? – perguntou Lydia.

– Devias estar a encorajá-la a concentrar-se e a prestar atenção. Ela devia tentar recordar a informação sozinha e não ficar preguiçosa – disse Anna.

– Ela não é preguiçosa – disse Lydia.

– Tu e esse Blackberry estão a limitá-la. Ouve, mamã, a que horas é a peça da Lydia amanhã?

– Não sei, por isso é que perguntei – disse Alice.

– Ela já te deu a resposta duas vezes, mamã. Não consegues tentar lembrar-te do que ela disse?

– Anna, pára de a interrogar – disse Tom.

– Ia guardar a informação no meu Blackberry mas tu interrompeste-me.

– Não te estou a pedir que vejas no Blackberry. Estou a pedir-te que tentes recordar a hora que ela disse.

– Bom, não tentei fixar a hora porque ia guardá-la.

– Mamã, pensa por um segundo. A que horas é o espectáculo da Lydia amanhã?

Ela não sabia a resposta, mas sabia que a pobre Anna precisava de ser posta no seu lugar.

– Lydia, a que horas é o teu espectáculo amanhã? – perguntou Alice.

– Às oito.
– É às oito horas, Anna.

Cinco minutos antes das oito, instalaram-se nos seus lugares, no centro da segunda fila. O Teatro de Monomoy era um local íntimo, com uma plateia de apenas cem lugares e o palco a pouca distância da primeira fila.

Alice mal podia esperar que as luzes se apagassem. Lera esta peça e discutira-a demoradamente com Lydia. Até a ajudara com as suas falas. Lydia tinha o papel de Catherine, filha de um génio da matemática que enlouquecera. Alice estava ansiosa por ver estas personagens ganharem vida à sua frente.

Desde a primeira cena, a representação foi profunda, honesta e multidimensional, e Alice ficou completamente absorvida no mundo imaginário criado pelos actores. Catherine afirmava ter escrito uma prova pioneira, mas nem o homem por quem estava apaixonada, nem a irmã com quem mal falava, acreditavam nela, e ambos questionavam a sua estabilidade mental. Catherine torturava-se com o medo de que, como o pai, podia estar a enlouquecer. Alice sentiu a sua dor, a sua sensação de ser traída e o seu medo. Esteve hipnotizada do princípio ao fim.

Depois, os actores desceram para a plateia. Catherine estava radiante. John deu-lhe flores e um forte abraço.

– Foste fantástica, absolutamente incrível! – disse John.
– Muito obrigada! A peça não é fantástica?

Os outros abraçaram-na e beijaram-na e elogiaram-na também.

– Foi brilhante, adorei ver – disse Alice.
– Obrigada.
– Poderemos vê-la em mais alguma coisa este Verão? – perguntou Alice.

Ela olhou para Alice durante um período de tempo desconfortavelmente longo antes de responder.

– Não, este é o meu único papel para o Verão.

– Veio fazer apenas a época de Verão?

A pergunta pareceu deixá-la triste. Os seus olhos encheram-se de lágrimas.

– Sim, vou voltar para Los Angeles no fim de Agosto, mas voltarei aqui muitas vezes para visitar a minha família.

– Mamã, esta é a Lydia, a tua filha – disse Anna.

O bem-estar de um neurónio depende da sua capacidade de comunicar com outros neurónios. Os estudos mostram que a estimulação eléctrica e química recebida e enviada por um neurónio alimenta os processos celulares vitais. Os neurónios que não conseguem ligar-se de forma eficaz a outros neurónios, atrofiam. Inútil, um neurónio abandonado morre.

Setembro de 2004

🦋 Embora, oficialmente, fosse o início do semestre de Outono em Harvard, o tempo estava resolutamente a aderir às regras do calendário romano. Estavam vinte e seis graus e um calor peganhento nessa manhã de Verão, em Setembro, quando Alice começou o trajecto para a universidade. Nos dias imediatamente antes e depois das matrículas, todos os anos, achava sempre divertido ver os alunos do primeiro ano que não eram de New England. O Outono em Cambridge evocava imagens de folhas com cores quentes, colheita de maçãs, jogos de futebol e camisolas de lã com cachecóis. Embora não fosse invulgar acordar uma manhã em Cambridge, em finais de Setembro, e descobrir gelo no pára-brisas do carro, os dias, em particular no princípio de Setembro, ainda estavam repletos dos sons de ares condicionados a gemer incansavelmente e de discussões febris e optimistas sobre os Red Sox. E contudo, todos os anos, ali estavam eles, esses estudantes recém-transplantados, movendo-se com a insegurança de turistas inexperientes pelos passeios na praça de Harvard, sempre sobrecarregados com demasiadas camadas de lã e algodão, arrastando montes de sacos de compras da Cooperativa de Harvard com todo o material escolar necessário e camisolas com o logótipo de HARVARD. Pobres coitados, todos transpirados.

Mesmo com uma t-shirt de algodão branca sem mangas e uma saia preta de seda artificial pelos tornozelos, Alice sentia-se desconfortavelmente húmida quando chegou ao gabinete de Eric Wellman. Este ficava directamente por cima do dela, era do mesmo tamanho, estava mobilado da mesma forma e tinha a mesma vista do rio Charles e de Boston, mas, de alguma forma, parecia mais impressionante e imponente. Ela sentia-se sempre como uma estudante quando estava no gabinete dele, e esse sentimento era hoje particularmente forte, pois fora chamada por ele para «conversar um bocadinho».

– Como foi o seu Verão? – perguntou Eric.

– Muito relaxante. E o seu?

– Foi bom, passou muito depressa. Todos sentimos a sua falta na conferência em Junho.

– Eu sei, também tive pena de não estar lá.

– Bom, Alice, queria falar consigo sobre as suas avaliações do último semestre antes de as aulas começarem.

– Oh, ainda não tive oportunidade de as ver.

Tinha algures no seu gabinete uma pilha ainda por abrir das avaliações da sua turma de Motivação e Emoção, presas com um elástico. As respostas ao inquérito de avaliação por parte dos alunos, em Harvard, eram completamente anónimas, e apenas o professor da disciplina e o chefe do departamento as viam. No passado, ela lia-as apenas para satisfazer a sua vaidade. Sabia que era uma excelente professora e as avaliações dos seus alunos sempre tinham concordado resolutamente com isso. Mas Eric nunca lhe pedira que as revisse com ele. Temeu, pela primeira vez na sua carreira, que não fosse gostar da imagem de si própria que veria reflectida nelas.

– Tome, dê uma vista de olhos agora.

Entregou-lhe a sua cópia das avaliações, com a página de sumário por cima.

> Numa escala de um, discordo completamente, a cinco, concordo plenamente, o professor exigiu altos níveis de desempenho aos alunos?

Tudo quatros e cincos.

> As aulas ajudaram a compreender o material?

Quatros, três e dois.

> O professor ajudou-me a compreender conceitos difíceis e ideias complexas?

Mais uma vez, quatros, três e dois.

> O professor encorajou perguntas e a consideração de pontos de vista diferentes?

Dois alunos tinham-lhe dado um.

> Numa escala de um a cinco, de fraco a excelente, faça uma avaliação global do professor.

Maioritariamente três. Se bem se recordava, nunca recebera menos do que um quatro nesta categoria.

Toda a página de resumo estava salpicada de três, dois e uns. Não tentou convencer-se a si própria de que isso representava outra coisa a não ser um julgamento preciso e reflectido dos seus alunos, sem malícia. O seu desempenho como professora sofrera mais, exteriormente, do que ela supusera. Mesmo assim, seria capaz de apostar que estava muito longe de ser a professora mais mal classificada do departamento. Podia estar a afundar-se depressa, mas ainda não estava sequer perto do fundo.

Ergueu os olhos para Eric, pronta para enfrentar a música, talvez não a sua canção preferida, mas provavelmente também não a que mais detestava.

— Se não tivesse visto o seu nome nesse resumo, não teria pensado duas vezes no assunto. É razoável, não aquilo que costumo ver em relação a si, mas não é horrível. Os comentários escritos é que são particularmente preocupantes, e acho que temos de conversar.

Alice não vira mais do que a página de resumo. Eric consultou os seus apontamentos e leu em voz alta.

— «Salta grandes secções do programa e nós fazemos o mesmo, mas depois espera que as saibamos para o exame.» «Não parece conhecer a informação que está a ensinar.» «As aulas foram uma perda de tempo. Podia simplesmente ter lido o manual.» «Tive dificuldade em seguir as aulas. Até ela se perde nelas. Estas aulas não foram nem de longe tão boas como o curso de introdução.» «Uma vez, entrou na sala e não deu aula. Sentou-se durante alguns minutos e depois saiu. De outra vez, deu exactamente a mesma aula que na semana anterior. Nunca sonharia em fazer a doutora Howland perder tempo, mas também não acho que ela me deva fazer perder o meu.»

Era duro de ouvir. Era muito, muito mais do que aquilo de que ela se apercebera.

— Alice, já nos conhecemos há muito tempo, certo?

— Sim.

– Vou correr um risco e ser bastante franco e pessoal. Está tudo bem em casa?

– Sim.

– E em relação a si, alguma possibilidade de estar sob demasiado stresse, ou com uma depressão?

– Não, não é isso.

– É um pouco embaraçoso fazer esta pergunta, mas acha que pode ter um problema com o consumo de álcool ou outras substâncias?

Agora ela já ouvira o suficiente. *Não posso viver com a reputação de ser uma toxicodependente deprimida e stressada. A demência tem de ser um estigma menos grave.*

– Eric, tenho Doença de Alzheimer.

Ele ficou pálido. Estava preparado para a ouvir falar da infidelidade de John. Tinha o nome de um bom psicólogo debaixo da língua. Estava preparado para orquestrar uma intervenção ou para a internar no Hospital McLean num programa de desintoxicação. Não estava preparado para isto.

– Foi-me diagnosticada em Janeiro. Tive muitas dificuldades em dar aulas no último semestre, mas não me tinha apercebido do quanto isso se notara.

– Lamento muito, Alice.

– Também eu.

– Não estava à espera disto.

– Nem eu.

– Estava à espera de algo temporário, algo que pudesse ser ultrapassado. Não estamos a falar de um problema temporário.

– Pois não.

Alice viu-o pensar. Ele era como um pai para toda a gente no departamento, protector e generoso, mas também pragmático e rígido.

— Os pais dos alunos pagam quarenta mil dólares por ano. Isto não cairia nada bem junto deles.

Não, com certeza que não. Não estavam a gastar quantias astronómicas para que os filhos aprendessem com uma pessoa com Alzheimer. Já conseguia ouvir o tumulto, as manchetes escandalosas nos noticiários da noite.

— Além disso, há dois alunos da sua turma que vão contestar as notas. Receio que essa tendência apenas fosse alastrar se a sua condição se tornasse pública.

Em vinte e cinco anos de ensino, nunca ninguém contestara uma nota dada por ela. Nem um único aluno.

— Penso que, provavelmente, não devia continuar a dar aulas, mas quero respeitar o seu calendário. Tem algum plano?

— Estava com esperança de poder ficar mais um ano e depois tirar a minha licença sabática, mas não tinha a noção do quanto os meus sintomas estavam a notar-se e a perturbar as aulas. Não quero ser uma má professora, Eric. Eu não sou assim.

— Eu sei que não. E que tal uma baixa médica até poder tirar o ano sabático?

Ele queria-a fora dali já. Ela tinha um corpo de trabalho e um historial de desempenho exemplares e, mais importante ainda, pertencia aos quadros. Legalmente, não podiam despedi-la. Mas não era assim que ela queria lidar com isto. Por mais que não quisesse desistir da sua carreira em Harvard, a sua luta era com a Doença de Alzheimer, não com Eric ou com a Universidade de Harvard.

— Não estou preparada para sair, mas concordo consigo, por mais que isso me parta o coração. Acho que devo parar de dar aulas. Mas gostava de ficar como orientadora do Dan e gostava de continuar a assistir aos seminários e reuniões.

Já não sou professora.

— Penso que isso é possível. Mas gostava que tivesse uma conversa com o Dan e lhe explicasse o que se está a passar, deixando essa decisão nas mãos dele. Terei todo o prazer em ser seu co-orientador, se isso deixar qualquer um dos dois mais descansado. Além disso, como é óbvio, não deve aceitar orientar as teses de mais estudantes. O Dan será o último.

Já não sou uma cientista de investigação.

— Provavelmente não devia aceitar convites para falar em outras universidades ou conferências. Não seria boa ideia estar a representar Harvard nessa capacidade. Reparei que praticamente já deixou de viajar, por isso penso que também o deve ter percebido.

— Sim, concordo.

— Como quer fazer em relação à administração e às pessoas do departamento? Mais uma vez, respeitarei os seus planos, faça como achar que deve fazer.

Ela ia deixar de ensinar, de fazer investigação, de viajar e de dar palestras. As pessoas iam reparar. Iam especular e murmurar e trocar mexericos. Iam pensar que ela era uma toxicodependente deprimida e stressada. Talvez algumas já o pensassem.

— Eu digo-lhes. É melhor ser eu a dizer-lhes.

17 de Setembro de 2004

Caros amigos e colegas,

Depois de muita consideração e com grande mágoa, decidi abandonar as minhas responsabilidades de ensino, investigação e viagens em Harvard. Em Janeiro deste ano, foi-me diagnosticada Doença de Alzheimer na sua forma precoce. Embora ainda esteja provavelmente na fase inicial e moderada da doença, tenho sofrido de lapsos cognitivos imprevisíveis que me impossibilitam de estar à altura das exigências desta posição e dos elevados padrões que sempre impus a mim própria e que são esperados na instituição. Apesar de, a partir de agora, deixarem de me ver a dar aulas nos anfiteatros ou a escrever propostas para novas bolsas, continuarei a ser a orientadora da tese do Dan Maloney e continuarei a assistir a reuniões e seminários, onde espero poder continuar a ser uma participante activa e bem-vinda.

Com sincero afecto e respeito,

Alice Howland

Na primeira semana do semestre de Outono, Marty assumiu as responsabilidades de ensino de Alice. Quando se encontrou com ele para lhe entregar os materiais para as aulas, ele abraçou-a e disse-lhe como lamentava. Perguntou-lhe como se sentia e se havia alguma coisa que ele pudesse fazer. Ela agradeceu-lhe e disse que se sentia bem. E, assim que tinha em sua posse tudo o que precisava para a disciplina, ele saiu do gabinete dela o mais depressa que conseguiu.

O mesmo aconteceu praticamente com todas as outras pessoas do departamento.

– Tenho muita pena, Alice.
– Nem posso acreditar.
– Não fazia ideia.
– Posso fazer alguma coisa?
– Tens a certeza? Não pareces diferente.

– Lamento muito.

– Lamento muito.

Depois deixavam-na sozinha tão rapidamente quanto possível. Eram educados e amáveis com ela quando a encontravam, mas não a encontravam com muita frequência. Isto devia-se em grande medida aos seus horários preenchidos e ao horário agora bastante vazio de Alice. Mas outra razão, e não insignificante, era escolherem não a encontrar. Encará-la significava ter de encarar a sua fragilidade mental e o pensamento inevitável de que, num abrir e fechar de olhos, podia acontecer-lhes a eles. Enfrentá-la era assustador. Assim, na maior parte do tempo, à excepção das reuniões e seminários, evitavam-na.

Hoje era o primeiro Seminário de Psicologia do semestre. Leslie, uma das alunas de mestrado de Eric, estava preparada à cabeceira da mesa de reuniões com o *slide* de título já projectado no ecrã. «À Procura de Respostas: Como a Atenção Afecta a Capacidade de Identificarmos Aquilo que Vemos.» Alice sentia-se também preparada, sentada no primeiro lugar da mesa, em frente de Eric. Começou a comer o seu almoço, uma piza de beringela e uma salada verde, enquanto Eric e Leslie conversavam e a sala começava a encher-se.

Depois de alguns minutos, Alice reparou que todos os lugares à mesa estavam ocupados à excepção da cadeira ao seu lado, e havia pessoas a instalar-se ao fundo da sala. Os lugares à mesa eram muito cobiçados, não só porque a localização tornava mais fácil ver a apresentação, mas porque estar sentado significava não ter de fazer malabarismos com prato, talheres, bebidas, caneta e bloco de apontamentos. Pelos vistos, isso era menos embaraçoso do que sentar-se ao lado dela. Alice olhou para todos os que não estavam a olhar para ela. Havia cerca de cinquenta pessoas na sala, pessoas que ela conhecia há muitos anos, pessoas que considerava família.

Dan entrou a correr, desgrenhado, com a camisa de fora das calças, usando óculos em vez de lentes de contacto. Fez uma breve pausa, depois dirigiu-se ao lugar vago ao lado de Alice e reclamou-o para si atirando o bloco para cima da mesa.

— Estive a pé a noite toda, a escrever. Tenho de ir buscar qualquer coisa para comer, volto já.

A palestra de Leslie durou uma hora. Embora isso lhe exigisse uma grande dose de energia, Alice seguiu-a até ao fim. Depois de o último *slide* passar e o ecrã ficar vazio, Leslie abriu discussão. Alice foi a primeira.

— Sim, doutora Howland — disse Leslie.

— Penso que lhe falta um grupo de controlo que meça a capacidade de distracção concreta dos seus agentes de perturbação. Podíamos argumentar que alguns, seja por que razão for, simplesmente passam despercebidos, e a sua mera presença não causa distracção. Podia testar a capacidade dos sujeitos de repararem e simultaneamente prestarem atenção ao agente de perturbação, ou podia fazer uma série de testes em que trocasse o agente de distracção para cada alvo.

Muitos dos presentes acenaram com a cabeça. Dan disse «sim, sim» com a boca cheia de piza. Leslie agarrou na caneta antes mesmo de Alice terminar o pensamento e tomou notas.

— Sim. Leslie, volte ao *slide* do *design* experimental por um segundo — disse Eric.

Alice olhou em volta. Toda a gente estava de olhos pregados ao ecrã. Escutaram atentamente enquanto Eric desenvolvia o comentário de Alice. Muitos continuaram a acenar. Sentiu-se vitoriosa e um pouco presunçosa. Lá porque tinha Alzheimer, isso não queria dizer que já não era capaz de pensar analiticamente. Lá porque tinha Alzheimer, isso não significava que não merecia estar aqui sentada nesta sala, entre eles. Lá porque tinha Alzheimer, isso não significava que já não merecia ser ouvida.

As perguntas e respostas e perguntas e respostas de seguimento continuaram por vários minutos. Alice acabou a sua piza e a sua salada. Dan levantou-se e voltou com uma segunda dose. Leslie tropeçou na resposta a uma pergunta hostil feita pela nova orientadora de Marty. O *slide* do *design* experimental estava no ecrã. Alice leu-o e levantou a mão.

— Sim, doutora Howland? — perguntou Leslie.

— Acho que lhe falta um grupo de controlo que meça a eficácia concreta dos seus agentes de perturbação. É possível que alguns deles simplesmente passem despercebidos. Podia testar a sua capacidade de distracção em simultâneo, ou podia trocar o agente de perturbação de cada alvo.

Era um ponto válido. Era, na verdade, a forma correcta de fazer a experiência, e o trabalho não seria publicável sem que essa possibilidade estivesse satisfeita. Alice tinha a certeza disso. No entanto, mais ninguém parecia vê-lo. Olhou para todas as pessoas que não olhavam para ela. A linguagem corporal dos outros sugeria embaraço e pavor. Releu os dados no ecrã. Aquela experiência precisava de um controlo adicional. Lá porque tinha Alzheimer, isso não queria dizer que já não era capaz de pensar analiticamente. Lá porque tinha Alzheimer, isso não significava que não soubesse o que estava a dizer.

— Ah... está bem, obrigada — disse Leslie.

Mas não tomou notas e não olhou para Alice nos olhos e não pareceu minimamente grata.

Não tinha aulas para dar, nem propostas para escrever, nem pesquisas novas para conduzir, nem conferências para assistir, nem palestras para dar como oradora convidada. Nunca mais. Sentia-se como se a maior parte de si própria, a parte que ela louvara e à qual puxara regularmente o lustro, no seu alto pedestal, tivesse morrido. E as outras partes mais pequenas e menos admiradas uivavam com autocomiseração e dor, sem saber para o que serviriam sem ela.

Olhou pela grande janela do escritório e viu as pessoas que corriam ao longo das margens do rio Charles.

– Tens tempo para uma corrida hoje? – perguntou.

– Talvez – disse John.

Ele olhou também para a janela enquanto bebia o seu café. Alice pensou no que veria John, se os seus olhos eram atraídos para as mesmas pessoas ou se via algo completamente diferente.

– Gostava que pudéssemos passar mais tempo juntos – disse ela.

– Como assim? Acabámos de passar o Verão inteiro juntos.

– Não, não me refiro ao Verão, mas a toda a nossa vida. Tenho estado a pensar nisso e gostava que pudéssemos ter mais tempo juntos.

– Alice, vivemos juntos, trabalhamos no mesmo sítio, passámos a vida inteira juntos.

No princípio, tinham passado. Viviam as suas vidas juntos, um com o outro. Mas, ao longo dos anos, isso mudara. Tinham permitido que mudasse. Ela pensou nas licenças sabáticas separadas, na divisão do trabalho em relação aos filhos, nas viagens, na singular dedicação de ambos ao trabalho. Viviam apenas ao lado um do outro há já muito tempo.

– Acho que nos deixámos sozinhos um ao outro durante demasiado tempo.

— Não sinto isso, Alice. Gosto das nossas vidas, acho que temos um bom equilíbrio entre a independência para seguirmos as nossas paixões e uma vida juntos.

Ela pensou na paixão dele, na sua pesquisa, sempre mais extrema do que a dela. Mesmo quando as experiências lhe falhavam, quando os dados não eram consistentes, quando as hipóteses se revelavam erradas, o amor dele pela sua paixão nunca vacilava. Por mais imperfeita que fosse, mesmo quando o obrigava a ficar a pé a noite toda e a arrancar os cabelos, ele adorava-a. O tempo, cuidado e atenção que lhe dedicava inspirava-a a trabalhar mais arduamente na sua própria pesquisa. E era o que fazia.

— Não estás sozinha, Alice. Estou aqui, contigo.

Olhou para o relógio e bebeu o resto do café.

— Tenho de ir, vou dar uma aula.

Pegou na mala, atirou o copo para o lixo e aproximou-se dela. Baixou-se, segurou-lhe o rosto nas mãos e beijou-a gentilmente. Ela levantou o rosto para ele e fez um sorriso débil, contendo as lágrimas apenas o tempo suficiente para ele sair do gabinete.

Gostava de ter sido ela a sua paixão.

Ficou no gabinete enquanto a sua turma de Cognição se reunia sem ela e olhou para o tráfego cintilante que se arrastava por Memorial Drive. Bebeu o seu chá. Tinha o dia inteiro à sua frente sem nada para fazer. O Blackberry começou a vibrar. Tirou-o da mala azul-bebé.

Alice, responde às seguintes perguntas:

1. Em que mês estamos?
2. Onde vives?

3. Onde é o teu escritório?
4. Quando é o aniversário da Anna?
5. Quantos filhos tens?

Se não conseguiste responder a qualquer uma destas perguntas, vai ao ficheiro chamado Borboleta no teu computador e segue imediatamente as instruções nele contidas.

Setembro
34 Poplar Street, Cambridge
Centro William James, sala 1002
14 de Setembro
Três

Beberricou o seu chá e olhou para o tráfego brilhante que se arrastava por Memorial Drive.

Outubro de 2004

🦋 Sentou-se na cama sem saber o que fazer. Estava escuro, ainda era de noite. Não estava confusa. Sabia que devia estar a dormir. John estava deitado de costas ao seu lado, a ressonar. Mas ela não conseguia adormecer. Andava com muita dificuldade em dormir a noite inteira, provavelmente porque fazia muitas sestas durante o dia. Ou faria muitas sestas durante o dia por dormir mal à noite? Estava presa num ciclo vicioso, uma espiral de reacção positiva, uma viagem estonteante da qual não sabia como sair. Talvez, se combatesse o sono durante o dia, conseguisse dormir de noite e quebrar o ciclo. Mas sentia-se tão exausta todos os dias, ao final da tarde, que sucumbia sempre a um pequeno descanso no sofá. E o descanso levava sempre a uma sesta.

Lembrava-se de enfrentar um dilema semelhante quando os filhos tinham cerca de dois anos. Sem a sesta a meio da tarde eles estavam infelizes e rabugentos ao final do dia. Com a sesta, ficavam acordados horas para além da hora de ir para a cama. Não se lembrava da solução.

Com todos os comprimidos que tomo, seria de esperar que pelo menos um deles desse sonolência como efeito secundário. Oh, espera. Tenho aquela receita de comprimidos para dormir.

Saiu da cama e desceu as escadas. Embora bastante certa de que os comprimidos não estavam lá, esvaziou primeiro a mala azul-bebé. Carteira, Blackberry, telemóvel, chaves. Abriu a carteira. Cartão de crédito, cartão de levantamento automático, carta de condução, identificação de Harvard, cartão do seguro de saúde, vinte dólares, uma mão cheia de trocos.

Remexeu na tigela branca com cogumelos onde guardavam a correspondência. Conta da luz, conta do gás, conta do telefone, extracto bancário, qualquer coisa de Harvard, recibos.

Abriu e esvaziou as gavetas da secretária e do armário de arquivo no estúdio. Tirou os catálogos e revistas dos cestos na sala. Leu algumas páginas da revista *The Week* e dobrou uma página da *J. Jill* onde vinha uma camisola engraçada. Gostava dela em azul-mar.

Abriu a gaveta da tralha. Pilhas, uma chave de parafusos, fita adesiva, fita isoladora, cola, chaves, vários carregadores, fósforos e muito mais. Esta gaveta provavelmente não era arrumada há anos. Tirou-a completamente do sítio e despejou-a em cima da mesa da cozinha.

– Alice, o que estás a fazer? – perguntou John.

Sobressaltada, ergueu o rosto e viu-o, desgrenhado, com os olhos semicerrados.

– Estou à procura de...

Baixou os olhos para os artigos misturados à sua frente em cima da mesa. Pilhas, um conjunto de costura, cola, uma fita métrica, vários carregadores, uma chave de parafusos.

— Estou à procura de uma coisa.

— Alice, passa das três da manhã. Estás a fazer uma barulheira terrível. Não podes procurar de manhã?

Ele parecia impaciente. Não gostava que lhe interrompessem o sono.

— Está bem.

Deitou-se na cama e tentou lembrar-se do que estava à procura. Estava escuro, ainda era de noite. Sabia que devia estar a dormir. John voltou a adormecer sem cerimónias e já ressonava. Adormecia depressa. Ela também costumava adormecer depressa. Mas agora não conseguia dormir. Andava com muita dificuldade em dormir a noite inteira, provavelmente porque fazia muitas sestas durante o dia. Ou faria muitas sestas durante o dia por dormir mal à noite? Estava presa num ciclo vicioso, uma espiral de reacção positiva, uma viagem estonteante da qual não sabia como sair.

Oh, espera. Tenho uma maneira de adormecer. Tenho aqueles comprimidos que a doutora Moyer me receitou. Onde é que os pus?

Saiu da cama e desceu as escadas.

Não havia reuniões nem seminários hoje. Nenhum dos manuais, jornais ou correspondência no seu gabinete lhe interessava. Dan não tinha nada preparado para ela ler. Não tinha *emails* novos. O *email* diário de Lydia só chegaria depois do meio-dia. Observou o movimento do outro lado da janela. Os carros percorriam Memorial Drive e havia pessoas a correr ao longo das curvas do rio. As copas dos pinheiros baloiçavam no ar turbulento de Outono.

Tirou todas as pastas da gaveta assinalada ARTIGOS HOWLAND no seu armário de arquivo. Ela escrevera bem mais de cem trabalhos publicados. Segurou nas mãos esta pilha de artigos de investigação, comentários e críticas, o resumo da sua carreira truncada, em pensamentos e opiniões. Era pesada. Os seus pensamentos e opiniões tinham peso. Pelo menos, costumavam ter. Sentia falta da sua investigação, de pensar nisso, de falar nisso, das suas próprias ideias e opiniões, da arte elegante da sua ciência.

Pousou o monte de pastas e tirou o manual *From Molecules to Mind* da prateleira. Também era pesado. Era a obra de que mais se orgulhava, as suas palavras e ideias fundidas com as de John. Tinham criado algo juntos que era único neste universo, inspirando e influenciando as palavras e as ideias de outros. Partira do princípio de que escreveriam outro livro, um dia. Folheou-o sem ser seduzida. Também não lhe apetecia ler aquilo.

Olhou para o relógio. Ela e John tinham combinado correr ao final do dia. Ainda faltavam muitas horas. Decidiu correr até casa.

A sua casa ficava apenas a cerca de um quilómetro e meio do escritório e chegou lá rápida e facilmente. E agora? Entrou na cozinha para fazer chá. Encheu a chaleira com água da torneira, colocou-a no fogão e rodou o botão para o máximo. Foi buscar um saquinho de chá. A lata onde guardava os saquinhos de chá não estava em cima do balcão. Abriu o armário das canecas. Em vez disso, deu por si a olhar para três pilhas de pratos. Abriu o armário à direita, onde esperava ver filas de copos, mas encontrou em vez disso tigelas e canecas.

Tirou as tigelas e canecas do armário e pousou-as no balcão. Depois, tirou os pratos e colocou-os ao lado das tigelas e canecas. Abriu o armário seguinte. Também estava tudo errado neste. Pouco depois o balcão estava coberto de pratos, tigelas, canecas, copos de sumo, copos de água, copos de vinho, tachos, panelas, caixas de plástico, pegas, panos da loiça e talheres. Toda a cozinha estava do avesso. *Ora bem, onde é que estava tudo antes?* A chaleira apitou e ela não conseguia pensar. Apagou o lume.

Ouviu a porta da frente. *Oh, óptimo, o John chegou mais cedo.*

– John, porque fizeste isto à cozinha? – gritou.

– Alice, o que estás a fazer?

A voz de mulher sobressaltou-a.

– Oh, Lauren, assustaste-me.

Era a sua vizinha, que vivia do outro lado da rua. Lauren não disse nada.

– Desculpa, senta-te um bocadinho. Estava a fazer chá.

– Alice, esta não é a tua cozinha.

O quê? Olhou em volta – balcões de granito preto, armários de bétula, chão de azulejos brancos, janela por cima do lava-loiça, máquina da loiça à direita do lava-loiça, forno duplo. Esperem, ela não tinha um forno duplo, pois não? Depois, pela primeira vez, reparou no frigorífico. A prova conclusiva. As fotografias presas com ímanes à porta do frigorífico eram de Lauren e do marido de Lauren, do gato de Lauren, de bebés que Alice não reconhecia.

– Oh, Lauren, olha o que fiz à tua cozinha. Eu ajudo-te a arrumar tudo.

– Não faz mal, Alice. Está tudo bem?

– Não, nem por isso.

Queria correr para casa, para a sua própria cozinha. Não podiam simplesmente esquecer que isto tinha acontecido? Teria mesmo de ter agora a conversa «Tenho Doença de Alzheimer»? Odiava a conversa «Tenho Doença de Alzheimer».

Alice tentou ler o rosto de Lauren. Ela parecia perplexa e assustada. Estava a pensar: «A Alice deve estar louca.» Alice fechou os olhos e respirou fundo.

— Tenho Doença de Alzheimer.

Abriu os olhos. A expressão no rosto de Lauren não se alterara.

Agora, de cada vez que entrava na cozinha, olhava para o frigorífico, só para ter a certeza. Nada de fotografias de Lauren. Estava na casa certa. Se isso não eliminasse todas as dúvidas, John escrevera um bilhete em grandes letras pretas e prendera-o na porta do frigorífico.

ALICE,
NÃO VÁS CORRER SEM MIM.

O MEU TELEMÓVEL: 617-555-1122
ANNA: 617-555-1123
TOM: 617-555-1124

John obrigara-a a prometer que não iria correr sem ele. Ela jurara pela sua saúde que não o faria. Claro, podia muito bem esquecer-se.

De qualquer maneira, um pequeno descanso provavelmente faria bem ao seu tornozelo. Torcera-o ao descer de um passeio na semana anterior. A sua percepção espacial estava um pouco afectada. Por vezes os objectos pareciam mais perto ou mais longe ou, de uma maneira geral, num sítio diferente do que na realidade estavam. Fora ao oftalmologista. A sua visão estava óptima. Tinha os olhos de uma jovem de vinte anos. O problema não estava nas córneas, lentes ou retinas. A falha era algures no processamento da informação visual, algures no seu córtex occipital, explicara-lhe John. Ao que parecia, tinha os olhos de uma estudante universitária e o córtex occipital de uma octogenária.

Nada de correr sem John. Podia perder-se ou magoar-se. Mas, ultimamente, também não corria com John. Ele andava a viajar muito e, quando não estava fora, saía cedo para a universidade e trabalhava até tarde. Quando chegava a casa, estava sempre demasiado cansado. Ela detestava depender dele para correr, principalmente por não poder contar com ele.

Pegou no telefone e marcou o número indicado no bilhete.

— Estou?

— Vamos correr hoje? – perguntou.

— Não sei, talvez, estou numa reunião. Ligo-te mais tarde – disse John.

— Preciso mesmo de ir correr.

— Ligo-te mais tarde.

— Quando?

— Quando puder.

— Está bem.

Desligou, olhou para a janela e depois para os ténis que tinha calçados. Descalçou-os e atirou-os contra a parede.

Tentou ser compreensiva. Ele tinha de trabalhar. Mas porque não conseguia ele compreender que ela precisava de correr? Se algo tão simples como exercício diário regular podia de facto contrariar o avanço da doença, então ela devia correr o mais que pudesse. De cada vez que ele lhe dizia «Hoje não», talvez ela estivesse a perder mais neurónios que podia ter salvado. A morrer mais depressa, sem que houvesse necessidade disso. John estava a matá-la.

Pegou novamente no telefone.

— Sim? – perguntou John, em voz abafada e aborrecida.

— Quero que me prometas que vamos correr hoje.

— Dê-me licença por um minuto — disse ele a outra pessoa.
— Por favor, Alice, deixa-me ligar-te quando sair desta reunião.
— Preciso de correr hoje.
— Ainda não sei a que horas o meu dia vai acabar.
— E então?
— É por isto que acho que devias comprar uma passadeira.
— Oh, vai à merda — disse ela, e desligou.

Supunha que isso não era muito compreensivo da sua parte. Ultimamente, tinha muitos acessos de raiva. Não sabia se era um sintoma do progresso da doença ou uma reacção justificada. Não queria uma passadeira. Queria-o a ele. Talvez não devesse ser tão teimosa. Talvez ela também estivesse a matar-se a si própria.

Podia sempre caminhar até algum lado sem ele. Claro, este «algum lado» tinha de ser um sítio «seguro». Podia ir até ao escritório. Mas não queria ir para o escritório. No seu escritório sentia-se entediada, ignorada e alienada. Sentia-se ridícula. Já não era o seu lugar. Em toda a vasta grandeza que era Harvard, não havia espaço para uma professora de Psicologia Cognitiva com uma psique cognitiva avariada.

Sentou-se na poltrona da sala de estar e tentou pensar em algo para fazer. Não lhe ocorreu nada suficientemente significativo. Tentou imaginar o dia seguinte, a semana seguinte, o próximo Inverno. Não lhe ocorreu nada suficientemente significativo. Sentia-se entediada, ignorada e alienada na sua poltrona da sala de estar. O sol do final da tarde lançava sombras estranhas, como num filme de Tim Burton, que deslizavam e ondulavam sobre o chão e nas paredes. Viu as sombras dissolverem-se e a sala ficar escura. Fechou os olhos e adormeceu.

Alice estava no quarto, nua à excepção de um par de soquetes e a sua pulseira Regresso Seguro, a resmungar e a lutar com uma peça de roupa esticada à volta da sua cabeça. Tal como num bailado de Marta Graham, a sua luta contra o tecido que lhe envolvia a cabeça parecia uma expressão física e poética de angústia. Soltou um longo grito.

– O que se passa? – perguntou John, entrando a correr.

Olhou para ele, em pânico, espreitando com um olho por um buraco redondo na peça de roupa torcida.

– Não consigo! Não consigo perceber como vestir este maldito soutien de desporto. Não me consigo lembrar de como vestir um soutien, John! Não consigo vestir o meu próprio soutien!

Ele aproximou-se e examinou a cabeça dela.

– Isto não é um soutien, Alice, é um par de cuecas.

Ela desatou a rir.

– Não tem graça – disse John.

Alice riu-se mais ainda.

– Pára, não tem graça nenhuma. Ouve, se queres ir correr, tens de te vestir depressa. Não tenho muito tempo.

Saiu do quarto, incapaz de olhar para ela ali de pé, nua, com as cuecas na cabeça, a rir da sua própria loucura absurda.

Alice sabia que a jovem sentada à sua frente era sua filha, mas tinha uma falta de confiança perturbadora neste conhecimento. Sabia que tinha uma filha chamada Lydia, mas, quando olhava para a jovem sentada à sua frente, saber que *ela* era a sua filha Lydia era mais um conhecimento académico do que um entendimento implícito, um facto com o qual concordava, informação que lhe fora dada e que aceitava como verdadeira.

Olhou para Tom e Anna, também sentados à mesa, e conseguiu relacioná-los automaticamente com as recordações que tinha da sua filha mais velha e do seu filho. Conseguia recordar Anna no seu vestido de noiva, nas cerimónias de formatura do liceu e da universidade, e com o vestido de Branca de Neve que insistia em usar todos os dias quando tinha três anos. Lembrava-se de Tom de traje universitário, com gesso na perna quando a partira a esquiar, com aparelho nos dentes, com o uniforme da equipa júnior de basebol e nos seus braços quando era bebé.

Conseguia ver também a história de Lydia, mas, de alguma forma, esta mulher sentada à sua frente não estava inextricavelmente ligada às memórias que tinha da filha mais nova. Isto deixava-a pouco à vontade e penosamente consciente de que estava em declínio, de que o passado estava a desligar-se do presente. E como era estranho que não tivesse a mínima dificuldade em identificar o homem ao lado de Anna como o seu marido Charlie, um homem que só entrara nas suas vidas cerca de dois anos antes. Imaginou a Alzheimer como um demónio na sua cabeça, abrindo com indiferença um caminho ilógico de destruição, arrancando as ligações entre «Lydia agora» e «Lydia antes», deixando intactas todas as ligações relativas a «Charlie».

O restaurante estava cheio e barulhento. As vozes provenientes das outras mesas competiam pela atenção de Alice e a música ambiente ocupava, de vez em quando, o primeiro plano. As vozes de Anna e de Lydia pareciam-lhe iguais. Toda a gente usava demasiados pronomes. Esforçou-se por localizar quem estava falar na sua mesa e para seguir a conversa.

– Querida, sentes-te bem? – perguntou Charlie.

– Os cheiros – disse Anna.

– Queres ir lá fora um bocadinho? – perguntou Charlie.

— Eu vou com ela — ofereceu-se Alice.

As costas de Alice ficaram tensas assim que deixaram o calor aconchegante do restaurante. Ambas se tinham esquecido de trazer casacos. Anna pegou na mão de Alice e afastou-a de um círculo de fumadores que se tinham reunido ao pé da porta.

— Ah, ar puro — disse Anna, respirando fundo.

— E silêncio — acrescentou Alice.

— Como te sentes, mamã?

— Estou bem — disse Alice.

Anna acariciou as costas da mão de Alice, a mão que ainda segurava.

— Já tive dias melhores — admitiu ela.

— Posso dizer o mesmo — disse Anna. — Também ficaste assim enjoada quando estavas grávida de mim?

— Fiquei.

— Como conseguiste aguentar?

— Tens de ter paciência. Acaba por passar.

— E, quando dermos por isso, os bebés estarão cá fora.

— Mal posso esperar.

— Eu também — disse Anna. Mas a sua voz não tinha a mesma exuberância que a de Alice. De súbito, os seus olhos encheram-se de lágrimas.

— Mamã, estou sempre enjoada, e ando exausta, e de cada vez que me esqueço de alguma coisa acho que são os primeiros sintomas.

— Oh querida, não é nada disso, estás apenas cansada.

— Eu sei, eu sei, mas quando penso que já não estás a dar aulas, e em tudo o que estás a perder...

— Não penses nisso. Esta devia ser uma altura entusiasmante para ti. Por favor, pensa apenas no que vamos ganhar.

Alice apertou-lhe a mão e pousou a outra gentilmente na barriga de Anna. Anna sorriu, mas ainda tinha os olhos cheios de lágrimas.

– Não sei como vou conseguir lidar com tudo. O meu trabalho e dois bebés e...

– E o Charlie. Não te esqueças de ti e do Charlie. Conserva o que tens com ele. Mantém o equilíbrio... tu e o Charlie, a tua carreira, os teus filhos, tudo o que amas. Não tomes como certa nenhuma das coisas que amas na vida, e conseguirás fazer tudo. O Charlie vai ajudar.

– Podes ter a certeza – disse Anna em tom ameaçador.

Alice riu-se. Anna limpou os olhos várias vezes com as costas da mão e soltou a respiração num longo sopro.

– Obrigada, mamã. Já me sinto melhor.

– Óptimo.

Voltaram a entrar no restaurante, sentaram-se e jantaram. A jovem em frente de Alice, a sua filha mais nova, Lydia, bateu no copo de vinho vazio com a faca.

– Mamã, agora queríamos dar-te o teu grande presente.

Lydia entregou-lhe um pequeno pacote rectangular embrulhado em papel dourado. Devia ser grande em significado. Alice desembrulhou-o. Lá dentro estavam três DVDs – *Os Filhos Howland*, *Alice e John* e *Alice Howland*.

– São memórias em vídeo, para ti. *Os Filhos Howland* é uma recolha de entrevistas com a Anna, o Tom e eu. Gravei-as este Verão. São as nossas memórias de ti e da nossa infância e de enquanto crescíamos. O outro com o papá tem as memórias dele, de como se conheceram, do namoro, do casamento, das férias e muitas outras coisas. Há algumas histórias fantásticas que nós não conhecíamos. O terceiro ainda não está gravado. É uma entrevista contigo, com as tuas histórias, se quiseres fazê-lo.

– Quero, sem dúvida. Adorei. Obrigada, estou ansiosa por os ver.

A empregada trouxe-lhes café, chá e um bolo de chocolate com uma vela. Todos cantaram os parabéns. Alice soprou a vela e pediu um desejo.

Novembro de 2004

Os filmes que John comprara durante o Verão faziam agora parte da mesma triste categoria que os livros abandonados que tinham vindo substituir. Já não conseguia seguir o enredo nem lembrar-se do significado das personagens, a menos que estivessem presentes em todas as cenas. Conseguia apreciar pequenos momentos, mas ficava apenas com uma ideia geral do filme depois de este acabar. *Este filme foi engraçado.* Se John ou Anna o vissem com ela, eles muitas vezes riam às gargalhadas, ou saltavam, assustados, ou encolhiam-se com ar repugnado, reagindo de forma óbvia e visceral a qualquer coisa que acontecera, e ela não compreendia porquê. Juntava-se a eles, fingindo, tentando protegê-los do quanto estava perdida. Ver filmes deixava-a profundamente consciente do quanto estava perdida.

Os DVDs que Lydia fizera tinham chegado na altura certa. Cada história contada por John e pelos filhos tinha apenas alguns minutos, pelo que conseguia absorvê-las e não precisava de guardar activamente a informação de uma história em particular para conseguir apreciar as outras. Via-os vezes sem conta. Não se lembrava de tudo o que eles contavam, mas isso parecia-lhe perfeitamente normal, pois nem os filhos nem John se lembravam também de todos os pormenores. E quando Lydia pedia a todos para contarem o mesmo acontecimento, cada um o recordava de forma ligeiramente diferente, omitindo algumas partes, exagerando outras, enfatizando as suas perspectivas individuais. Mesmo as biografias não afectadas pela doença eram vulneráveis a lacunas e distorções.

Mas só conseguira ver o vídeo *Alice Howland* uma vez. Costumava ser tão eloquente, sentia-se sempre tão à vontade para falar em frente de qualquer audiência. Agora, fartava-se de usar a palavra «coiso» e repetia-se uma quantidade embaraçosa de vezes. Mas estava grata por o ter feito, por ter as suas memórias, reflexões e conselhos gravados e guardados, a salvo do caos molecular da Doença de Alzheimer. Os seus netos veriam este vídeo, um dia, e diriam: «É a avó, quando ela ainda conseguia falar e lembrar-se das coisas.»

Acabara de ver *Alice e John*. Deixou-se ficar no sofá, com um cobertor sobre as pernas, depois de o ecrã da televisão ficar negro, e escutou. O silêncio agradava-lhe. Respirou e não pensou em nada durante vários minutos, a não ser no tiquetaque do relógio em cima da lareira. Depois, de súbito, o tiquetaque assumiu um significado e ela abriu os olhos.

Olhou para os ponteiros. Dez para as dez. *Oh, meu Deus, o que estou ainda a fazer aqui?* Atirou o cobertor para o chão, enfiou os sapatos, correu para o estúdio e fechou a pasta do computador portátil. *Onde está a minha mala azul?* Não estava na cadeira, nem na secretária, nem nas gavetas da secretária, nem na pasta do portátil. Subiu a correr as escadas até ao quarto. Não estava em cima da cama, não estava na cómoda, não estava na mesa-de-cabeceira, não estava no armário, não estava na secretária. Parou de pé no corredor, a tentar recordar os seus passos na mente titubeante, quando a viu, pendurada no puxador da porta da casa de banho.

Abriu-a. Telemóvel, Blackberry, faltavam as chaves. Guardava-as sempre na mala. Bom, isso não era completamente verdade. Tinha sempre intenção de as guardar na mala. Às vezes, punha-as na gaveta da secretária, na gaveta dos talheres, na gaveta da roupa interior, na caixa de jóias, na caixa do correio, num bolso qualquer. Às vezes, deixava-as simplesmente na fechadura. Odiava pensar em quantos minutos passava por dia à procura das coisas que não sabia onde deixara.

Desceu a correr até à sala. Não viu as chaves, mas encontrou o casaco nas costas de uma cadeira. Vestiu-o e enfiou as mãos nos bolsos. Chaves!

Correu para o corredor mas parou antes de chegar à porta. Que coisa estranhíssima. Havia um grande buraco no chão, mesmo em frente da porta. Ocupava toda a largura do corredor e tinha cerca de dois metros e meio de comprimento, com apenas a escuridão da cave por baixo. Era impossível de ultrapassar. As tábuas do soalho do corredor estavam empenadas e rangiam, e ela e John tinham falado há pouco tempo em substituí-las. Teria John contratado um empreiteiro? Tinha estado alguém lá em casa hoje? Não se lembrava. Fosse qual fosse a razão, não podia usar a porta da frente enquanto o buraco não estivesse arranjado.

Enquanto se dirigia à porta das traseiras, o telefone tocou.

– Olá, mamã, estou aí por volta das sete. Levo jantar.

– Está bem – disse Alice, num leve tom interrogativo.

– É a Anna.

– Eu sei.

– O papá está em Nova Iorque até amanhã, lembras-te? Vou dormir aí esta noite. Mas só consigo sair do trabalho por volta das seis e meia, portanto espera por mim para jantar. Talvez fosse melhor escreveres isto no quadro do frigorífico.

Olhou para o quadro branco.

NÃO VÁS CORRER SEM MIM.

Sentindo-se provocada, quis gritar para o telefone que não precisava de ama-seca e que conseguia desenrascar-se muito bem na sua própria casa. Mas, em vez disso, respirou fundo.

– Está bem, até logo.

Desligou e felicitou-se por ainda conseguir controlar as suas emoções. Um dia, em breve, deixaria de o conseguir. Seria bom ver Anna e não estar sozinha.

Tinha o casaco vestido e a pasta do portátil e a mala azul ao ombro. Olhou para a janela da cozinha. Ventoso, húmido, cinzento. Manhã, talvez? Não lhe apetecia sair e não lhe apetecia sentar-se no seu escritório. Sentia-se entediada, ignorada e alienada, no seu escritório. Sentia-se ridícula. O seu lugar já não era lá.

Despiu o casaco, livrou-se da pasta e da mala e dirigiu-se ao estúdio, mas um baque e um estalido súbitos fizeram-na desviar para o corredor. O correio acabara de ser enfiado na ranhura da porta e estava em cima do buraco, a pairar, de alguma forma. Devia estar equilibrado numa viga ou tábua que ela não conseguia ver. *Correio flutuante. O meu cérebro está nas últimas!* Voltou para o estúdio e tentou esquecer o buraco que desafiava a gravidade no corredor. Era surpreendentemente difícil.

Ficou sentada no estúdio, abraçada aos joelhos, a olhar pela janela para o dia que escurecia, à espera de que Anna chegasse com o jantar, à espera de que John voltasse de Nova Iorque para poder ir dar uma corrida. Sentada e à espera. Sentada e à espera de piorar. Estava farta de ficar apenas sentada e à espera.

Era a única pessoa que conhecia com Doença de Alzheimer precoce em Harvard. Era a única pessoa que conhecia com Doença de Alzheimer precoce fosse onde fosse. Mas certamente que não devia ser a única. Precisava de encontrar os seus novos colegas. Precisava de habitar este novo mundo em que se encontrava, este mundo da demência.

Escreveu as palavras DOENÇA DE ALZHEIMER PRECOCE no Google e encontrou muitos factos e estatísticas.

> Calcula-se que existam quinhentas mil pessoas nos Estados Unidos com a forma precoce da Doença de Alzheimer.
>
> A forma precoce define-se por ter Alzheimer antes dos sessenta e cinco anos.
>
> Os sintomas podem começar a desenvolver-se na casa dos trinta e dos quarenta.

Encontrou *sites* com listas de sintomas, factores de risco genéticos, causas e tratamentos. Encontrou artigos sobre pesquisa e descoberta de medicamentos. Já vira tudo isto antes.

Adicionou a palavra APOIO à busca e carregou no *Enter*.

Encontrou fóruns, *links*, recursos, quadros de mensagens e salas de conversação. Para familiares e cuidadores. Os tópicos de ajuda para cuidadores incluíam visitas às casas de repouso, perguntas sobre medicamentos, alívio do stresse, como lidar com alucinações, como lidar com deambulações nocturnas, como lidar com a negação e a depressão. Os cuidadores colocavam perguntas e respostas, mensagens de solidariedade uns com os outros e para encontrar ajuda em questões relacionadas com as suas mães de oitenta e um anos, os seus maridos de setenta e quatro anos, e as suas avós de oitenta e cinco anos com Doença de Alzheimer.

E o apoio para as pessoas com Doença de Alzheimer? Onde estão as outras pessoas de cinquenta anos com demência? Onde estão as outras pessoas que estavam a meio das suas carreiras quando este diagnóstico lhes roubou a vida?

Ela não negava que ter Alzheimer fosse trágico em qualquer idade. Não negava que os familiares e cuidadores não precisassem de apoio. Não negava que eles sofressem. Sabia que John estava a sofrer.

Mas, e eu?

Lembrou-se do cartão de visita da assistente social do Hospital Geral de Massachusetts. Encontrou-o e marcou o número.

— Denise Daddario.

— Olá, Denise, daqui fala Alice Howland. Sou doente do Dr. Davis e ele deu-me o seu cartão. Tenho cinquenta e um anos e foi-me diagnosticada Doença de Alzheimer precoce há cerca de um ano. Estava a pensar, o hospital tem algum grupo de apoio para pessoas com Alzheimer?

— Não, infelizmente não temos. Temos um grupo de apoio, mas é apenas para familiares e cuidadores. A maior parte dos nossos doentes com Alzheimer não teria capacidades para participar nesse tipo de grupo.

— Mas alguns sim.

— Sim, mas infelizmente os números não justificam os recursos que criar e manter um grupo desses exigiria.

— Que tipo de recursos?

— Bom, com o grupo de apoio a cuidadores, cerca de doze a quinze pessoas reúnem-se todas as semanas durante duas horas. Temos uma sala reservada, café, bolos, dois funcionários da organização e um orador convidado uma vez por mês.

— E que tal arranjar apenas uma sala vazia onde pessoas com demência precoce, como eu, possam encontrar-se e falar sobre o que estamos a passar?

Eu posso levar o café e os donuts, por amor de Deus.

— Seria preciso um funcionário do hospital para supervisionar os encontros e, infelizmente, não temos ninguém disponível neste momento.

E que tal um dos dois funcionários do grupo de apoio a cuidadores?

— Pode dar-me os contactos dos doentes que conhece com demência precoce, para eu tentar organizar alguma coisa por iniciativa própria?

— Receio não poder dar-lhe essa informação. Gostaria de marcar uma hora para vir conversar comigo? Tenho uma vaga às dez da manhã na sexta-feira, dezassete de Dezembro.

— Não, obrigada.

Um ruído junto da porta da frente acordou-a da sua sesta no sofá. A casa estava fria e escura. A porta da frente rangeu ao abrir.

— Desculpa, eu sei que estou atrasada!

Alice levantou-se e dirigiu-se ao corredor. Anna estava ali, com um grande saco de papel castanho numa das mãos e uma pilha de correspondência na outra. Estava em cima do buraco!

— Mamã, as luzes estão todas apagadas. Estavas a dormir? Não devias fazer sestas a esta hora, depois não consegues dormir à noite.

Alice aproximou-se dela e agachou-se. Pôs a mão no buraco. Mas não foi espaço vazio que sentiu. Passou os dedos sobre a lã entrelaçada de um tapete preto. O seu tapete preto do corredor. Estava ali há anos. Deu-lhe uma palmada com a mão aberta, com tanta força que o som fez eco.

— Mamã, o que estás a fazer?

Tinha a mão dorida e estava demasiado cansada para suportar a resposta humilhante que teria de dar à pergunta de Anna.

Além disso, um cheiro forte a amendoins, proveniente do saco, deixou-a enjoada.

— Deixa-me em paz!

— Mamã, está tudo bem. Vamos para a cozinha, jantar.

Anna pousou o correio e pegou na mão da mãe, a mão dorida. Alice puxou-a violentamente e gritou.

— Deixa-me em paz! Sai da minha casa! Odeio-te! Não te quero aqui!

As suas palavras atingiram Anna com mais força do que se a tivesse esbofeteado. Por entre as lágrimas que lhe deslizavam pelo rosto, a expressão de Anna transformou-se numa de calma e determinação.

— Trouxe jantar, estou cheia de fome e vou ficar. Vou para a cozinha comer e depois vou para a cama.

Alice ficou sozinha no corredor, com a fúria e a agressividade a correrem-lhe desvairadamente pelas veias. Abriu a porta e começou a puxar o tapete. Puxou com toda a sua força e caiu para trás. Levantou-se e puxou e torceu e lutou com ele até estar todo do lado de fora. Depois, pontapeou-o, gritando como uma louca, até ele deslizar pelos degraus da frente e ficar, inerte, no passeio.

Alice, responde às seguintes perguntas:

Em que mês estamos?
Onde vives?
Onde é o teu escritório?
Quando é o aniversário da Anna?
Quantos filhos tens?

Se não conseguiste responder a qualquer uma destas perguntas, vai ao ficheiro chamado Borboleta no teu computador e segue imediatamente as instruções nele contidas.

Novembro
Cambridge
Harvard
Setembro
Três

Dezembro de 2004

🦋 A tese de Dan tinha cento e quarenta e duas páginas, sem contar com os índices. Alice não lia nada tão longo há muito tempo. Sentou-se no sofá, com as palavras de Dan no colo, uma caneta vermelha atrás da orelha e um marcador cor-de-rosa na mão. Usava a caneta vermelha para editar e o marcador cor-de-rosa para assinalar aquilo que já lera. Sublinhava tudo o que lhe parecia importante, de forma a que, quando precisasse de voltar atrás, pudesse reler apenas as palavras sublinhadas.

Ficou irremediavelmente encravada na página vinte e seis, que estava quase toda pintada de cor-de-rosa. O seu cérebro sentia-se assoberbado e implorava-lhe um descanso. Imaginou as palavras cor-de-rosa na página a transformarem-se em algodão-doce cor-de-rosa e peganhento na sua mente. Quanto mais lia, mais precisava de sublinhar para compreender e recordar aquilo que estava a ler. Quanto mais sublinhava, mais a sua cabeça ficava atafulhada de fios de açúcar cor-de-rosa, entupindo e sufocando os circuitos do seu cérebro necessários para compreender e recordar aquilo que estava a ler. Quando chegou à página vinte e seis, não compreendia nada.

Bip, bip

Atirou a tese de Dan para cima da mesinha de café e dirigiu-se ao computador no estúdio. Encontrou um *email* novo na caixa de correio, de Denise Daddario.

Cara Alice,
Partilhei a sua ideia sobre um grupo de apoio para pessoas nas fases iniciais de demência com os outros doentes precoces aqui na nossa unidade e com o pessoal do Brigham e do Hospital das Mulheres. Fui contactada por três pessoas da zona que estão muito interessadas na ideia. Elas deram-me autorização para lhe enviar os seus nomes e contactos (ver em anexo).

Talvez queira também contactar a Associação de Alzheimer de Massachusetts. Podem saber de mais pessoas interessadas em conhecê-la.

Vá-me dando notícias de como as coisas estão a correr e diga-me se eu puder dar-lhe mais alguma informação ou conselho. Lamento muito não podermos fazer mais nada por si aqui, formalmente.

Boa sorte!
Denise Daddario

Alice abriu o anexo.

Mary Johnson, cinquenta e sete anos, Demência Frontotemporal
Cathy Roberts, quarenta e oito anos, Doença de Alzheimer precoce
Dan Sullivan, cinquenta e três anos, Doença de Alzheimer precoce

Ali estavam eles, os seus novos colegas. Leu os seus nomes uma e outra vez. *Mary, Cathy e Dan. Mary, Cathy e Dan.* Começou a sentir o tipo de entusiasmo maravilhoso, misturado com temor contido, que sentira nas semanas antes do seu primeiro dia no jardim-de-infância, no liceu e na universidade. Como seriam eles? Ainda estariam a trabalhar? Há quanto tempo viviam com os seus diagnósticos? Seriam os seus sintomas os mesmos, mais leves ou piores? Seriam parecidos com ela em algum aspecto? *E se eu estiver muito mais avançada do que eles?*

Caros Mary, Cathy e Dan,
O meu nome é Alice Howland. Tenho cinquenta e um anos de idade e foi-me diagnosticada a forma precoce da Doença de Alzheimer no ano passado. Fui professora de Psicologia na Universidade de Harvard durante vinte e cinco anos mas, basicamente, tive de abandonar o cargo, devido aos meus sintomas, em Setembro último.
Agora estou em casa e a sentir-me muito sozinha. Telefonei a Denise Daddario, do HGM, para pedir informações sobre grupos de apoio a pessoas nas primeiras fases da demência. Só têm um grupo de apoio a cuidadores, nada para nós. Mas ela deu-me os vossos nomes.

Gostava de vos convidar a todos para virem a minha casa, para chá, café e conversa, neste domingo, dia 5 de Dezembro, pelas 14h00m. Os vossos cuidadores são bem-vindos e podem ficar também, se quiserem. Junto envio a minha morada e indicações.
Espero ansiosamente poder conhecer-vos,
Alice

Mary, Cathy e Dan. Mary, Cathy e Dan. Dan. A tese do Dan, Ele está à espera das minhas revisões. Voltou para o sofá da sala e abriu a tese de Dan na página vinte e seis. O cor-de-rosa invadiu-lhe a mente. Doía-lhe a cabeça. Pensou se alguém já lhe teria respondido. Abandonou «o coiso» de Dan antes mesmo de terminar o pensamento.

Abriu a caixa de correio electrónico. Nada novo.

Bip, bip

Atendeu o telefone.
– Estou?
Não era ninguém. Pensara que talvez fosse Mary, Cathy ou Dan. *Dan. A tese do Dan.*
De novo no sofá, parecia preparada e activa, com o marcador na mão, mas os seus olhos não estavam a focar as letras na página. Em vez disso, estava a sonhar acordada.
Conseguiriam Mary, Cathy e Dan ainda ler vinte e seis páginas e compreender e recordar tudo o que tinham lido? *E se eu for a única que pensa que o tapete do corredor é um buraco?* E se ela fosse a única em declínio? Conseguia sentir o seu declínio. Conseguia sentir-se a deslizar para aquele buraco de loucura. Sozinha.

— Estou sozinha, estou sozinha, estou sozinha — gemeu, afundando-se mais na verdade daquele buraco solitário de cada vez que ouvia a sua própria voz dizer as palavras.

Bip, bip

A campainha da porta despertou-a. Estariam aqui? Tinha-os convidado para vir hoje?
— Vou já!
Secou os olhos com as mangas, passou os dedos pelo cabelo embaraçado enquanto se dirigia à porta, respirou fundo e abriu. Não estava ali ninguém.

As alucinações visuais e auditivas eram uma realidade para cerca de metade das pessoas com Doença de Alzheimer, mas, até agora, ela não tivera nenhuma. Ou talvez tivesse. Quando estava sozinha, não havia forma de saber se aquilo que estava a viver era a realidade ou a sua realidade com Alzheimer. Afinal de contas, as suas desorientações, conversas consigo própria, delírios e todas as outras coisas próprias da demência não estavam sublinhadas a cor-de-rosa fluorescente, inconfundivelmente distinguíveis daquilo que era normal, concreto e correcto. Da sua perspectiva, não conseguia ver a diferença. O tapete era um buraco. Aquele barulho era a campainha da porta.

Foi ver de novo a caixa de correio. Tinha um *email*.

Olá, mamã,
Como estás? Foste ao seminário de almoço ontem? Foste correr? A minha aula foi óptima, como de costume. Hoje tive mais uma audição, para um anúncio de um banco. Vamos ver. Como está o papá? Está em casa esta semana? Sei que o

mês passado foi complicado. Força! Estarei em casa dentro de pouco tempo!
Beijos,
Lydia

Bip, bip

Pegou no telefone.
– Estou?
Nada. Abriu a gaveta de cima do armário de arquivo, atirou o telefone lá para dentro, ouviu-o bater no fundo metálico por baixo das centenas de artigos e fechou a gaveta. *Espera, talvez seja o telemóvel.*
– Telemóvel, telemóvel, telemóvel – repetiu em voz alta enquanto percorria a casa, tentando manter presente o objecto da sua busca.
Procurou em todo o lado mas não conseguiu encontrá-lo. Depois, percebeu que devia estar antes à procura da mala azul-bebé. Alterou o cântico.
– Mala azul, mala azul, mala azul.
Encontrou-a em cima do balcão da cozinha, com o telemóvel lá dentro, mas desligado. Talvez o barulho fosse o alarme de algum carro lá fora. Retomou a sua posição no sofá e abriu a tese de Dan na página vinte e seis.
– Olá? – disse uma voz de homem.
Alice ergueu a cabeça, de olhos muito abertos, e ficou à escuta, como se acabasse de ter sido chamada por um fantasma.
– Alice? – disse a voz incorpórea.
– Sim?
– Alice, estás pronta?

John apareceu no limiar da porta da sala, com ar expectante. Ela ficou aliviada, mas precisava de mais informação.

— Temos de ir. Vamos jantar com o Bob e a Sarah e já estamos um pouco atrasados.

Jantar. Apercebeu-se de que estava a morrer de fome. Não se lembrava de ter comido nada hoje. Talvez fosse por isso que não conseguia ler a tese de Dan. Talvez precisasse apenas de alguma comida. Mas a perspetiva de jantar e conversar num restaurante barulhento deixou-a ainda mais esgotada.

— Não quero ir jantar. Estou a ter um dia complicado.

— Eu também tive um dia complicado. Vai fazer-nos bem um jantar agradável, juntos.

— Vai tu. Eu quero apenas ficar em casa.

— Vá lá, vai ser divertido. Não fomos à festa do Eric. Vai fazer-te bem sair um pouco e sei que eles gostariam de te ver.

Não, não gostariam. Ficarão aliviados por eu não estar lá. Sou um elefante cor-de-rosa de algodão-doce no meio da sala. Deixo toda a gente pouco à vontade. Transformo o jantar num número de circo bizarro, com toda a gente a tentar fazer malabarismos com os nervos e a piedade e os sorrisos forçados, em simultâneo com os copos, os garfos e as facas.

— Não quero ir. Diz-lhes que peço desculpa mas não me sentia bem.

Bip, bip

Viu que John também ouvira o ruído e seguiu-o até à cozinha. Ele abriu o microondas e tirou uma caneca.

— Isto está gelado. Queres que volte a aquecê-lo?

Devia ter feito chá nessa manhã e esquecera-se de o beber. Depois, devia tê-lo posto no microondas para o aquecer e deixara-o lá.

— Não, obrigada.
— Muito bem, o Bob e a Sarah provavelmente já estão à nossa espera. Tens a certeza de que não queres vir?
— Tenho a certeza.
— Não venho tarde.

Beijou-a e saiu sem ela. Alice ficou no meio da cozinha, onde ele a deixara, durante muito tempo, com a caneca de chá frio nas mãos.

Estava a caminho da cama e John ainda não voltara do jantar. A luz azul do computador, a brilhar no estúdio, chamou-lhe a atenção antes de se virar para subir as escadas. Entrou e verificou a caixa de correio, mais por hábito do que por verdadeira curiosidade.

Ali estavam eles.

Cara Alice,
O meu nome é Mary Johnson. Tenho cinquenta e sete anos e foi-me diagnosticada DFT há cinco anos. Vivo na Margem Norte, não muito longe de si. A sua ideia é maravilhosa. Adoraria ir. O meu marido, Barry, pode levar-me. Não tenho a certeza se ele quererá ficar. Ambos nos reformámos antecipadamente e passamos os dois o tempo todo em casa. Acho que lhe saberá bem estar algum tempo sem mim. Vemo-nos em breve,
Mary

Olá, Alice,
Sou o Dan Sullivan, tenho cinquenta e três anos e foi-me diagnosticada Doença de Alzheimer precoce há três anos. É de família. A minha mãe, dois tios e uma das minhas tias tiveram-na, bem como quatro dos meus primos. Portanto já calculava

que isto ia acontecer e convivo com a doença desde pequeno. Tem piada, mas isso não faz com que o diagnóstico me tenha custado menos, ou que seja mais fácil viver com a doença. A minha mulher sabe onde a Alice mora. Não é longe do HGM. Perto de Harvard. A minha filha andou em Harvard. Todos os dias rezo para que ela não apanhe isto.
Dan

Olá, Alice,
Obrigada pelo seu email e pelo seu convite. A Doença de Alzheimer precoce foi-me diagnosticada há cerca de um ano, como a si. Foi quase um alívio. Pensava que estava a ficar louca. Perdia-me nas conversas, tinha dificuldade em acabar as minhas próprias frases, esquecia-me do caminho para casa, já não conseguia compreender o livro de cheques, cometia erros com os horários dos miúdos (tenho uma filha de quinze anos e um filho de treze). Tinha apenas quarenta e seis anos quando os sintomas começaram, por isso, claro, ninguém pensou que pudesse ser Alzheimer.

Acho que os medicamentos ajudam muito. Estou a tomar Aricept e Namenda. Tenho dias bons e dias maus. Nos dias bons, as pessoas, até mesmo a minha família, usam-nos como desculpa para pensar que eu estou perfeitamente bem, se calhar até a inventar isto! Não estou assim tão desesperada por atenção! Depois vem um dia mau e eu esqueço-me das palavras e não consigo concentrar-me nem fazer mais do que uma coisa ao mesmo tempo. Também me sinto sozinha. Estou ansiosa por a conhecer.

Cathy Roberts

PS: Conhece a Rede Internacional de Apoio à Demência? Vá ao website deles: www.dasninternational.org. É um site maravilhoso onde pessoas como nós, nas fases iniciais e com a forma precoce, podem falar, desabafar, encontrar apoio e partilhar informação.

Ali estavam eles. E vinham todos.

Mary, Cathy e Dan despiram os casacos e sentaram-se na sala. Os seus cônjuges ficaram de casaco vestido, despediram-se deles com alguma relutância e saíram com John, para beberem um café no Jerri's.

Mary tinha cabelo louro pelo queixo e olhos redondos, cor de chocolate, por trás de um par de óculos de armações escuras. Cathy tinha um rosto inteligente e agradável e olhos que sorriam antes de a sua boca o fazer. Alice simpatizou de imediato com ela. Dan tinha um grande bigode, estava a ficar calvo e era corpulento. Olhando para eles, podiam ser professores de fora da cidade em visita, membros de um clube de leitura ou velhos amigos.

— Alguém gostaria de alguma coisa para pensar? — perguntou Alice.

Olharam para ela e uns para os outros, sem mostrarem grande vontade de responder. Seriam todos demasiado tímidos ou educados para serem o primeiro a falar?

— Alice, queria dizer «beber»? — perguntou Cathy.

— Sim, o que é que eu disse?

— Disse «pensar».

Alice corou. Substituição de palavras não era a primeira impressão que queria transmitir.

— Na verdade, eu gostaria de uma chávena de pensamentos. A minha anda quase vazia nos dias que correm e dava-me jeito reabastecer — disse Dan.

Riram-se e isso serviu para estabelecerem uma ligação instantânea. Alice trouxe o café e o chá enquanto Mary estava a contar a sua história.

— Fui agente imobiliária durante vinte e dois anos. De repente, comecei a esquecer-me de marcações, reuniões, mostras de casas. Aparecia nas casas sem a chave. Perdi-me no caminho quando ia mostrar uma propriedade num bairro que conhecia desde sempre, com a cliente no carro comigo. Conduzi às voltas durante quarenta e cinco minutos quando devia ter demorado menos de dez. Nem imagino o que ela estaria a pensar. Comecei a irritar-me facilmente e a explodir com os outros agentes do escritório. Sempre tinha sido uma pessoa descontraída e simpática e, de repente, estava a ficar conhecida por ferver em pouca água. Estava a arruinar a minha reputação. E a minha reputação era tudo. O meu médico deu-me um antidepressivo. E, quando esse não resultou, deu-me outro, e outro.

— Durante muito tempo, pensei apenas que estava demasiado cansada e a tentar fazer demasiadas coisas ao mesmo tempo — disse Cathy. — Trabalhava em *part-time* como farmacêutica, estava a criar dois filhos, a governar a casa, sempre a correr de um lado para o outro como uma galinha sem cabeça. Tinha apenas quarenta e seis anos, por isso nunca me ocorreu que pudesse ter demência. Depois, um dia, no trabalho, não conseguia perceber os nomes dos medicamentos e não sabia como medir dez mililitros. Nesse momento, percebi que podia dar a alguém a quantidade errada de medicamento ou até o remédio errado. Basicamente, podia matar alguém, sem querer. Por isso despi a bata, fui para casa mais cedo e nunca mais voltei. Fiquei arrasada. Pensei que estava a enlouquecer.

– E tu, Dan? Quais foram as primeiras coisas em que reparaste? – perguntou Mary.

– Eu fazia muitas coisas em casa. Depois, um dia, não conseguia perceber como arranjar as coisas que sempre tinha conseguido arranjar. A minha oficina estava sempre muito bem arrumada, com tudo no sítio. Agora, é uma confusão. Acusei os meus amigos de me levarem as ferramentas sem pedir e de desarrumarem tudo e de não devolverem as coisas quando não as conseguia encontrar. Mas fui sempre eu. Era bombeiro. Comecei a esquecer-me dos nomes dos homens da corporação. Não conseguia acabar as minhas próprias frases. Esqueci-me de como fazer uma chávena de café. Tinha visto acontecer as mesmas coisas à minha mãe, quando era adolescente. Ela também teve Alzheimer precoce.

Partilharam histórias sobre os seus primeiros sintomas, as suas lutas para obter um diagnóstico correcto, as suas estratégias para lidar com a demência e viver com ela. Acenaram e riram e choraram com histórias de chaves perdidas, pensamentos perdidos e sonhos de vida perdidos. Alice sentia-se aberta e verdadeiramente ouvida. Sentia-se normal.

– Alice, o teu marido continua a trabalhar? – perguntou Mary.

– Sim. Está extremamente ocupado com a sua pesquisa e as aulas, este semestre. Tem viajado muito. É complicado. Mas ambos temos direito a um ano sabático, para o ano. Por isso só tenho de me aguentar e conseguir chegar ao fim do próximo semestre, e depois poderemos ficar um ano inteiro juntos, em casa.

– Vais conseguir, falta pouco – disse Cathy.

Apenas mais alguns meses.

Anna mandou Lydia para a cozinha, para fazer o pudim de pão e chocolate branco. Visivelmente grávida e já livre dos enjoos, Anna parecia estar constantemente a comer, como se estivesse numa missão para compensar as calorias perdidas durante os primeiros meses de enjoos matinais.

— Tenho uma notícia para vos dar — disse John. — Ofereceram-me a posição de Presidente do Programa de Biologia e Genética do Cancro na Sloan-Kettering.

— Onde é isso? — perguntou Anna, com a boca cheia de mirtilos cobertos de chocolate.

— Em Nova Iorque.

Ninguém disse nada. Dean Martin estava a cantar «Marshmallow World» na aparelhagem.

— Bom, não estás realmente a pensar aceitar, pois não? — perguntou Anna.

— Estou. Estive lá várias vezes este Outono e o cargo é perfeito para mim.

— E a mamã? — perguntou Anna.

— Ela já não está a trabalhar e raramente vai à universidade.

— Mas ela precisa de estar aqui — disse Anna.

— Não, não precisa. Estará comigo.

— Oh, por favor! Eu venho para cá à noite para tu poderes trabalhar até tarde e fico cá a dormir quando estás fora, e o Tom vem aos fins-de-semana, quando pode — disse Anna. — Não estamos sempre aqui, mas...

— É isso mesmo, não estão sempre aqui. Não vêem como as coisas estão a piorar. Ela finge saber muito mais do que na realidade sabe. Achas que daqui a um ano vai ter a noção de que estamos em Cambridge? Ela já não reconhece onde está se nos afastarmos três quarteirões. Podíamos perfeitamente estar em

Nova Iorque e eu podia dizer-lhe que era Harvard Square e ela não saberia a diferença.

— Sim, saberia, papá — disse Tom. — Não digas isso.

— Bom, só nos mudaríamos em Setembro. Ainda falta muito tempo.

— Não importa quando é, ela tem de ficar aqui. Piorará muito mais depressa se se mudarem — disse Anna.

— Concordo — disse Tom.

Falavam sobre ela como se não estivesse ali, sentada na poltrona, a dois metros de distância. Falavam sobre ela, à sua frente, como se ela fosse surda. Falavam sobre ela, à sua frente, sem a incluir, como se ela tivesse Doença de Alzheimer.

— Não é provável que eu volte a ter uma oportunidade como esta em toda a minha vida, e eles querem que seja eu a ocupar o lugar.

— Quero que ela veja os gémeos — disse Anna.

— Nova Iorque não é tão longe como isso. E nada garante que todos vocês fiquem em Boston.

— Eu posso estar lá — disse Lydia.

Lydia estava à porta da cozinha. Alice não a vira antes de ela falar e a sua presença súbita na periferia sobressaltou-a.

— Candidatei-me à Universidade de Nova Iorque, bem como a Brandeis, Brown e Yale. Se entrar em Nova Iorque e tu e a mamã estiverem lá, posso ir viver com vocês e ajudar. E se ficarem aqui e eu entrar em Brandeis ou Brown, também posso estar presente — disse Lydia.

Alice queria dizer a Lydia que essas eram escolas excelentes. Queria fazer-lhe perguntas sobre os programas que mais lhe interessavam. Queria dizer-lhe que estava orgulhosa dela. Mas os pensamentos, da ideia até à boca, estavam hoje muito lentos, como se tivessem de nadar quilómetros debaixo de águas sujas antes de poderem vir à superfície para serem ouvidos, e a maior parte deles afogavam-se algures pelo caminho.

— Isso é fantástico, Lydia — disse Tom.

— Então é isso? Vais simplesmente continuar com a tua vida como se a mamã não tivesse Alzheimer, e nós não temos uma palavra a dizer a esse respeito? — perguntou Anna.

— Estou a fazer muitos sacrifícios — disse John.

Ele sempre a amara, mas ela facilitara-lhe a vida. Considerava o tempo que lhes restava juntos como tempo precioso. Não sabia durante quanto tempo mais conseguiria agarrar-se a ela própria, mas convencera-se de que conseguiria aguentar até ao fim do ano sabático que iam tirar juntos. Um último ano sabático juntos. Não o trocaria por nada.

Ao que parecia, ele pensava de maneira diferente. Como era capaz? A pergunta atravessou o rio negro e sujo na sua cabeça, sem resposta. Como era ele capaz? A resposta que encontrou apertou-lhe o coração. Um deles ia ter de sacrificar tudo.

Alice, responde às seguintes perguntas:
Em que mês estamos?
Onde vives?
Onde é o teu escritório?
Quando é o aniversário da Anna?
Quantos filhos tens?

Se não conseguiste responder a qualquer uma destas perguntas, vai ao ficheiro chamado Borboleta no teu computador e segue imediatamente as instruções nele contidas.

Dezembro
Harvard Square
Harvard
Abril
Três

Janeiro de 2005

🦋 – Mamã, acorda. Há quanto tempo é que ela está a dormir?
– Há perto de dezoito horas.
– Alguma vez fez isto antes?
– Uma ou duas vezes.
– Papá, estou preocupada. E se ela tomou comprimidos de mais ontem?
– Não, eu verifiquei os frascos e a caixa.

Alice conseguia ouvi-los a falar e conseguia compreender o que estavam a dizer, mas estava apenas levemente interessada. Era como ouvir uma conversa entre estranhos sobre uma mulher que ela não conhecia. Não tinha a mínima vontade de acordar. Não tinha qualquer consciência de que estava a dormir.

– Alice? Consegues ouvir-me?
– Mamã, sou eu, a Lydia, podes acordar?

A mulher chamada Lydia disse qualquer coisa sobre chamar um médico. O homem chamado papá falou em deixar a mulher chamada Alice dormir mais algum tempo. Falaram em mandar vir comida mexicana e jantar em casa. Talvez o cheiro de comida acordasse a mulher chamada Alice. Depois as vozes desapareceram. Estava tudo escuro e silencioso de novo.

Ela percorreu um trilho de areia que levava a um bosque denso. Subiu por um caminho em ziguezague e saiu do bosque para uma falésia íngreme e escarpada. Caminhou até à beira e olhou. O oceano por baixo dela estava congelado, a costa sepultada em altos bancos de neve. O panorama perante os seus olhos parecia desprovido de vida, de cor, impossivelmente imóvel e silencioso. Gritou por John mas a sua voz não tinha som. Virou-se para voltar para trás mas o caminho e a floresta tinham desaparecido. Olhou para os seus tornozelos pálidos e ossudos e para os pés descalços. Sem outra alternativa, preparou-se para saltar da falésia.

Estava sentada numa cadeira de praia, a enterrar e desenterrar os pés na areia quente e fina. Viu Christina, a sua melhor amiga do jardim-de-infância, ainda com apenas cinco anos, lançar um papagaio de papel em forma de borboleta. Os malmequeres cor-de-rosa e amarelos no fato de banho de Christina, as asas azuis e roxas do papagaio de papel, o azul do céu, o sol amarelo, o verniz vermelho nas suas próprias unhas dos pés, na verdade todas as cores que via pareciam mais brilhantes e fortes do que tudo o que alguma vez vira. Enquanto observava Christina, sentiu-se repleta de alegria e amor, não tanto pela sua amiga de infância, mas pelas cores vivas e assombrosas do seu fato de banho e do papagaio de papel.

A sua irmã, Anne, e Lydia, ambas com cerca de dezasseis anos, estavam deitadas ao lado uma da outra em toalhas de praia às riscas brancas, vermelhas e azuis. Os seus corpos brilhantes, cor de caramelo, com biquínis cor-de-rosa vivo a condizer, cintilavam ao sol. Também elas pareciam reluzentes, com cores demasiado vivas, e fascinantes.

— Pronta? — perguntou John.
— Estou um bocadinho assustada.
— É agora ou nunca.

Ela levantou-se e ele prendeu o seu tronco a um arnês ligado a um *parasail* cor de tangerina. Fechou as fivelas e ajustou as correias até ela se sentir aconchegada e segura. Apertou-o nos ombros, segurando-a contra a força invisível que a queria levantar.

— Pronta? — perguntou John.
— Sim.

Ele soltou-a e ela elevou-se com uma velocidade estonteante para a paleta do céu. Os ventos nos quais viajava eram redemoinhos deslumbrantes de azul-forte, roxo, alfazema e fúcsia. O oceano lá em baixo era um caleidoscópio ondulante de turquesa, azul-marinho e violeta.

O papagaio de papel em forma de borboleta de Christina conquistou a liberdade e esvoaçava perto dela. Era a coisa mais bela que Alice vira em toda a sua vida, e desejava-o mais do que alguma vez desejara fosse o que fosse. Esticou a mão para agarrar no fio, mas uma corrente de ar forte e súbita fê-la rodopiar. Olhou para trás, mas o papagaio estava escondido pelo laranja cor do pôr do Sol do seu *parasail*. Pela primeira vez, percebeu que não conseguia manobrá-lo. Olhou para baixo, para a terra, para os pontos coloridos e vibrantes que eram a sua família e perguntou a si própria se os ventos belos e enérgicos a voltariam a levar para junto deles.

Lydia estava deitada ao lado de Alice, por cima das cobertas da sua cama. As cortinas estavam abertas e o quarto iluminado por uma luz suave.

— Estou a sonhar? — perguntou Alice.

— Não, estás acordada.

— Quanto tempo estive a dormir?

— Quase dois dias.

— Oh, não.

— Não faz mal, mamã. É bom ouvir a tua voz. Achas que tomaste demasiados comprimidos?

— Não me lembro. É possível. Mas, se o fiz, foi sem intenção.

— Estou preocupada contigo.

Alice via Lydia aos bocados, em instantâneos em grande plano das suas feições. Reconhecia cada uma delas, como as pessoas reconhecem a casa onde tinham crescido, a voz dos pais, as linhas nas suas próprias mãos, instintivamente, sem esforço nem pensamento consciente. Mas, estranhamente, tinha dificuldade em identificar Lydia como um todo.

— És tão bonita — disse Alice. — Tenho tanto medo de olhar para ti e não saber quem tu és.

— Acho que, mesmo que um dia não saibas quem eu sou, continuarás a saber que eu te amo.

— E se eu te vir, e não souber que és minha filha e não souber que me amas?

— Nesse caso, eu dir-te-ei que te amo e tu acreditarás.

Alice gostava dessa ideia. *Mas será que a amarei sempre? O meu amor por ela residirá na minha cabeça ou no meu coração?* A cientista que havia nela acreditava que a emoção resultava de circuitos límbicos cerebrais complexos, circuitos que estavam, neste preciso momento, presos nas trincheiras de uma batalha da qual não haveria sobreviventes. A mãe que havia nela acreditava que o amor que sentia pela filha estava a salvo do caos da sua mente, porque vivia no seu coração.

— Como estás, mamã?

— Não muito bem. Este semestre foi difícil, sem o meu trabalho, sem Harvard, com a doença a progredir e o teu pai quase sempre fora de casa. Foi quase demasiado difícil.

— Lamento muito. Gostava de poder estar mais tempo aqui. Para o próximo Outono, estarei mais perto. Ainda pensei em voltar para casa, mas acabei de conseguir um papel numa peça fantástica. É um papel pequeno, mas...

— Não te preocupes. Também gostava de poder estar mais vezes contigo, mas nunca permitiria que deixasses de viver a tua vida por minha causa.

Pensou em John.

— O teu pai quer mudar-se para Nova Iorque. Teve uma oferta de emprego da Sloan-Kettering.

— Eu sei. Eu estava lá.

— Não quero ir.

— Não imaginei que quisesses.

— Não posso sair daqui. Os gémeos nascem em Abril.

— Estou ansiosa por ver esses bebés.

— Também eu.

Alice imaginou-se com eles nos braços, os corpinhos quentes, os dedinhos minúsculos e fechados, os pés rechonchudos e sem uso, os olhos inchados e redondos. Perguntou a si própria se seriam parecidos com ela ou com John. E o cheiro. Mal podia esperar por sentir o cheiro dos seus deliciosos netos.

A maioria dos avós deliciava-se a imaginar as vidas dos netos, regozijava-se com a promessa de assistir a recitais e festas de aniversário, formaturas e casamentos. Ela sabia que não estaria aqui para recitais e festas de aniversário, formaturas e casamentos. Mas estaria aqui para lhes pegar e sentir o seu cheiro, e uma ova é que estaria em vez disso sentada, sozinha, algures em Nova Iorque.

– Como está o Malcolm?

– Está bom. Fizemos a Caminhada pela Alzheimer juntos, em Los Angeles.

– Como é ele?

O sorriso de Lydia antecipou-se à resposta.

– É muito alto, gosta da natureza, um pouco tímido.

– E como é contigo?

– É muito querido. Adora a minha inteligência, orgulha-se muito do meu trabalho como actriz, está sempre a gabar-me a toda a gente, é quase embaraçoso. Havias de gostar dele.

– E como és tu com ele?

Lydia reflectiu por alguns instantes, como se nunca tivesse pensado nisso antes.

– Sou eu própria.

– Óptimo.

Alice sorriu e apertou a mão de Lydia. Pensou em perguntar a Lydia o que isso significava para ela, em pedir-lhe que se descrevesse, para a recordar, mas o pensamento evaporou-se demasiado depressa para o conseguir pôr em palavras.

– Do que estávamos a falar? – perguntou Alice.

– Do Malcolm, da Caminhada pela Alzheimer? De Nova Iorque? – disse Lydia, tentando ajudá-la.

– Aqui, posso ir dar passeios e sinto-me segura. Mesmo quando fico um pouco desorientada, acabo por ver algo que me parece familiar, e há muitas pessoas nas lojas que me conhecem e me indicam a direcção correcta. A rapariga do Jerri's está sempre a confirmar se eu tenho a carteira e as chaves. E tenho os meus amigos do grupo de apoio aqui. Preciso deles. Não posso aprender Nova Iorque agora. Perderia a pouca independência que ainda tenho. O teu pai estaria sempre a trabalhar. Acabaria por o perder também.

— Mamã, tens de dizer tudo isso ao papá.

Ela tinha razão. Mas era muito mais fácil dizer-lhe a ela.

— Lydia, estou tão orgulhosa de ti.

— Obrigada.

— Caso eu me esqueça, fica sabendo que te amo.

— Eu também te amo, mamã.

— Não quero mudar-me para Nova Iorque — disse Alice.

— Ainda falta muito tempo, não temos de tomar uma decisão já — disse John.

— Quero tomar uma decisão já. Estou a decidir já. Quero deixar isto bem claro enquanto ainda consigo. Não quero mudar-me para Nova Iorque.

— E se a Lydia estiver lá?

— E se não estiver? Devias ter discutido este assunto comigo em privado, antes de o anunciar aos miúdos.

— E discuti.

— Não, não discutiste.

— Sim, discuti, muitas vezes.

— Oh, então sou eu que não me lembro? Muito conveniente.

Respirou fundo, inspirando pelo nariz e expirando pela boca, fazendo uma pausa para se acalmar e parar com a discussão de escola primária em que estavam a cair.

— John, eu sabia que andavas a encontrar-te com pessoas da Sloan-Kettering, mas nunca compreendi que eles andavam a namorar-te para uma posição já para o próximo ano. Se soubesse disso, teria dito alguma coisa.

— Eu disse-te por que motivo ia a Nova Iorque.

— Está bem. Eles não estão dispostos a deixar-te tirar o teu ano sabático e começar de Setembro a um ano?

— Não, precisam de alguém agora. Já foi difícil convencê-los a adiar tanto, mas preciso de tempo para terminar algumas coisas aqui no laboratório.

— Não podiam contratar alguém temporariamente, para tu poderes tirar o ano sabático comigo, e depois começarias?

— Não.

— Chegaste sequer a perguntar?

— Ouve, esta é uma área muito competitiva, neste momento, e as coisas estão todas a avançar muito depressa. Estamos à beira de grandes descobertas, quer dizer, estamos praticamente a bater à porta de uma cura para o cancro. As companhias farmacêuticas estão interessadas. E todas as aulas e porcarias administrativas em Harvard estão apenas a atrasar-me. Se não aceitar agora, posso arruinar a minha única oportunidade de descobrir algo verdadeiramente importante.

— Esta não é a tua única oportunidade. És brilhante e não tens Alzheimer. Terás muitas oportunidades.

Ele olhou para ela e não disse nada.

— Este próximo ano é a minha única oportunidade, John, não a tua. Este próximo ano é a minha última oportunidade de viver a minha vida e saber o que ela significa para mim. Acho que não me resta muito tempo de ser verdadeiramente eu e quero passar esse tempo contigo, e nem acredito que não o queres passar comigo.

— Quero. Estaríamos juntos.

— Isso é treta e sabes muito bem. A nossa vida é aqui. O Tom e a Anna e os bebés, a Mary, a Cathy e o Dan, e talvez a Lydia. Se aceitares esse lugar, estarás sempre a trabalhar, sabes muito bem, e eu ficarei lá sozinha. Esta decisão não tem nada a ver com o quereres estar comigo, e rouba-me de tudo o que ainda me resta. Não vou.

— Não estarei sempre a trabalhar, prometo. E se a Lydia estiver a viver em Nova Iorque? E se puderes ficar com a Anna e o Charlie uma semana por mês? Há maneira de fazermos isto para não estares sozinha.

— E se a Lydia não estiver em Nova Iorque? E se ela entrar em Brandeis?

— É por isso que acho que devemos esperar, tomar a decisão mais tarde, quando tivermos mais informação.

— Quero que tires o ano sabático.

— Alice, a opção, para mim, não é «aceitar a posição na Sloan» ou «tirar um ano sabático». É «aceitar a posição na Sloan» ou «continuar aqui em Harvard». Não posso, pura e simplesmente, tirar o próximo ano.

A imagem de John ficou desfocada quando ela começou a tremer e lágrimas de fúria lhe arderam nos olhos.

— Não consigo continuar assim! Por favor! Não consigo continuar a aguentar sem ti! Podes tirar o ano sabático, sim. Se quisesses, podias. Preciso que o faças.

— E se eu recusar isto e tirar o próximo ano e tu nem sequer souberes quem eu sou?

— E se neste ano ainda souber, mas depois disso deixar de saber? Como podes sequer pensar em passar o pouco tempo que nos resta enfiado no maldito laboratório? Eu nunca te faria uma coisa destas.

— Eu nunca te pediria que o fizesses.

— Não precisarias de pedir.

— Acho que não posso fazer isso, Alice. Desculpa, mas acho que não consigo ficar em casa um ano inteiro, a ver o que esta doença te está a roubar. Não suporto ter de olhar para ti e ver que não sabes vestir-te e que não sabes como funcionar com a televisão. Se estiver no laboratório, não tenho de te ver colar Post-its em todos os armários e nas portas. Não posso ficar em casa e ver-te piorar. Isso mata-me.

— Não, John, mata-me a mim, não a ti. Estou a piorar, quer tu estejas em casa a olhar para mim ou escondido no laboratório. Estás a perder-me. Eu estou a perder-me. Mas, se não tirares o próximo ano comigo, bom, então, perdemos-te primeiro. Eu tenho Alzheimer. Qual é a merda da tua desculpa?

Ela tirou latas e caixas e garrafas, copos e pratos e tigelas, tachos e panelas. Empilhou tudo em cima da mesa da cozinha e, quando ficou sem espaço aí, passou para o chão.

Tirou todos os casacos do armário do vestíbulo, abriu e virou do avesso todos os bolsos. Encontrou dinheiro, bilhetes usados, lenços de papel e nada. Depois de cada revista, atirava o casaco inocente para o chão.

Tirou as almofadas dos sofás e das poltronas. Esvaziou a gaveta da sua secretária e o armário de arquivo. Despejou o conteúdo da pasta dos livros, da pasta do computador e da mala azul-bebé. Remexeu nos montes de coisas, tocando cada objecto com os dedos para registar o nome na cabeça. Nada.

A sua busca não requeria que se lembrasse de onde já tinha procurado. Os montes de coisas desenterradas eram evidência dos anteriores locais de escavação. Pelo aspecto das coisas, já tratara de todo o piso térreo. Estava transpirada, frenética. Não ia desistir. Correu para o andar de cima.

Saqueou o cesto da roupa suja, as mesas-de-cabeceira, as gavetas da cómoda, os armários do quarto, a caixa das jóias, o armário da roupa de cama e das toalhas, o armário dos medicamentos. *A casa de banho lá de baixo.* Voltou a descer as escadas a correr, transpirada, frenética.

John estava no corredor, no meio dos casacos espalhados.

— Que diabo aconteceu aqui? — perguntou.

— Estou à procura de uma coisa.

— De quê?

Ela não conseguia identificá-lo, mas confiava que, algures na sua cabeça, se lembrava e sabia.

— Saberei quando a encontrar.

— Isto está um verdadeiro caos. Parece que fomos assaltados.

Ela não tinha pensado nisso. Explicaria por que motivo não a conseguia encontrar.

— Oh, meu Deus, talvez alguém a tenha roubado.

— Não fomos assaltados. Foste tu que puseste a casa de pernas para o ar.

Ela avistou um cesto de revistas intacto ao lado do sofá na sala de estar. Deixou John e a teoria do roubo no corredor, pegou no pesado cesto, despejou as revistas para o chão, espalhou-as com as mãos, depois afastou-se. John seguiu-a.

— Pára, Alice, nem sequer sabes de que estás à procura.

— Sei, sim.

— Então de que é?

— Não consigo dizer.

— Mas como é, para que serve?

— Já te disse, não sei, saberei quando a encontrar. Tenho de a encontrar, ou morrerei.

Pensou no que acabara de dizer.

— Onde estão os meus medicamentos?

Entraram na cozinha, afastando com os pés caixas de cereais e latas de sopa e de atum. John encontrou os seus muitos frascos de remédios e de vitaminas no chão, e a caixa com as doses diárias para a semana numa tigela em cima da mesa da cozinha.

– Aqui estão – disse ele.

O anseio, a necessidade de vida ou de morte, não se dissipou.

– Não, não é isso.

– Isto é uma loucura. Tens de parar com isto. A casa parece uma lixeira.

O lixo.

Abriu a porta do armário, tirou o saco de plástico e despejou-o.

– Alice!

Ela passou os dedos entre cascas de abacate, gordura de galinha peganhenta, lenços de papel e guardanapos amachucados, pacotes e embalagens vazias e outras coisas do lixo. Viu o DVD *Alice Howland*. Pegou na caixa molhada e estudou-a. *Hum, não queria deitar isto fora.*

– Aí está, deve ser isso – disse John. – Ainda bem que o encontraste.

– Não, não é isto.

– Está bem, por favor, espalhaste o lixo todo pelo chão. Pára, vai sentar-te e relaxa. Estás fora de ti. Talvez se parares e relaxares, te consigas lembrar.

– Está bem.

Talvez, se se sentasse muito quieta, conseguisse lembrar-se do que era e de onde o colocara. Ou talvez se esquecesse de que estava à procura de alguma coisa.

A neve que começara a cair na véspera e depositara cerca de meio metro sobre grande parte de New England parara de cair.

Talvez ela não tivesse reparado, se não fosse o guincho dos limpa-
-pára-brisas a moverem-se de um lado para o outro sobre o vidro
seco do carro. John desligou-os. As ruas estavam limpas, mas o
carro deles era o único na estrada. Alice sempre gostara da calma
serena e do silêncio que se seguia a uma valente tempestade de
neve, mas hoje isso enervou-a.

John entrou com o carro no parque de estacionamento do
cemitério de Mount Auburn. Tinha sido aberto um pequeno
espaço para estacionar, mas o cemitério propriamente dito, os
caminhos e as lápides, ainda não estavam limpos.

– Estava com receio de encontrar isto ainda assim. Teremos
de voltar noutro dia – disse John.

– Não, espera. Deixa-me só olhar por um minuto.

As antigas árvores negras com os seus ramos retorcidos cobertos de branco governavam esta paisagem invernosa. Ela conseguia
ver acima da superfície da neve alguns dos topos cinzentos das
lápides mais altas e elaboradas, dos em tempos ricos e poderosos,
mas nada mais. Tudo o resto estava sepultado. Corpos decompos-
tos em caixões sepultados debaixo de terra e pedra, terra e pedra
sepultados debaixo de neve. Estava tudo preto e branco e gelado
e morto.

– John?

– Sim?

Dissera o nome dele demasiado alto, quebrando o silêncio de
forma demasiado abrupta, assustando-o.

– Nada. Podemos ir. Não quero estar aqui.

– Podemos tentar voltar mais para o fim da semana, se quiseres – disse John.

– Voltar aonde? – perguntou Alice.

– Ao cemitério.
– Oh.
Ela estava sentada à mesa da cozinha. John serviu vinho tinto em dois copos e deu-lhe um. Ela rodou o copo, por hábito. Esquecia-se regularmente do nome da filha, a que era actriz, mas ainda se lembrava de como rodar o copo de vinho e que gostava de o fazer. Que doença louca. Apreciou o movimento estonteante do copo, a sua cor vermelha como sangue, os sabores intensos de uvas, carvalho e terra, e o calor que sentiu quando o vinho lhe aterrou no estômago.

John estava de pé à frente do frigorífico aberto e retirou um pedaço de queijo, um limão, um «coiso» de líquido picante e dois legumes encarnados.

– Que te parece enchiladas de frango? – perguntou.
– Bem.

Ele abriu o congelador e remexeu lá dentro.
– Temos frango? – perguntou.

Ela não respondeu.
– Oh, não, Alice.

Virou-se para ela com algo nas mãos. Não era frango.
– É o teu Blackberry, estava no congelador.

Carregou nos botões, abanou-o e esfregou-o.
– Parece que tem água lá dentro, podemos ver depois de descongelar, mas acho que está morto – disse.

Ela rebentou em lágrimas sentidas.
– Não faz mal. Se estiver morto compramos outro.

Que ridículo, porque estou tão perturbada por causa de uma agenda electrónica avariada? Talvez estivesse na realidade a chorar por causa das mortes da mãe, da irmã e do pai. Talvez isto tivesse desencadeado emoções que ela sentira antes mas que não conseguira exprimir devidamente no cemitério. Fazia mais sentido.

Mas não era isso. Talvez a morte da sua agenda electrónica simbolizasse a morte da sua posição em Harvard e estivesse a chorar a perda recente da sua carreira. Também fazia sentido. Mas o que sentia era uma dor inconsolável pela morte do Blackberry propriamente dito.

Fevereiro de 2005

🦋 Deixou-se cair na cadeira ao lado de John, em frente ao Dr. Davis, emocionalmente exausta e intelectualmente esgotada. Estivera a fazer vários testes neuropsicológicos naquela pequena salinha com aquela mulher, a mulher que administrava os testes neuropsicológicos na pequena salinha, durante um período de tempo penosamente longo. As palavras, a informação, o significado das perguntas da mulher e das suas próprias respostas eram como bolhas de sabão, como as que as crianças sopravam com aquelas pequenas varinhas de plástico, num dia ventoso. Esvoaçavam para longe dela em direcções estonteantes, exigindo um esforço de concentração enorme para as seguir. E, mesmo quando conseguia efectivamente manter algumas delas à vista por um tempo prometedor, invariavelmente, demasiado cedo, *pop*! Desapareciam, rebentavam sem causa aparente e perdiam-se no esquecimento, como se nunca tivessem existido. E agora era a vez do Dr. Davis com a varinha.

– Muito bem, Alice, consegue soletrar a palavra «água» de trás para a frente? – perguntou o Dr. Davis.

Seis meses antes, ela teria achado esta pergunta trivial e até insultuosa, mas hoje, era uma pergunta séria, a encarar com um esforço sério. Sentia-se apenas marginalmente preocupada e humilhada com isto, nem de longe tão preocupada e humilhada como se sentiria seis meses antes. Sentia, cada vez mais, uma distância crescente da sua autoconsciência. A sua consciência de Alice – aquilo que sabia e compreendia, aquilo de que gostava e não gostava, como sentia e apreendia – era também como uma bolha de sabão, ainda mais alta no céu e difícil de identificar, com nada a não ser uma fina membrana para a impedir de rebentar no ar rarefeito.

Alice soletrou primeiro «água» para a frente, para si própria, estendendo os cinco dedos da mão esquerda, um para cada letra, enquanto o fazia.

– A – dobrou o mindinho. Voltou a soletrá-la para a frente, entredentes, parando no anelar, que dobrou.

– U – repetiu o mesmo processo.

– G – tinha o polegar e o indicador esticados, como uma arma. Murmurou «A» para si própria.

– A.

Sorriu, com a mão esquerda erguida num punho vitorioso, e olhou para John. Ele rodou a aliança e lançou-lhe um sorriso desanimado.

– Bom trabalho – disse o Dr. Davis, com um grande sorriso, parecendo impressionado. Alice gostava dele.

– Agora, quero que aponte para a janela depois de tocar na face direita com a mão esquerda.

Ela levou a mão esquerda ao rosto. *Pop!*

– Desculpe, pode dar-me outras vez as instruções? – pediu Alice, com a mão esquerda ainda no ar, em frente do rosto.

— Claro — disse o Dr. Davis em tom cúmplice, como um pai que deixa o filho espreitar para a carta de cima num jogo de cartas, ou passar um bocadinho a linha de partida antes de gritar «partida!». — Aponte para a janela depois de tocar na face direita com a mão esquerda.

Ela tinha a mão esquerda na face direita antes de ele acabar de falar, e esticou o braço direito para a janela o mais depressa que conseguiu, soltando a respiração num grande sopro.

— Muito bem, Alice — disse o Dr. Davis, sorrindo de novo.

John não fez qualquer elogio, não mostrou sinais de satisfação ou orgulho.

— Muito bem, agora queria que me dissesse o nome e a morada que lhe pedi que fixasse há pouco.

O nome e a morada. Tinha uma vaga ideia, como quando acordamos depois de uma noite de sono e sabemos que tivemos um sonho, talvez até que foi sobre uma determinada coisa, mas, por mais que se esforçasse, os pormenores do sonho escapavam-lhe. Desaparecidos para sempre.

— John Qualquer Coisa. Sabe, faz-me esta pergunta de todas as vezes e nunca consegui fixar a morada desse tipo.

— Vamos tentar dar um palpite. Era John Black, John White, John Jones ou John Smith?

Ela não fazia ideia, mas não se importava de alinhar no jogo.

— Smith.

— Vive em East Street, West Street, North Street ou South Street?

— South Street.

— A cidade era Arlington, Cambridge, Brighton ou Brookline?

— Brookline.

— Muito bem, Alice, última pergunta, onde está a minha nota de vinte dólares?

— Na sua carteira?

— Não, há pouco escondi uma nota de vinte dólares algures aqui na sala, lembra-se onde eu a pus?

— Fez isso quando eu estava aqui?

— Sim. Vem-lhe alguma ideia à cabeça? Pode ficar com ela se a encontrar.

— Bom, se eu soubesse disso, teria arranjado maneira de fixar onde estava.

— Tenho a certeza que sim. Faz alguma ideia de onde está?

Ela viu-o desviar o olhar ligeiramente para a direita, por cima do ombro dela, por um breve instante. Virou-se. Atrás dela estava um quadro branco na parede, com três palavras escritas a marcador vermelho. *Glutamato. PTL. Apoptose.* O marcador vermelho estava num suporte ao fundo do quadro, ao lado de uma nota de vinte dólares dobrada. Encantada, aproximou-se do quadro branco e reclamou o seu prémio. O Dr. Davis riu-se.

— Se todos os meus doentes fossem assim tão espertos, levavam-me à falência.

— Alice, não podes ficar com a nota, viste-o olhar para ela — disse John.

— Ganhei-a — disse Alice.

— Não faz mal, ela encontrou-a — disse o Dr. Davis.

— É normal ela já estar assim, ao fim de apenas um ano e com a medicação toda? — perguntou John.

— Bom, provavelmente passam-se aqui várias coisas. É provável que a doença tenha começado muito antes de termos feito o diagnóstico, em Janeiro do ano passado. Ela, o senhor, a família e os colegas provavelmente ignoraram os sintomas como sendo normais, ou atribuíram-nos a stresse, a dormir pouco, a ter bebido de mais e por aí fora. É muito possível que isto já estivesse a acontecer há um ano ou dois, ou mais. E ela é extraordinariamente inteligente. Se uma pessoa normal tem, digamos, para simplificar, dez sinapses que levam a uma dada informação, a Alice podia facilmente ter cinquenta. Quando a pessoa normal perde as dez sinapses, essa informação torna-se inacessível, esquecida. Mas a Alice pode perder dez e ainda ficar com quarenta outras formas de chegar ao alvo. Por isso as suas perdas anatómicas não são tão notáveis, em termos de gravidade e funcionalidade, ao princípio.

– Mas, agora, ela já perdeu muito mais de dez – disse John.

– Sim, receio que sim. A sua memória recente está a cair para o limite inferior de três por cento dos doentes que conseguem completar os testes, o seu processamento de linguagem degradou-se de forma considerável e está a perder a consciência de si própria, como era de esperar, infelizmente. Mas é também extremamente engenhosa. Usou hoje várias estratégias muito inventivas para responder correctamente a perguntas cujas respostas não conseguia na verdade recordar.

– Mas, apesar disso, houve muitas perguntas às quais não conseguiu responder correctamente – disse John.

– Sim, é verdade.

– Está a piorar tanto, e tão depressa. Não podemos aumentar a dosagem do Aricept ou do Namenda? – perguntou John.

– Não, ela já está a tomar a dosagem máxima de ambos. Infelizmente, esta é uma doença progressiva e degenerativa que não tem cura. Piora sempre, apesar dos medicamentos de que dispomos.

– E é evidente que este tal Amylix não funciona, ou então ela está a tomar o placebo – disse John.

O Dr. Davis fez uma pausa, como se estivesse a pensar se havia de concordar ou discordar com isto.

— Sei que está desencorajado. Mas já vi muitas vezes períodos inesperados de estagnação, em que a progressão da doença parece atingir um planalto, e que podem durar bastante tempo.

Alice fechou os olhos e imaginou-se de pé no meio de um planalto. Um belo planalto. Conseguia vê-lo, e era algo pelo qual valia a pena ter esperança. Conseguiria John vê-lo? Conseguiria ainda ter esperança por ela, ou já desistira por completo? Ou, pior ainda, estaria na realidade a desejar que ela piorasse rapidamente, para poder levá-la, vazia e obediente, para Nova Iorque no Outono? Escolheria ficar com ela no planalto ou empurrá-la pela encosta abaixo?

Cruzou os braços, descruzou as pernas e apoiou firmemente os pés no chão.

— Alice, continua a correr? — perguntou o Dr. Davis.

— Não, parei há algum tempo. Entre a falta de tempo do John e os meus problemas de coordenação... parece que não consigo ver os passeios ou os buracos na estrada e não sou capaz de avaliar correctamente as distâncias. Dei algumas quedas terríveis. Mesmo em casa, estou sempre a esquecer-me do «coiso» elevado em todas as portas e tropeço sempre quando entro numa divisão. Tenho uma carrada de nódoas negras.

— Bom, John, no seu lugar eu removia os «coisos» das portas ou pintava-os de uma cor contrastante, brilhante, ou então tapava-os com fita adesiva colorida, para que a Alice consiga reparar neles. De outra forma, confundem-se com o chão.

— Está bem.

— Alice, fale-me sobre o seu grupo de apoio — disse o Dr. Davis.

— Somos quatro. Encontramo-nos uma vez por semana durante algumas horas, em casa uns dos outros, e trocamos *emails* todos os dias. É maravilhoso, conversamos sobre tudo.

O Dr. Davis e aquela mulher na salinha pequena tinham-lhe feito muitas perguntas penetrantes hoje, perguntas concebidas para medir o nível preciso de destruição dentro da sua cabeça. Mas ninguém compreendia o que ainda estava vivo dentro da sua cabeça melhor do que Mary, Cathy e Dan.

— Quero agradecer-lhe por ter tomado a iniciativa e preenchido a lacuna óbvia que temos no nosso sistema de apoio. Se receber algum doente novo com a forma precoce ou nas primeiras fases da doença, posso dizer-lhe como entrar em contacto consigo?

— Sim, por favor. Devia também falar-lhes sobre a RIAD. É a Rede Internacional de Apoio à Demência. É um fórum *on-line* para pessoas com demência. Já conheci lá mais de uma dezena de pessoas, de todo o país, do Canadá, do Reino Unido e da Austrália. Bom, não as conheci mesmo, é tudo *on-line*, mas sinto-me como se as conhecesse e elas conhecem-me melhor do que muitas das pessoas que sempre fizeram parte da minha vida. Não perdemos tempo, não temos tempo para perder. Falamos sobre as coisas que importam.

John agitou-se na cadeira e abanou a perna.

— Obrigado, Alice, vou juntar esse *website* ao nosso pacote de informação habitual. E o John? Já falou com a nossa assistente social, já esteve em alguma reunião do grupo de apoio a familiares e cuidadores?

— Não. Bebi café uma ou duas vezes com os cônjuges das pessoas do grupo de apoio dela, mas, tirando isso, não.

— Devia pensar em procurar também algum apoio. Não é o John que sofre da doença, mas também vive com ela, ao viver com a Alice, e é complicado para os cuidadores. Vejo o efeito que tem sobre os familiares que aqui vêm. Pode recorrer à Denise Daddario, a nossa assistente social, e ao Grupo de Apoio a Cuidadores do HGM, e sei que a Associação de Alzheimer de Massachusetts tem muitos grupos de apoio locais. Os recursos estão à sua disposição, por isso não hesite em os utilizar se precisar deles.

– Está bem.

– Por falar em Associação de Alzheimer, Alice, acabo de receber o programa da Conferência Anual sobre Tratamento da Demência e vejo que vai fazer a apresentação de abertura da sessão plenária – disse o Dr. Davis.

A Conferência sobre Tratamento da Demência era um encontro nacional para profissionais envolvidos no tratamento de pessoas com demência e respectivas famílias. Neurologistas, médicos de clínica geral, especialistas em geriatria, neuropsicólogos, enfermeiros e assistentes sociais reuniam-se para trocar informação sobre abordagens ao diagnóstico, tratamento e cuidados aos doentes. Parecia semelhante ao grupo de apoio de Alice e à RIAD, mas era maior e destinado aos que não sofriam de demência. A reunião deste ano teria lugar em Boston.

– Sim – disse Alice. – Tinha intenção de lhe perguntar se estará lá.

– Estarei, e faço questão de me sentar na primeira fila. Sabe, nunca me pediram a mim para fazer a abertura da sessão plenária – disse o Dr. Davis. – É uma mulher corajosa e admirável, Alice.

O elogio, genuíno e não condescendente, era precisamente o estímulo de que o seu ego precisava, depois de ter sido tão impiedosamente agredido por tantos testes. John rodou a aliança. Olhou para ela com lágrimas nos olhos e um sorriso tenso que a deixou confusa.

Março de 2005

Alice estava de pé, no estrado, com o discurso dactilografado na mão, a olhar para as pessoas sentadas no grande salão do hotel. Antes, era capaz de olhar para uma plateia e calcular com uma precisão quase psíquica o número de pessoas presentes. Era uma capacidade que já não possuía. Eram muitas pessoas. A organizadora da conferência não se lembrava do nome dela, dissera-lhe que estavam registadas mais de setecentas pessoas para a conferência. Alice dera muitas palestras para audiências desse tamanho e maiores. As pessoas que a tinham ouvido, no passado, incluíam distintos membros do corpo docente de escolas da Ivy League, vencedores do Prémio Nobel, e os líderes de pensamento mundiais nas áreas da psicologia e da linguagem.

Hoje, John estava sentado na fila da frente. Não parava de olhar para trás por cima do ombro enquanto enrolava repetidamente o programa num tubo. Alice só agora reparara que ele trazia vestida a sua t-shirt cinzenta da sorte. Geralmente, reservava-a apenas para os dias de resultados mais críticos no laboratório. Esse gesto supersticioso fê-la sorrir.

Anna, Charlie e Tom estavam sentados ao lado dele, a conversarem entre si. Algumas cadeiras mais abaixo estavam Mary, Cathy e Dan, com os respectivos cônjuges. Posicionado à frente e ao centro, o Dr. Davis parecia a postos, com bloco e caneta na mão. Por trás deles havia um mar de profissionais de saúde dedicados aos cuidados de pessoas com demência. Esta noite podia não ser a sua audiência maior ou mais prestigiada, mas, de todas as palestras que dera na vida, esperava que esta tivesse o impacto mais forte.

Passou os dedos pelas pedras lisas nas asas da borboleta do seu colar, equilibrada, como que pousada, no osso proeminente do seu esterno. Pigarreou. Bebeu um gole de água. Tocou mais uma vez nas asas da borboleta, para dar sorte. *Hoje é uma ocasião especial, mãe.*

– Bom dia. Sou a doutora Alice Howland. Mas não sou neurologista nem médica de clínica geral. O meu doutoramento é em Psicologia. Fui professora na Universidade de Harvard durante vinte e cinco anos. Ensinei Psicologia Cognitiva, fiz investigação no campo da Linguística e dei palestras por todo o mundo.

Mas hoje não estou aqui para falar como especialista em Psicologia ou Linguagem. Hoje, estou aqui para vos falar como especialista na Doença de Alzheimer. Não trato doentes, não faço ensaios clínicos, não estudo alterações de ADN nem presto aconselhamento aos doentes ou às suas famílias. Sou especialista neste assunto porque, há pouco mais de um ano, me foi diagnosticada a forma precoce da Doença de Alzheimer.

É uma honra ter esta oportunidade de falar convosco hoje, e de, espero, poder dar-vos uma perspectiva de como é viver com a demência. Dentro em breve, embora eu continue a saber como é, serei incapaz de o transmitir. E, pouco depois disso, deixarei de saber que tenho demência. Portanto, o que tenho para dizer hoje é oportuno.

Nós, as pessoas nas primeiras fases da Alzheimer, ainda não somos completamente incompetentes. Não estamos desprovidos de linguagem ou de opiniões relevantes ou de períodos alargados de lucidez. No entanto, não somos suficientemente competentes para nos poderem ser confiadas as muitas exigências e responsabilidades das nossas vidas anteriores. Sentimo-nos como se não estivéssemos aqui nem ali, como uma personagem louca, de um livro para crianças, numa terra bizarra. É uma posição muito solitária e frustrante.

Já não trabalho em Harvard. Já não leio nem escrevo artigos de investigação ou livros. A minha realidade é completamente diferente daquela que era ainda há bem pouco tempo. E está distorcida. Os caminhos neurais que uso para tentar compreender o que as pessoas dizem, o que eu penso e aquilo que está a acontecer à minha volta estão bloqueados com amilóide. Luto para encontrar as palavras que quero dizer e muitas vezes dou por mim a dizer as palavras erradas. Não consigo avaliar com confiança distâncias espaciais, o que significa que deixo cair coisas, caio muito e sou capaz de me perder a dois quarteirões de casa. E a minha memória a curto prazo está presa apenas por um ou dois fiozinhos esgaçados.

Estou a perder os meus ontens. Se me perguntassem o que fiz ontem, o que aconteceu, o que vi e senti e ouvi, teria dificuldade em vos dar pormenores. Talvez desse alguns palpites acertados. Sou muito boa a dar palpites. Mas, na realidade, não sei. Não me lembro de ontem nem do ontem antes desse.

E não tenho controlo sobre os ontens que conservo e aqueles que são eliminados. Esta doença não admite negociações. Não posso oferecer-lhe os nomes dos presidentes dos Estados

Unidos em troca dos nomes dos meus filhos. Não posso dar-lhe os nomes das capitais dos Estados para conservar as memórias do meu marido.

Temo frequentemente o dia de amanhã. E se acordar e não souber quem é o meu marido? E se não souber onde estou ou não me reconhecer a mim própria no espelho? Quando é que deixarei de ser eu? Será a parte do meu cérebro que é responsável pela minha identidade única vulnerável a esta doença? Ou será a minha identidade algo que transcende neurónios, proteínas e moléculas de ADN defeituosas? Estarão a minha alma e o meu espírito imunes aos estragos causados pela Alzheimer? Eu acredito que sim.

Receber um diagnóstico de Alzheimer é como ser marcada com uma letra escarlate. Isto não é quem eu sou, uma pessoa com demência. É como eu me defini a mim própria, por algum tempo, e como os outros continuam a definir-me. Mas eu não sou aquilo que digo ou aquilo que faço. Sou fundamentalmente mais do que isso.

Sou uma esposa, mãe, amiga e futura avó. Ainda sinto, compreendo e sou digna do amor e alegria dessas relações. Ainda sou uma participante activa da sociedade. O meu cérebro já não trabalha bem, mas uso os meus ouvidos para ouvir incondicionalmente, os meus ombros para que neles chorem, e os meus braços para abraçar outras pessoas com demência. Através de um grupo de apoio a doentes nas fases iniciais, através da Rede Internacional de Apoio à Demência, ao falar aqui convosco hoje, estou a ajudar outras pessoas com demência a viverem melhor com a doença. Não sou uma pessoa moribunda. Sou uma pessoa que vive com Alzheimer. Quero fazer isso o melhor que conseguir.

Gostaria de encorajar diagnósticos mais precoces, pedir que os médicos não partam do princípio de que pessoas com quarenta e cinquenta anos que sentem problemas de memória e cognição estão apenas deprimidas ou com stresse ou na menopausa. Quanto mais cedo tivermos um diagnóstico correcto, mais cedo podemos começar a tomar a medicação, com a esperança de atrasar o progresso da doença e de a manter estagnada tempo suficiente para colher os benefícios de um tratamento melhor ou de uma cura, em breve. Ainda tenho esperança de uma cura, para mim, para os meus amigos com demência, para a minha filha que tem o mesmo gene com a mesma mutação. Posso nunca conseguir recuperar aquilo que perdi, mas podia manter aquilo que ainda tenho. E ainda tenho muito.

Por favor, não olhem para a nossa letra escarlate e não nos ponham de lado. Olhem-nos nos olhos, falem directamente connosco. Não entrem em pânico nem levem a mal se cometermos erros, porque vamos cometê-los. Vamos repetir-nos, vamos perder coisas e vamos perder-nos. Vamos esquecer o vosso nome e o que disseram há dois minutos. Vamos também tentar ao máximo compensar e ultrapassar as nossas perdas cognitivas.

Encorajo-vos a darem-nos força, não a limitar-nos. Se uma pessoa tem uma lesão na medula, se alguém perdeu um membro ou tem dificuldades funcionais devido a uma trombose, as famílias e os profissionais esforçam-se arduamente para as reabilitar, para encontrar formas de as ajudar a lidar com as suas perdas e a viver, apesar delas. Trabalhem connosco. Ajudem-nos a desenvolver ferramentas para contornar as nossas perdas de memória, de linguagem e de cognição e a funcionar apesar delas. Encorajem o envolvimento em grupos de apoio. Podemos ajudar-nos uns aos outros, tanto as pessoas com demência como aquelas que cuidam delas, a navegar através desta terra bizarra de nem aqui, nem lá.

Os meus ontens estão a desaparecer e os meus amanhãs são incertos, então o que tenho para viver? Vivo para cada dia. Vivo no momento. Um destes amanhãs, em breve, esquecer--me-ei de que estive aqui perante vós a fazer este discurso. Mas, lá porque o esquecerei amanhã, isso não significa que não tenha vivido cada segundo dele hoje. Esquecerei o dia de hoje, mas isso não quer dizer que hoje não tenha tido importância.

Já não sou convidada para dar palestras em universidades e conferências de Linguagem e Psicologia em todo o mundo. Mas aqui estou, hoje, a fazer aquela que espero que seja a palestra mais influente da minha vida. E eu tenho Doença de Alzheimer. Obrigada.

Ergueu os olhos do discurso pela primeira vez, desde que começara a falar. Não se atrevera a quebrar o contacto visual com as páginas enquanto não acabasse, com medo de se perder. Para sua genuína surpresa, todas as pessoas no grande salão estavam de pé, a aplaudir. Era mais do que se atrevera a esperar. Esperara conseguir apenas duas coisas simples – não perder a capacidade de ler durante a palestra e conseguir chegar ao fim sem fazer figura de idiota.

Olhou para os rostos familiares na primeira fila e soube, sem a mínima dúvida, que excedera em muito as suas modestas expectativas. Cathy, Dan e o Dr. Davis ostentavam sorrisos radiantes. Mary estava a limpar os olhos com um punhado de lenços de papel cor-de-rosa. Anna aplaudia e sorria, sem parar para limpar as lágrimas que lhe deslizavam pelo rosto. Tom aplaudia e assobiava e parecia estar morto por subir ao palco para a abraçar e lhe dar os parabéns. Ela também estava ansiosa por poder abraçá-lo.

John estava bem direito e de cabeça erguida, com a sua t-shirt cinzenta da sorte, com um amor inconfundível nos olhos e no sorriso enquanto a aplaudia.

Abril de 2005

🦋 A quantidade de energia necessária para escrever o seu discurso, para o fazer da melhor forma e para dar apertos de mão e conversar articuladamente com o que pareciam ser centenas de pessoas entusiásticas na Conferência sobre Tratamento da Demência, seria enorme, mesmo para alguém sem a Doença de Alzheimer. Para alguém com Alzheimer, foi muito mais do que enorme. Alice ainda conseguiu funcionar durante algum tempo graças à adrenalina, à memória dos aplausos e a uma confiança renovada no seu estatuto interior. Era Alice Howland, heroína corajosa e admirável.

Mas esse estado não era sustentável e a memória desvaneceu-se. Perdeu um pouco da sua confiança e estatuto quando lavou os dentes com creme hidratante. Perdeu um pouco mais quando passou a manhã inteira a tentar telefonar para John com o controlo remoto da televisão. Perdeu o restante quando o seu próprio odor corporal desagradável a informou de que não tomava banho há dias, mas não conseguiu reunir a coragem ou o conhecimento necessários para entrar na banheira. Era Alice Howland, vítima de Alzheimer.

Depois de a energia se esgotar, sem mais reservas às quais recorrer, depois de a euforia se desvanecer e de a memória da sua vitória e da sua confiança lhe ter sido roubada, sofreu sob uma exaustão avassaladora e pesada. Dormia até tarde e ficava na cama durante horas depois de acordar. Sentava-se no sofá e chorava sem razão específica. Mas nunca conseguia dormir ou chorar o suficiente para se sentir satisfeita.

John acordou-a de um sono pesado e vestiu-a. Ela deixou-o. Ele não lhe disse para se pentear ou lavar os dentes. Ela não se importou. Ele enfiou-a no carro. Ela encostou a testa à janela fria. O mundo lá fora parecia de um cinzento-azulado. Não sabia onde iam. E sentia-se demasiado indiferente para perguntar.

John entrou numa garagem. Saíram e entraram num edifício através de uma porta na garagem. As luzes fluorescentes brancas feriam-lhe os olhos. Os corredores largos, os elevadores, os letreiros nas paredes – Radiologia, Cirurgia, Obstetrícia, Neurologia. *Neurologia.*

Entraram numa sala. Em vez da sala de espera que pensava encontrar, Alice viu uma mulher a dormir numa cama. Tinha os olhos inchados e fechados e um tubo de soro ligado à mão.

– O que se passa com ela? – perguntou Alice num murmúrio.

– Nada, está apenas cansada – disse John.

– Está com péssimo aspecto.

– Chiu, não queremos que ela oiça isso.

A sala não parecia um quarto de hospital. Tinha outra cama, mais pequena e por fazer, ao lado daquela onde a mulher estava a dormir, uma televisão grande ao canto, uma linda jarra de flores amarelas e cor-de-rosa em cima de uma mesa e chão de madeira. Talvez não fosse um hospital. Podia ser um hotel. Mas, se assim era, por que motivo a mulher tinha o tubo ligado à mão?

Um homem jovem e atraente entrou com um tabuleiro com café. *Talvez seja o médico dela.* Trazia um boné dos Red Sox, calças de ganga e uma t-shirt de Yale. *Talvez seja do serviço de quartos.*

— Parabéns — murmurou John.

— Obrigado. Desencontraram-se por pouco do Tom. Ele volta logo à tarde. Tomem, trouxe café para todos e um chá para a Alice. Vou buscar os bebés.

O homem sabia o nome dela.

Pouco tempo depois regressou, empurrando um carrinho com duas caixas rectangulares de plástico transparente. Cada caixa continha um bebé minúsculo, ambos enrolados em mantas brancas e com gorrinhos brancos na cabeça, deixando apenas os rostos à mostra.

— Vou acordá-la, ela não havia de querer estar a dormir quando vocês os conhecessem — disse o jovem. — Querida, acorda, tens visitas.

A mulher acordou com relutância, mas, quando viu Alice e John, uma expressão de entusiasmo surgiu-lhe nos olhos e animou as suas feições cansadas. Sorriu e, de repente, o rosto pareceu encaixar no seu devido lugar. *Oh, céus, é a Anna!*

— Parabéns, querida — disse John. — Eles são lindos — e inclinou-se para lhe beijar a testa.

— Obrigada, papá.

— Estás com óptimo aspecto. Como te sentes? — perguntou John.

— Obrigada, está tudo bem, estou apenas cansada. Prontos? Aqui estão eles. Esta é a Allison Anne e este rapazote é o Charles Thomas.

O jovem estendeu um dos bebés a John e pegou no outro, o que tinha uma fita cor-de-rosa presa ao gorro, e entregou-o a Alice.

— Quer pegar-lhe? — perguntou o homem.

Alice acenou afirmativamente.

Segurou o bebé minúsculo e adormecido, com a cabeça na curva do seu braço, o rabinho na mão, o corpo contra o peito, a orelha encostada ao seu coração. O bebé minúsculo e adormecido respirava com inspirações minúsculas pelas narinas redondas e minúsculas. Alice, instintivamente, beijou a face rechonchuda e cor-de-rosa.

— Anna, tiveste os teus bebés — disse Alice.

— Sim, mamã, tens ao colo a tua neta, Allison Anne — disse Anna.

— É perfeita. Amo-a.

A minha neta. Olhou para o bebé com a fita azul nos braços de John. *O meu neto.*

— E eles não terão Alzheimer como eu? — perguntou Alice.

— Não, mamã, não terão.

Alice respirou fundo, inalando o cheiro delicioso da sua linda neta, que a encheu com uma sensação de alívio e paz que não sentia há muito tempo.

— Mamã, entrei na Universidade em Nova Iorque e em Brandeis.

— Oh, que bom. Lembro-me de quando entrei na escola. O que vais estudar? — perguntou Alice.

— Teatro.

— Isso é maravilhoso. Eu andei em Harvard. Adorei. Para que escola disseste que ias?

— Ainda não sei. Entrei em Nova Iorque e em Brandeis.

— Para qual queres ir?

— Não tenho a certeza. Falei com o papá e ele quer muito que eu vá para Nova Iorque.

— E tu queres ir para Nova Iorque?

— Não tenho a certeza. Tem melhor reputação, mas acho que Brandeis seria mais indicada para mim. Estaria perto da Anna e do Charlie e dos bebés, do Tom, e de ti e do papá, se ficarem.

— Se ficarmos onde? — perguntou Alice.

— Aqui, em Cambridge.

— Para onde iríamos?

— Para Nova Iorque.

— Eu não vou para Nova Iorque.

Estavam sentadas num sofá, lado a lado, a dobrar roupas de bebé, separando as cor-de-rosa das azuis. A televisão estava ligada, mas sem som.

— É só porque se eu me decidir por Brandeis, e tu e o papá se mudarem para Nova Iorque, vou sentir que estou no sítio errado, que tomei a decisão errada.

Alice parou de dobrar e olhou para a mulher. Era jovem, magra, bonita. Estava também cansada e dividida.

— Quantos anos tens? — perguntou Alice.

— Vinte e quatro.

— Vinte e quatro. Adorei ter vinte e quatro anos. Tens a vida toda pela frente. Tudo é possível. És casada?

A jovem bonita e dividida parou de dobrar roupa e olhou directamente para Alice, para os seus olhos. A mulher bonita e dividida tinha olhos penetrantes, honestos, cor de manteiga de amendoim.

— Não, não sou casada.

— Filhos?

— Não.

— Nesse caso, devias fazer exactamente aquilo que queres.
— Mas... e se o papá decidir aceitar o emprego em Nova Iorque?
— Não podes tomar esse tipo de decisão com base naquilo que as outras pessoas podem ou não vir a fazer. Esta decisão é tua, trata-se da tua educação. És uma mulher adulta, não tens de fazer o que o teu pai quer. Toma essa decisão com base naquilo que é melhor para a tua vida.
— Está bem, assim farei. Obrigada.
A mulher bonita com os olhos cor de manteiga de amendoim soltou uma risada divertida e um suspiro e continuou a dobrar roupa.
— Percorremos um longo caminho, mamã.
Alice não compreendeu o que ela queria dizer.
— Sabes, fazes-me lembrar os meus alunos. Eu fui orientadora de estudantes. Era bastante boa.
— Pois eras. E ainda és.
— Como se chama a escola para onde queres ir?
— Brandeis.
— Onde fica?
— Em Waltham, a poucos minutos daqui.
— E o que vais estudar?
— Teatro.
— Isso é maravilhoso. Vais representar em peças?
— Vou.
— Shakespeare?
— Sim.
— Adoro Shakespeare, especialmente as tragédias.
— Eu também.
A mulher bonita aproximou-se e abraçou Alice. Cheirava bem, um cheiro fresco e limpo, a sabonete. O seu abraço penetrou

em Alice, muito mais fundo do que os seus olhos cor de manteiga de amendoim. Alice sentiu-se feliz e próxima dela.

— Mamã, por favor, não vás para Nova Iorque.

— Nova Iorque? Não sejas tola. Eu vivo aqui. Porque havia de me mudar para Nova Iorque?

— Não sei como consegues — disse a actriz. — Eu estive a pé com ela a maior parte da noite e sinto-me delirante. Fiz-lhe ovos mexidos, torradas e chá às três da manhã.

— Eu estava acordada a essa hora. Se pudéssemos pôr-te a produzir leite, podias ajudar-me a alimentar um destes miúdos — disse a mãe dos bebés.

A mãe estava sentada no sofá ao lado da actriz, a dar de mamar ao bebé azul. Alice tinha o bebé cor-de-rosa ao colo. John entrou, de duche tomado e vestido, com uma caneca de café numa mão e um jornal na outra. As mulheres estavam de pijama.

— Lyd, obrigado por te teres levantado esta noite. Estava mesmo a precisar de dormir — disse John.

— Papá, como consegues pensar que podes ir para Nova Iorque e fazer isto sem a nossa ajuda? — perguntou a mãe.

— Vou contratar uma pessoa para ajudar. Na verdade, estou à procura de alguém para começar já.

— Não quero desconhecidos a tomarem conta dela. Eles não vão abraçá-la e amá-la como nós — disse a actriz.

— E um desconhecido não conhecerá a história dela e as suas memórias, como nós. Às vezes conseguimos preencher as lacunas e ler a sua linguagem corporal porque a conhecemos — disse a mãe.

— Não estou a dizer que nós não continuaremos a tomar conta dela, estou apenas a ser realista e prático. Não temos de o fazer sozinhos. Tu voltarás ao trabalho dentro de dois meses, e só chegarás a casa à noite, para junto de dois bebés que não viste durante o dia inteiro. E tu vais começar as aulas. Estás sempre a dizer como o curso é intenso. O Tom está numa cirurgia neste preciso momento. Todos vocês estão prestes a ficar mais ocupados do que nunca e a vossa mãe seria a última pessoa a querer que comprometessem a qualidade das vossas vidas por ela. Ela nunca quereria ser um fardo para vocês.

– Não é um fardo, é a nossa mãe – disse a mãe.

Estavam a falar demasiado depressa e a usar demasiados pronomes. E a bebé cor-de-rosa tinha começado a agitar-se e a chorar, distraindo-a. Alice não conseguia perceber sobre o quê ou de quem estavam a falar. Mas percebia pelas suas expressões e tons de voz que era uma discussão séria. E as mulheres de pijama estavam do mesmo lado.

– Talvez faça mais sentido eu tirar uma licença de maternidade mais longa. Estou a sentir-me um pouco apressada. O Charlie não se importa que eu tire mais tempo e faz sentido, para poder ajudar a tratar da mamã.

– Papá, esta é a nossa última oportunidade de passar tempo com ela. Não podes ir para Nova Iorque, não podes tirar-nos isso.

– Ouve, se tivesses escolhido a Universidade de Nova Iorque em vez de Brandeis, podias passar o tempo que quisesses com ela. Tu fizeste a tua escolha, eu estou a fazer a minha.

– E porque é que a mamã não tem uma palavra a dizer nesta escolha? – perguntou a mãe.

– Ela não quer viver em Nova Iorque – disse a actriz.

– Não sabes o que ela quer – disse John.

– Ela disse que não quer ir. Pergunta-lhe. Lá porque tem Alzheimer, isso não significa que não sabe aquilo que quer e que não quer. Às três da manhã, queria ovos mexidos e torradas, não queria cereais nem bacon. E decididamente não queria voltar para a cama. Estás a escolher ignorar o que ela quer, apenas porque tem Alzheimer – disse a actriz.

Oh, estão a falar de mim.

– Não estou a ignorar o que ela quer. Estou a fazer os possíveis para fazer o que é melhor para os dois. Se ela tivesse tido tudo aquilo que queria, unilateralmente, nem sequer estaríamos a ter esta conversa.

– O que queres dizer com isso? – perguntou a mãe.

– Nada.

– É como se não percebesses que ela ainda não morreu, como se achasses que o tempo que lhe resta não é importante. Estás a agir como uma criança egoísta – disse a mãe.

A mãe estava a chorar, mas parecia zangada. Parecia e soava como a irmã de Alice, Anne. Mas não podia ser Anne. Isso era impossível. Anne não tinha filhos.

– Como sabes que ela pensa que isto é importante? Ouve, não sou só eu. Ela, a Alice que ela era antes, não quereria que eu desistisse disto. Não queria continuar aqui, assim – disse John.

– O que significa isso? – perguntou a mulher chorosa que parecia e soava como Anne.

– Nada. Ouve, compreendo e aceito tudo o que estão a dizer. Mas estou a tentar tomar uma decisão que seja racional e não emocional.

– Porquê? Qual é o mal de ser emocional em relação a isto? Por que raio achas que isso é negativo? Porque não pode a decisão emocional ser a decisão certa? – perguntou a mulher que não estava a chorar.

– Ainda não tomei uma decisão final e vocês as duas não vão forçar-me a tomá-la. Não sabem tudo.

– Então diz-nos, papá, diz-nos o que não sabemos – disse a mulher chorosa, com voz trémula e ameaçadora.

A ameaça silenciou-o por um momento.

– Não tenho tempo para isto agora, tenho uma reunião.

Levantou-se e abandonou a discussão, deixando as mulheres e os bebés sozinhos. Bateu com a porta da frente quando saiu, assustando o bebé azul que acabara de adormecer nos braços da mãe e que desatou a berrar. Como se fosse contagioso, a outra mulher começou a chorar também. Talvez se estivesse a sentir excluída. Agora estavam todos a chorar – o bebé cor-de-rosa, o bebé azul, a mãe e a mulher ao lado da mãe. Toda a gente excepto Alice. Não se sentia triste nem zangada nem derrotada nem assustada. Estava com fome.

– O que é o jantar?

Maio de 2005

🦋 Chegaram ao balcão depois de esperarem muito tempo numa longa fila.

— Muito bem, Alice, o que queres? — perguntou John.

— Como o que tu comeres.

— Eu vou comer baunilha.

— Pode ser, o mesmo para mim.

— Não queres baunilha, queres qualquer coisa com chocolate.

— Está bem, então pode ser qualquer coisa com chocolate.

Parecia-lhe algo simples e nada problemático, mas ele ficou visivelmente enervado com a troca de palavras.

— Eu quero um cone de baunilha e ela quer um cone de chocolate, ambos grandes.

Afastaram-se das lojas e das filas de pessoas e sentaram-se num banco de jardim coberto de grafítis à beira de um rio, a comer os seus cones de gelado. Vários gansos mordiscavam a relva a pouca distância. Mantinham a cabeça baixa, consumidos no que estavam a fazer, completamente indiferentes à presença de Alice e John. Alice riu-se, pensando se os gansos estariam a pensar o mesmo sobre eles.

– Alice, sabes em que mês estamos?

Tinha chovido há pouco tempo, mas agora o céu estava limpo e o calor do sol e do banco seco aquecia-lhe os ossos. Sabia tão bem estar quente. Muitas das flores brancas e cor-de-rosa da macieira brava ao lado deles estavam espalhadas pelo chão, como *confetti* após uma festa.

– É Primavera.

– Que mês da Primavera?

Alice lambeu o seu gelado de chocolate e pensou cuidadosamente na pergunta. Não se lembrava da última vez que olhara para um calendário. Parecia que há muito tempo que não precisava de estar num determinado sítio numa determinada data. Ou, quando precisava de estar num determinado sítio numa determinada data, John sabia e certificava-se de que ela lá estava quando devia. Não tinha uma máquina de marcações e já não usava relógio de pulso.

Bom, vamos lá ver. Os meses do ano.

– Não sei, em que mês estamos?

– Maio.

– Oh.

– Sabes quando é que a Anna faz anos?

– É em Maio?

– Não.

– Bom, eu acho que o aniversário da Anne é na Primavera.

– Não, não é da Anne, da Anna.

Um camião amarelo passou pela ponte perto deles com estrondo e assustou Alice. Um dos gansos abriu as asas e grasnou ao camião, defendendo-os. Alice pensou se seria um ganso corajoso ou apenas um exaltado à procura de sarilhos. Riu-se, ao pensar no ganso refilão.

Lambeu o gelado de chocolate e estudou a arquitectura do edifício de tijolo vermelho do outro lado do rio. Tinha muitas janelas e um relógio com números antiquados e uma cúpula dourada por cima. Parecia importante e familiar.

– Que edifício é aquele ali? – perguntou Alice.

– É a faculdade de Gestão. Faz parte de Harvard.

– Oh. Eu dava aulas naquele edifício?

– Não, davas aulas noutro edifício, deste lado do rio.

– Oh.

– Alice, onde é o teu escritório?

– O meu escritório? É em Harvard.

– Sim, mas onde, em Harvard?

– Num edifício deste lado do rio.

– Que edifício?

– É um centro, acho eu. Sabes, já lá não vou.

– Eu sei.

– Então não importa onde é, pois não? Porque não nos concentramos nas coisas que realmente importam?

– Estou a tentar.

Ele pegou-lhe na mão. A dele estava mais quente do que a dela. Sabia tão bem estar de mão dada com ele. Dois dos gansos entraram na água calma. Não havia pessoas a nadarem no rio. Provavelmente estava demasiado frio para as pessoas.

– Alice, ainda queres estar aqui?

As sobrancelhas dele curvaram-se numa forma séria e as linhas aos cantos dos seus olhos aprofundaram-se. Esta pergunta era importante para ele. Alice sorriu, satisfeita consigo própria por finalmente ter uma resposta confiante para lhe dar.

– Sim. Gosto de estar aqui sentada contigo. E ainda não estou despachada.

Levantou o gelado de chocolate para lhe mostrar. Tinha começado a derreter e a escorrer pelo cone, para cima da sua mão.

– Porquê, temos de nos ir embora? – perguntou.

– Não. Demora o tempo que quiseres.

Junho de 2005

Alice sentou-se em frente do computador enquanto esperava que o ecrã se acendesse. Cathy acabara de telefonar, a perguntar como ela estava, preocupada. Disse que Alice não respondia aos seus *emails* há algum tempo, que não aparecia nas salas de conversação sobre demência há semanas e que voltara a faltar ao grupo de apoio na véspera. Só quando Cathy falou no grupo de apoio é que Alice percebeu quem era a Cathy preocupada ao telefone. Cathy disse que havia duas pessoas novas no grupo, que lhes fora recomendado por pessoas que tinham estado presentes na Conferência sobre Tratamento da Demência e ouvido o discurso de Alice. Alice disse-lhe que essas eram notícias maravilhosas. Pediu desculpa a Cathy por a ter deixado preocupada e pediu-lhe que dissesse a todos que ela estava bem.

Mas, na verdade, estava tudo menos bem. Ainda conseguia ler e compreender pequenas quantidades de texto, mas o teclado do computador tornara-se uma mistura indecifrável de letras. Na verdade, perdera a capacidade de formar palavras com as letras do alfabeto nas teclas. A sua capacidade de usar a linguagem, aquilo que mais separa os seres humanos dos animais, estava a abandoná-la, e sentia-se cada vez menos humana à medida que isso acontecia. Há já algum tempo que, desgostosa, admitira que nunca voltaria a estar bem.

Clicou na caixa de correio. Setenta e três *emails* novos. Confundida e incapaz de lhes responder, fechou o *email* sem ler nenhum. Olhou para o ecrã em frente do qual passara grande parte da sua vida profissional. No ambiente de trabalho havia três pastas, numa fila vertical: Disco Rígido, Alice, Borboleta. Clicou na pasta chamada Alice.

Lá dentro havia mais pastas com títulos diferentes: Abstractos, Administrativo, Apresentações, Artigos, Aulas, Casa, Conferências, Estudantes, Filhos, Finanças, John, Molecules to Mind, Propostas, Seminários. Toda a sua vida organizada em bonitos ícones. Não conseguia suportar ver o que estava dentro delas, com medo de não conseguir lembrar-se ou compreender a sua própria vida. Em vez disso, clicou na pasta Borboleta.

Querida Alice,

Escreveste esta carta para ti própria quando a tua mente ainda estava capaz. Se estás a ler isto, e se não consegues responder a uma ou mais das perguntas que se seguem, então é porque a tua mente já não está capaz:

Em que mês estamos?
Onde vives?
Onde é o teu escritório?
Quando é o aniversário da Anna?
Quantos filhos tens?

Tens Doença de Alzheimer. Perdeste demasiado de ti própria, demasiado daquilo que amas, e não estás a viver a vida que queres viver. Esta doença não pode ter um desfecho positivo, mas tu escolheste um desfecho que é o mais digno, justo e respeitoso, para ti e para a tua família. Já não podes confiar no teu próprio julgamento, mas podes confiar no meu, o do teu anterior eu, daquela que tu eras antes de a Alzheimer roubar demasiado de ti própria.

Viveste uma vida extraordinária e meritória. Tu e o teu marido, John, têm três filhos saudáveis e espantosos que são amados e que estão bem na vida, e tiveste uma carreira admirável em Harvard, repleta de desafios, criatividade, paixão e realizações.

A última parte da tua vida, a parte com Alzheimer, e este fim que escolheste cuidadosamente, é trágica, mas não viveste uma vida trágica. Eu amo-te e estou orgulhosa de ti, da forma como viveste e de tudo o que fizeste, enquanto podias.

Agora, vai ao teu quarto. Vai à mesa preta ao lado da cama, a que tem o candeeiro azul em cima. Abre a gaveta dessa mesa. Ao fundo da gaveta está um frasco de comprimidos. O frasco tem uma etiqueta branca que diz PARA A ALICE em letras pretas. Há muitos comprimidos nesse frasco. Engole-os a todos com um grande copo de água. Tens de os engolir a todos. Depois, deita-te e dorme.

Vai já, antes que te esqueças. E não digas a ninguém o que vais fazer. Por favor, confia em mim.

Com amor,
Alice Howland

Leu tudo de novo. Não se lembrava de o escrever. Não sabia as respostas para nenhuma das perguntas a não ser a que perguntava quantos filhos tinha. Mas, por outro lado, provavelmente sabia porque ela própria dava a resposta na carta. Não tinha a certeza dos seus nomes. Anna e Charlie, talvez. Não se lembrava do nome do outro.

Leu a carta de novo, desta vez mais devagar, se é que isso era possível. Ler num ecrã de computador era difícil, mais difícil do que ler em papel, onde podia usar uma caneta e um marcador. E, se fosse em papel, podia levá-la para o quarto e lê-la lá. Queria imprimi-la, mas não sabia como. Desejou que o seu eu anterior, a pessoa que ela fora antes de a Alzheimer lhe roubar tanta coisa, se tivesse lembrado de incluir instruções para imprimir a carta.

Leu-a de novo. Era fascinante e surreal, como ler um diário que escrevera em adolescente, palavras secretas e sentidas escritas por uma rapariga que recordava apenas vagamente. Desejou ter escrito mais. As suas palavras faziam-na sentir-se triste e orgulhosa, forte e aliviada. Respirou fundo, soltou a respiração e subiu as escadas.

Chegou ao cimo das escadas e esqueceu-se do que fora lá fazer. Havia uma sensação de importância e urgência, mas nada mais. Voltou a descer e procurou evidências do que estivera a fazer antes de subir. Encontrou o computador ligado, com uma carta para si própria no ecrã. Leu-a e voltou a subir.

Abriu a gaveta da mesa ao lado da cama. Tirou pacotes de lenços de papel, canetas, um monte de papéis com cola, um frasco de creme, dois rebuçados para a tosse, fio dental e algumas moedas. Espalhou tudo em cima da cama e tocou em cada coisa, uma de cada vez. Lenços, caneta, caneta, caneta, papel com cola, moedas, rebuçado, rebuçado, fio dental, creme.

– Alice?
– O que é?

Virou-se. John estava à porta do quarto.

– O que estás a fazer aqui em cima? – perguntou ele.

Ela olhou para os artigos em cima da cama.

– Estou à procura de uma coisa.

– Tenho de ir ao escritório buscar uns papéis de que me esqueci. Vou de carro, por isso demoro apenas alguns minutos.

– Está bem.

– Está na hora, toma isto antes que me esqueça.

Estendeu-lhe um copo de água e uma mão-cheia de comprimidos. Ela engoliu-os a todos.

– Obrigada – disse.

– De nada. Venho já.

Tirou-lhe o copo vazio da mão e saiu do quarto. Ela deitou-se na cama, ao lado do conteúdo da gaveta, e fechou os olhos, sentindo-se triste e orgulhosa, forte e aliviada, enquanto esperava.

– Alice, por favor, veste o teu traje, temos de sair.

– Onde vamos? – perguntou Alice.

– À cerimónia de iniciação de Harvard.

Ela inspeccionou de novo o traje. Continuava sem perceber.

– O que significa *iniciação*?

– É o dia de formatura em Harvard. *Iniciação* significa princípio.

Iniciação. Formatura de Harvard. Um princípio. Repetiu a palavra na cabeça. A formatura de Harvard assinalava um princípio, o princípio da idade adulta, o princípio da vida profissional, o princípio da vida depois de Harvard. *Iniciação*. Gostava da palavra e queria lembrar-se dela.

Caminharam ao longo de um passeio movimentado, com os seus trajes cor-de-rosa escuro e os chapéus pretos sumptuosos. Ela sentiu-se ridícula e muito pouco confiante na escolha de indumentária de John durante os primeiros minutos de caminhada. Depois, de repente, eles estavam por todo o lado. Grupos de pessoas com trajes e chapéus semelhantes mas de uma variedade de cores, vindas de todas as direcções, juntavam-se a eles no passeio, e muito em breve faziam parte de um desfile com todas as cores do arco-íris.

Entraram num pátio relvado, com grandes árvores antigas a proporcionarem sombra, rodeado por grandes edifícios antigos, ao som lento e cerimonial de gaitas de foles. Alice estremeceu, arrepiada. *Já fiz isto antes.* A procissão levou-os até uma fila de cadeiras, onde se sentaram.

– Isto é a formatura em Harvard – disse Alice.

– Sim – respondeu John.

– Iniciação.

– Sim.

Após algum tempo, os oradores começaram a falar. As formaturas de Harvard tinham, no passado, contado com a presença de muitas pessoas famosas e poderosas, na sua maioria líderes políticos.

– O rei de Espanha falou aqui, um ano – disse Alice.

– É verdade – disse John, com uma risada divertida.

– Quem é este homem? – perguntou Alice, referindo-se ao homem que estava no pódio.

– É um actor – disse John.

Agora foi Alice que se riu, divertida.

– Suponho que não conseguiram arranjar um rei, este ano – disse.

– Sabes, a tua filha é actriz. Um dia pode ser ela a estar ali – disse John.

Alice ouviu o que o actor estava a dizer. Era um orador dinâmico e descontraído. Estava a falar sobre um picaresco.

– O que é um picaresco? – perguntou Alice.

– É uma longa aventura que ensina lições ao herói.

O actor falou sobre a aventura da sua vida. Disse-lhes que estava aqui hoje para lhes passar, às turmas que se formavam, às pessoas prestes a começar os seus próprios picarescos, as lições que aprendera pelo caminho. Eram cinco: sejam criativos, sejam úteis, sejam práticos, sejam generosos e acabem em grande.

Eu fui todas essas coisas, acho eu. Mas ainda não acabei. Não acabei em grande.

– São bons conselhos – disse Alice.

– Sim, são – concordou John.

Ficaram ali sentados e ouviram e bateram palmas e ouviram e bateram palmas durante mais tempo do que Alice teria gostado. Depois, toda a gente se levantou e caminhou lentamente, num desfile menos organizado. Alice, John e alguns dos outros entraram num edifício próximo. A entrada magnificente, os tectos de madeira escura extraordinariamente altos e a parede de vitrais iluminados pelo sol deixaram Alice assombrada. Por cima deles, estavam suspensos grandes candelabros, antigos e de aspecto pesado.

– O que é isto? – perguntou Alice.

– É o Memorial Hall, faz parte de Harvard.

Para sua desilusão, não se demoraram tempo nenhum na magnífica entrada e passaram de imediato a um anfiteatro mais pequeno, relativamente pouco impressionante, onde se sentaram.

– O que está a acontecer agora? – perguntou Alice.

– Os alunos da Faculdade de Artes e Ciências vão receber os seus diplomas. Estamos aqui para ver o Dan formar-se. Ele é teu aluno.

Ela olhou em volta, para os rostos das pessoas com os trajes rosa-escuro. Não sabia qual deles era o Dan. Na verdade, não reconhecia rosto nenhum, mas reconhecia a emoção e energia na sala. Eles estavam felizes e esperançosos, orgulhosos e aliviados. Estavam prontos e ansiosos por novos desafios, prontos para descobrir e criar e ensinar, para serem heróis nas suas próprias aventuras.

Aquilo que via neles, reconheceu em si própria. Isto era algo que conhecia, este local, esta excitação e prontidão, este princípio. Este fora também o princípio da sua aventura, e, embora não conseguisse lembrar-se dos pormenores, tinha um conhecimento implícito de que fora rica e meritória.

– Ali está ele, no palco – disse John.
– Quem?
– O Dan, o teu aluno.
– Qual é?
– O louro.
– Daniel Maloney – anunciou alguém.

Dan avançou e apertou a mão do homem no palco, que lhe entregou uma pasta vermelha. Dan levantou depois a pasta vermelha acima da cabeça com um sorriso glorioso de vitória. Alice aplaudiu-o, pela sua alegria, por tudo o que fizera certamente para estar aqui, pela aventura em que ia embarcar, este seu aluno de quem não tinha qualquer memória.

Alice e John estavam lá fora, debaixo de uma grande tenda branca, entre os alunos de traje cor-de-rosa escuro e as pessoas que estavam felizes por eles, à espera. Um homem jovem e louro aproximou-se de Alice, com um grande sorriso. Sem hesitar, abraçou-a e beijou-a na face.

— Sou o Dan Maloney, o seu aluno.

— Parabéns, Dan, estou muito feliz por si — disse Alice.

— Muito obrigado. Estou muito contente por ter podido vir assistir. Sinto-me uma pessoa de sorte por ter sido seu aluno. Quero que saiba que foi por sua causa que escolhi a Linguística como área de estudo. A sua paixão por compreender como funciona a linguagem, a sua abordagem rigorosa e abrangente à investigação, o seu amor pelo ensino, inspiraram-me de tantas maneiras. Obrigado por toda a sua orientação e sabedoria, por ter elevado o nível de exigência muito além do que eu julgaria poder alcançar e por me ter dado espaço para seguir as minhas próprias ideias. Foi a melhor professora que alguma vez tive. Se alcançar na minha vida uma fracção daquilo que fez na sua, considerarei a minha vida um sucesso.

— Não tem que agradecer. Muito obrigada por dizer isso. Sabe, não me lembro muito bem das coisas, ultimamente. Fico feliz por saber que se lembrará dessas coisas sobre mim.

Ele estendeu-lhe um envelope branco.

— Aqui tem, escrevi-o para si, tudo aquilo que acabei de dizer, para que possa lê-lo quando quiser e saber o que me deu, mesmo que não consiga lembrar-se.

— Obrigada.

Ambos seguraram os seus envelopes, o dela branco e o dele vermelho, com profundo orgulho e reverência.

Um homem que era a versão mais velha e pesada de Dan e duas mulheres, uma muito mais velha do que a outra, aproximaram-se deles. A versão mais velha e mais pesada de Dan trazia um tabuleiro de vinho branco borbulhante em copos fininhos. A mulher mais jovem entregou um copo a cada um.

— Ao Dan — disse a versão mais velha e mais pesada de Dan, levantando o copo.

— Ao Dan — disseram todos, tocando com os copos uns nos outros e bebendo.

— A princípios auspiciosos — acrescentou Alice —, e a acabar em grande.

Estavam a afastar-se das tendas e dos velhos edifícios de tijolo e das pessoas com trajes e chapéus, para uma zona menos concorrida e barulhenta. Alguém de fato preto gritou e correu para John. John parou e largou a mão de Alice para apertar a mão da pessoa que gritara. Apanhada no seu próprio impulso, Alice continuou a andar.

Por um segundo que pareceu esticar-se, Alice fez uma pausa e estabeleceu contacto visual com uma mulher. Tinha a certeza de que não conhecia a mulher, mas havia significado naquele olhar. A mulher tinha cabelo loiro, um telefone encostado ao ouvido e óculos por cima de olhos azuis, grandes e assustados. A mulher estava ao volante de um carro.

Depois, Alice sentiu a gola da capa apertar-se à volta do seu pescoço e foi puxada para trás. Aterrou pesadamente de costas, desamparada, e bateu com a cabeça no chão. O traje e o chapéu sumptuoso não eram grande protecção contra o pavimento.

— Desculpa, Alice, estás bem? — perguntou um homem de traje cor-de-rosa, ajoelhando-se ao seu lado.

— Não — disse ela, sentando-se e esfregando a parte de trás da cabeça. Esperava ver sangue na mão, mas não viu.

— Desculpa, estavas a meter-te no meio da estrada. Aquele carro quase te acertou.

— Ela está bem? — era a mulher do carro, com os olhos ainda arregalados e assustados.

— Acho que sim — disse o homem.

– Oh, meu Deus, podia tê-la matado. Se o senhor não a tivesse puxado, podia tê-la matado.

– Não se preocupe, não a matou, acho que ela está bem.

O homem ajudou Alice a levantar-se. Apalpou-lhe a cabeça e inspeccionou-a.

– Acho que estás bem. Provavelmente vais ficar com um grande galo. Consegues andar? – perguntou ele.

– Sim.

– Posso levar-vos a algum lado? – perguntou a mulher.

– Não, não é preciso, está tudo bem – disse o homem.

Passou o braço à volta da cintura de Alice, segurou-lhe no cotovelo, e ela caminhou até casa com o simpático desconhecido que lhe salvara a vida.

Verão de 2005

🦋 Alice estava sentada numa grande e confortável cadeira branca a olhar, confusa, para o relógio na parede. Era o tipo de relógio com ponteiros e números, muito mais difícil de ler do que aqueles que tinham apenas números. *Cinco, talvez?*

– Que horas são? – perguntou ao homem sentado na outra grande cadeira branca.

Ele olhou para o pulso.

– Quase três e meia.

– Acho que está na hora de eu ir para casa.

– Estás em casa. Esta é a tua casa no Cape.

Ela olhou em volta – a mobília branca, os quadros de faróis e praias nas paredes, as janelas gigantes, as arvorezinhas escanzeladas do lado de fora das janelas.

– Não, esta não é a minha casa. Não vivo aqui. Quero ir para casa agora.

– Vamos voltar para Cambridge dentro de duas semanas. Estamos de férias. Tu gostas de estar aqui.

O homem na cadeira continuou a ler o seu livro e a beber a sua bebida. O livro era grosso e a bebida era de um castanho amarelado, como a cor dos olhos dela, com gelo. Ele estava a apreciar e absorvido nas duas coisas, o livro e a bebida.

A mobília branca, os quadros de faróis e praias nas paredes, as janelas gigantes e as arvorezinhas escanzeladas do lado de fora das janelas não lhe eram nada familiares. Os sons aqui também não lhe soavam familiares. Ouviu pássaros, o tipo de pássaros que vive no oceano, o som de gelo a bater no copo quando o homem na cadeira levava o copo à boca, o som do homem a respirar pelo nariz enquanto lia o seu livro e o tiquetaque do relógio.

– Já aqui estive tempo suficiente. Agora gostava de ir para casa.

– Estás em casa. Esta é a tua casa de férias. É para aqui que vimos quando queremos relaxar e descontrair.

Este local não lhe parecia a sua casa e não soava à sua casa, e não se sentia relaxada. O homem que lia e bebia na grande cadeira branca não sabia o que estava a dizer. Talvez estivesse bêbado.

O homem respirou e leu e bebeu e o relógio fez tiquetaque. Alice continuou sentada na grande cadeira branca e ouviu o tempo a passar, desejando que alguém a levasse para casa.

Estava sentada numa das cadeiras de madeira brancas, num alpendre, a beber chá gelado e a ouvir as conversas estridentes de rãs invisíveis e insectos do crepúsculo.

– Olha, Alice, encontrei o teu colar da borboleta – disse o homem que era o dono da casa.

Abanou à frente dela uma borboleta de jóias num fio de prata.

— Esse colar não é meu, é da minha mãe. E é especial, por isso é melhor voltares a pô-lo onde o encontraste. Não podemos brincar com ele.

— Falei com a tua mãe e ela disse que podias ficar com ele. Ela deu-to.

Alice estudou os olhos e a boca e a linguagem corporal dele, à procura de sinais que denunciassem os seus motivos. Mas, antes que conseguisse avaliar devidamente a sua sinceridade, a beleza da borboleta azul cintilante seduziu-a, sobrepondo-se às suas preocupações com as regras.

— Ela disse que eu podia ficar com ele?

— Disse.

Ele inclinou-se sobre ela, por trás, e prendeu-o à volta do seu pescoço. Ela passou os dedos sobre as pedras azuis das asas, o corpo de prata e as antenas cravejadas de diamantes. Sentiu um estremecimento presumido percorrê-la. *A Anne vai ficar tão invejosa.*

Ela sentou-se no chão em frente do espelho de corpo inteiro no quarto onde dormia e examinou o seu reflexo. A mulher no espelho tinha olhos afundados e olheiras escuras. A sua pele parecia flácida e manchada e enrugada nos cantos dos olhos e na testa. As sobrancelhas grossas e hirsutas precisavam de ser arranjadas. O seu cabelo encaracolado era, na maior parte, preto, mas estava também visivelmente grisalho. A mulher no espelho era feia e velha.

Passou os dedos sobre as faces e a testa, sentindo a cara nos dedos e os dedos na cara. *Esta não posso ser eu. O que se passa com a minha cara?* A mulher no espelho chocava-a.

Procurou a casa de banho e acendeu a luz. Encontrou a mesma imagem no espelho por cima do lavatório. Ali estavam os seus olhos castanhos-dourados, o seu nariz sério, os lábios em forma de coração, mas tudo o resto, a composição em torno das suas feições, estava errado de uma forma grotesca. Passou os dedos sobre o vidro liso e frio. *Que se passa com estes espelhos?*

A casa de banho também não tinha o cheiro certo. Havia dois pequenos bancos brancos e brilhantes, um pincel e um balde em cima de jornais no chão atrás dela. Agachou-se e inspirou com o seu nariz sério. Levantou a tampa do balde, mergulhou o pincel e viu tinta branca e cremosa a escorrer dele.

Começou por aqueles que sabia que estavam defeituosos, o da casa de banho e o do quarto onde dormia. Antes de terminar, encontrou mais quatro e pintou-os a todos de branco.

Estava sentada numa grande cadeira branca e o homem que era dono da casa estava sentado na outra. O homem que era dono da casa estava a ler um livro e a beber uma bebida. O livro era grosso e a bebida era de um castanho amarelado com gelo.

Tirou da mesa de café um livro ainda mais grosso do que aquele que o homem estava a ler e folheou-o. Os seus olhos pararam em diagramas de palavras e letras ligadas a outras palavras e letras por setas, traços e pequenos rabiscos. Apanhou palavras individuais enquanto passava os olhos pelas páginas – desinibição, fosforilação, genes, acetilcolina, instruções, transiência, demónios, morfemas, fonológico.

– Acho que já li este livro – disse Alice.

O homem olhou para o livro que ela tinha na mão e depois para ela.

– Fizeste mais do que isso. Escreveste-o. Tu e eu escrevemos esse livro juntos.

Hesitante em aceitar apenas a palavra dele, fechou o livro e leu a capa azul brilhante. *From Molecules to Mind*, de Dr. John

Howland e Dra. Alice Howland. Olhou para o homem na cadeira. Ele é o John. Abriu o livro nas primeiras páginas. Índice. Vontade e Emoção, Motivação, Excitação e Atenção, Memória, Linguagem. *Linguagem.*

Abriu o livro perto do fim. Uma possibilidade infinita de expressão, aprendida e contudo instintiva, de semanticidade, sintaxe, casos gramáticos e verbos irregulares, fácil e automática, universal. As palavras que leu pareceram afastar as ervas daninhas e a lama na sua mente e alcançar um lugar antigo e ainda intacto, que sobrevivia.

– John – disse.
– Sim.

Ele pousou o livro e sentou-se mais direito à beira da grande cadeira branca.

– Eu escrevi este livro contigo – disse ela.
– Sim.
– Eu lembro-me. Lembro-me de ti. Lembro-me que era muito inteligente.
– Sim, eras, eras a pessoa mais inteligente que eu já conheci.

Este livro grosso com a capa azul brilhante representava tanto do que ela fora. *Eu sabia como a mente lidava com a linguagem e conseguia comunicar aquilo que sabia. Era uma pessoa que sabia muitas coisas. Já ninguém pede a minha opinião ou os meus conselhos. Sinto falta disso. Era curiosa e independente e confiante. Sinto falta de ter a certeza das coisas. Não há paz de espírito quando estamos sempre inseguros de tudo. Sinto falta de fazer tudo com facilidade. Sinto falta de fazer parte do que está a acontecer. Sinto falta de me sentir desejada. Sinto falta da minha vida e da minha família. Eu amava a minha vida e a minha família.*

Queria dizer-lhe tudo o que se lembrava e pensava, mas não conseguia fazer com que todas essas palavras e pensamentos, compostos de tantas palavras, expressões e frases, passassem pelas ervas daninhas e pela lama e se transformassem em sons audíveis. Tentou resumi-los e concentrou todos os seus esforços naquilo que era mais essencial. O resto teria de ficar naquele local antigo, que sobrevivia.

– Sinto falta de mim.
– Eu também sinto a tua falta, Alice, muito.
– Nunca planeei ficar assim.
– Eu sei.

Setembro de 2005

🦋 John estava sentado na ponta de uma mesa comprida e bebeu um longo trago do seu café. Estava extremamente forte e amargo, mas não se importou. Não o estava a beber pelo sabor. Bebê-lo-ia mais depressa se pudesse, mas estava a escaldar. Precisava de mais duas ou três chávenas antes de ficar completamente alerta e funcional.

A maior parte das pessoas que entrava, comprava o café para levar e apressava-se a seguir o seu caminho. John não tinha reunião no laboratório na próxima hora, e hoje não tinha pressa de chegar cedo ao gabinete. Estava contente por ter um pouco de tempo, comer o seu scone de canela, beber o café e ler o *New York Times*.

Abriu primeiro a secção de Saúde, como fazia, desde há cerca de um ano, com todos os jornais que lia, um hábito que há muito substituíra a esperança que originalmente inspirara este comportamento. Leu o primeiro artigo da página e chorou abertamente, enquanto deixava o seu café arrefecer.

AMYLIX CHUMBA TESTE

De acordo com o estudo de fase III da Synapson, os doentes com sintomas fracos a moderados da Doença de Alzheimer que tomaram Amylix durante os quinze meses da fase de teste não mostraram uma estabilização significante dos sintomas de demência, comparativamente com os que tomaram placebo.

O Amylix é um agente que diminui a proteína amilóide--beta. Ao restringir a amilóide-beta solúvel, esta droga experimental tem como objectivo parar a progressão da doença, e é diferente dos medicamentos actualmente disponíveis para os doentes de Alzheimer, que podem apenas, na melhor das hipóteses, retardar o estádio final da doença.

Esta nova droga foi bem tolerada e passou as fases I e II com grandes perspectivas clínicas e muita expectativa na Wall Street. Mas, depois de pouco mais de um ano com esta medicação, as funções cognitivas dos doentes, mesmo os que recebiam as doses mais elevadas de Amylix, não mostraram melhoras nem estabilização, segundo os resultados da Escala de Avaliação da Doença de Alzheimer e as pontuações nas Actividades da Vida Diária, tendo declinado numa percentagem significativa e que era a esperada.

Epílogo

Alice estava sentada num banco com a mulher que lhe fazia companhia e viu as crianças passarem por elas. Não eram mesmo crianças. Não eram aquelas crianças pequenas que vivem em casa com as mães. O que eram? Crianças médias.

Estudou os rostos das crianças médias enquanto caminhavam. Sérias, ocupadas. De cabeça pesada. A caminho de algum lado. Havia outros bancos perto, mas nenhuma das crianças médias parou para se sentar. Toda a gente andava, ocupada no seu caminho para onde tinha de ir.

Ela não tinha de ir a lado nenhum. Sentia-se com sorte por isso. Ela e a mulher com quem estava sentada ouviam a rapariga de cabelo comprido tocar a sua música e cantar. A rapariga tinha uma voz bonita e grandes dentes felizes e muita saia com flores que Alice admirou.

Alice cantarolou entredentes ao som da música. Gostava do som da sua voz misturado com o da voz da rapariga cantora.

– Muito bem, Alice, a Lydia deve estar a chegar a casa. Quer pagar à Sonya antes de irmos? – perguntou a mulher.

Estava de pé, a sorrir, com dinheiro na mão. Alice sentiu-se convidada a juntar-se a ela. Levantou-se e a mulher deu-lhe o dinheiro. Alice colocou-o no chapéu preto em cima do chão de tijolo aos pés da rapariga que cantava. A rapariga que cantava continuou a tocar mas parou de cantar por um momento para falar com elas.

– Obrigada, Alice, obrigada, Carole! Até à próxima!

Enquanto Alice caminhava com a mulher entre as crianças médias, a música foi diminuindo atrás delas. Alice não queria ir-se embora, mas a mulher estava a ir e Alice sabia que devia ficar com ela. A mulher era alegre e simpática e sabia sempre o que fazer, algo que Alice apreciava porque muitas vezes ela não sabia.

Depois de caminharem durante algum tempo, Alice viu o carro vermelho-palhaço e o grande carro cor de verniz parados à entrada.

– Estão ambas em casa – disse a mulher, ao ver os carros.

Alice sentiu-se entusiasmada e apressou-se a entrar em casa. A que era mãe estava no corredor.

– A minha reunião acabou mais depressa do que eu pensava, por isso já cá estou. Obrigada por ter ficado com ela – disse a mãe.

– Não há problema. Tirei a roupa da cama dela mas não tive tempo para a voltar a fazer. Ainda está tudo na máquina de secar – disse a mulher.

– Está bem, obrigada, eu trato disso.

– Ela teve outro dia bom.

– Nada de deambulações?

– Não. Agora é como a minha sombra. A minha parceira no crime, não é, Alice?

A mulher sorriu e acenou entusiasticamente. Alice sorriu e acenou também. Não fazia ideia daquilo com que estava a concordar, mas provavelmente estava bem para ela, se a mulher achava que sim.

A mulher começou a recolher livros e sacos junto da porta da frente.

— John vem amanhã? — perguntou a mulher.

Um bebé que não conseguiam ver começou a chorar e a mãe desapareceu noutra divisão.

— Não, este fim-de-semana não vem, mas temos tudo tratado! — gritou a mãe.

A mãe voltou a aparecer com um bebé vestido de azul ao colo, beijando-o repetidamente no pescoço. O bebé ainda estava a chorar, mas já com pouca convicção. Os beijos rápidos da mãe estavam a resultar. A mãe enfiou uma coisa de chupar na boca do bebé.

— Está tudo bem, fofinho. Muito obrigada, Carole. És uma dádiva dos céus. Bom fim-de-semana, vemo-nos na segunda--feira.

— Até segunda. Adeus, Lydia! — gritou a mulher.

— Adeus, obrigada, Carole! — gritou uma voz algures dentro de casa.

Os grandes olhos redondos do bebé cruzaram-se com os de Alice e ele fez um sorriso de reconhecimento por trás da coisa de chupar. Alice sorriu também e o bebé respondeu com uma risada. A coisa de chupar caiu para o chão. A mãe agachou-se e apanhou-a.

— Mamã, queres pegar-lhe um bocadinho?

A mãe passou o bebé a Alice e ele deslizou confortavelmente para os seus braços. Começou a mexer-lhe na cara com uma das mãos molhadas. Gostava de fazer isso e Alice gostava de o deixar fazê-lo. Ele agarrou-lhe no lábio inferior. Ela fingiu morder-lhe e comer-lhe a mão, com ruídos de animal selvagem. Ele riu-se e passou para o seu nariz. Ela fungou e fungou e fingiu espirrar. Ele passou para os seus olhos. Ela semicerrou-os para que ele não lhe espetasse os dedos nos olhos e pestanejou, tentando fazer-lhe cócegas na mão com as pestanas. Ele subiu a mão pela testa dela, até ao cabelo, fechou o pequeno punho e puxou. Ela abriu-lhe gentilmente a mão e substituiu o cabelo com o dedo indicador. Ele encontrou o seu colar.

— Queres ver a borboleta bonita?

— Não o deixes pôr isso na boca, mamã! — gritou a mãe, que estava noutra divisão mas conseguia vê-los.

Alice não tencionava deixar o bebé morder o seu colar e sentiu-se injustamente acusada. Entrou na divisão onde a mãe estava. Era um quarto cheio de todo o tipo de coisas de bebé de sentar, coloridas como numa festa de aniversário, coisas que apitavam e zumbiam e falavam quando os bebés lhes batiam. Alice tinha-se esquecido de que esta era a sala com as cadeiras barulhentas. Teve vontade de sair antes que a mãe sugerisse que ela pusesse o bebé numa delas. Mas a actriz também aqui estava e Alice queria estar ao pé delas.

— O papá vem este fim-de-semana? — perguntou a actriz.

— Não, não pode, vem para a semana. Posso deixá-los contigo e com a mamã por um bocadinho? Preciso de ir ao supermercado. A Allison ainda deve dormir mais uma hora.

— Claro.

— Não me demoro. Precisas de alguma coisa? — perguntou a mãe enquanto saía do quarto.

— Mais gelado, qualquer coisa de chocolate! — gritou a actriz.

Alice encontrou um brinquedo macio sem botões barulhentos e sentou-se enquanto o bebé o explorava no seu colo. Cheirou a cabecinha quase careca e viu a actriz a ler. A actriz ergueu os olhos para ela.

— Mamã, queres ouvir-me dizer o monólogo em que estou a trabalhar, para as aulas, e dizer-me sobre o que pensas que é? Não a história, é bastante longa. Não precisas de fixar as palavras, diz-me só sobre o que pensas que é, emocionalmente. Quando eu acabar, diz-me como te fez sentir, está bem?

Alice acenou e a actriz começou. Alice observou e ouviu e concentrou-se para além das palavras que a actriz dizia. Viu os seus olhos ficarem desesperados, inquiridores, implorando a verdade. Viu-os pousar suavemente nela, com gratidão. Ao princípio a sua voz soara hesitante e assustada. Lentamente, e sem falar mais alto, foi ficando mais confiante e depois alegre, parecendo às vezes uma canção. As suas sobrancelhas e ombros e mãos suavizaram-se e abriram-se, pedindo aceitação e oferecendo perdão. A sua voz e o seu corpo criaram uma energia que preencheu Alice e a comoveu até às lágrimas. Apertou mais o lindo bebé que tinha ao colo e beijou a cabecinha bem cheirosa.

A actriz parou e voltou a ser ela própria. Olhou para Alice e esperou.

— Muito bem, o que sentiste?

— Sinto amor. É sobre o amor.

A actriz soltou um gritinho, correu para Alice, beijou-a na face e sorriu, com expressão deliciada.

— Acertei? – perguntou Alice.

— Acertaste, mamã. Acertaste em cheio.

Postscriptum

🦋 A droga clínica experimental Amylix, descrita neste livro, não existe. É, contudo, similar a compostos reais em desenvolvimento clínico com o objectivo de baixar selectivamente os níveis de amilóide-beta 42. Ao contrário dos medicamentos correntemente disponíveis, que apenas podem retardar a progressão da doença, há a esperança de que estas novas drogas possam parar esta progressão. Todos os outros medicamentos mencionados são reais, e a descrição do seu uso e eficácia no tratamento da doença de Alzheimer é exacto, no momento em que se escreve esta história.

Para mais informação sobre a doença de Alzheimer e testes clínicos, consultar http://www.alz.org/alzheimers_disease_clinical_studies.asp.[1]

---

[1] Em Portugal: Alzheimer Portugal (Associação Portuguesa de Familiares e Amigos de Doentes de Alzheimer): geral@alzheimerportugal.org

Agradecimentos

Estou profundamente grata às muitas pessoas que conheci através da Dementia Advocacy and Support Network International e da DementiaUSA, especialmente Peter Ashley, Alan Benson, Christine Bryden, Bill Carey, Lynne Culipher, Morris Friedell, Shirley Garnett, Candy Harrison, Chuck Jackson, Lynn Jackson, Sylvia Johnston, Jenny Knauss, Jaye Lander, Jeanne Lee, Mary Lockhart, Mary McKinlay, Tracey Mobley, Don Moyer, Carole Mulliken, Jean Opalka, Charley Schneider, James Smith, Ben Stevens, Richard Taylor, Diane Thornton e John Willis. A sua inteligência, coragem, humor, empatia e vontade de partilhar o que era individualmente vulnerável e assustador, transmitindo ao mesmo tempo informação e esperança, ensinaram-me muito. O meu retrato de Alice é mais rico e mais humano devido às suas histórias.

Gostaria de agradecer especialmente a James e Jay, que me deram tanto para além das fronteiras da doença de Alzheimer e deste livro. É uma bênção conhecê-los.

Agradeço também aos seguintes profissionais médicos que generosamente partilharam o seu tempo, conhecimentos e imaginação, ajudando-me a ter um sentido verdadeiro e específico de como se desenrolariam os acontecimentos à medida que a demência de Alice é descoberta e progride:

Drs. Rudy Tanzi e Dennis Selkoe pelo profundo conhecimento da biologia molecular desta doença.

Dra Alireza Atri por me permitir retê-la durante dois dias na Unidade de Desordens de Memória no Massachusetts General Hospital, e por me mostrar o seu brilho e compaixão.

Drs. Doug Cole e Martin Samuels por me permitirem uma compreensão adicional do diagnóstico e tratamento da doença de Alzheimer.

Sara Smith por me ter deixado assistir aos seus testes neuropsicológicos.

Barbara Hawley Maxam por me ter dado a conhecer o papel do assistente social e o Mass General's Caregivers' Support Group.

Erin Linnenbringer por fazer o aconselhamento genético de Alice.

Drs. Joe Maloney e Jessica Wieselquist por fazerem o papel de médicos de clínica geral de Alice.

Obrigada ao Dr. Steven Pinker por me deixar entrever a vida de um professor de Psicologia em Harvard e aos Drs. Ned Sahin e Elizabeth Chua pelo equivalente do ponto de vista dos estudantes.

Obrigada aos Drs. Steve Hyman, John Kelsey e Todd Kahan por responderem a questões sobre Harvard e sobre a vida como professores.

Obrigada a Doug Coupe por partilhar algumas especificidades da vida de actor em Los Angeles.

A Marta Brown, Anne Carey, Laurel Daly, Kim Howland, Mary MacGregor e Chris O'Connor por terem lido cada capítulo, pelos seus comentários, encorajamento, e grande entusiasmo.

Obrigada a Diane Bartoli, Lyralen Kaye, Rose O'Donnell e Richard Pepp pelo *feedback* editorial.

A Jocelyn Kelley na Kelley & Hall por ser um publicista fantástico.

Um muito obrigada a Beverly Beckham, que escreveu a melhor crítica que qualquer autor auto-editado poderia sonhar. E por apontar o caminho para Julia Fox Garrison.

A Julia, não posso agradecer o suficiente. A sua generosidade mudou a minha vida.

Obrigada a Vicky Bijur por me representar e por ter insistido para eu mudar o final. Ela é brilhante.

Obrigada a Louise Burke, John Hardy, Kathy Sagan e Anthony Ziccardi por acreditarem nesta história.

Tenho de agradecer à grande e barulhenta família Genova por dizerem a toda a gente, sem qualquer vergonha, para comprarem o livro da sua filha / sobrinha / prima / irmã. São a melhor guerrilha de marketing do mundo!

Quero também agradecer à não tão grande mas igualmente barulhenta família Seufert por espalhar a notícia.

Por fim, gostaria de agradecer a Christopher Seufert pelo apoio técnico e de *web*, pelo *design* original da capa, por me ajudar a tornar o abstracto em tangível, e tanto mais, mas sobretudo por me ter dado borboletas.

Revisão: **Eda Lyra**
Design: **subbus:dESIGNERS**
Capa: **Sony Pictures Classics**
Paginação: **Segundo Capítulo**
Fotografia da capa: **© Linda Kallerus**
Produzido e acabado por **Multitipo**